LOVERBOYS 22

DANNY BOY

VON
BEN CASSIDY

BRUNO GMÜNDER

Loverboys 22

Aus dem Amerikanischen von Gerold Hens

Leuschnerdamm 31, D-10999 Berlin

Originaltitel: Danny Boy

Published by Headline Book Publishing, London 1998

Umschlaggestaltung: Stefan Adler
Coverfoto: Sports + Recreation Video/Mick Hicks
Druck: Norhaven, DK

ISBN 3-86187-052-5

Die in diesem Buch geschilderten Handlungen sind fiktiv.

Im verantwortungsbewußten sexuellen Umgang miteinander gelten nach wie vor die Safer-Sex-Regeln.

ERSTES KAPITEL

Wenn ich nicht diesen schrecklichen blinden Fleck hätte, wenn ich nicht so'n Blödkopf wäre, daß ich mich nie dran erinnern kann, welchen Wochentag wir haben, wäre das alles wahrscheinlich nie passiert.

Ich wäre immer noch ein braver Junge, der tut, was sein Vater ihm sagt. Würde zu Hause wohnen und jeden Tag mit dem Zug zum College fahren und was über die Wirtschaft lernen, damit ich gut auf die Arbeitswelt vorbereitet bin, die meisten Abende daheim verbringen, weil ich nicht genügend Geld hätte und es sowieso nichts gäbe, wo man hingehen kann. Ich wäre still und höflich, würde im Haushalt helfen und drinnen, wo niemand mich hören kann, meine Sehnsucht und meinen Frust rausschreien, die mich langsam zum Wahnsinn treiben würden. Schwänze im Kopf und 'nen Schwanz in der Hose, aber nie 'nen Schwanz irgendwo sonst, weder im Maul noch im Arsch, wo ich ihn am liebsten gehabt hätte.

Und alles übrige wäre auch nie passiert, jedenfalls nicht so, wie's dann passiert ist. Zwei wertvolle Gemälde wären nicht gestohlen worden und eine große Ausstellung wäre nicht ruiniert worden, und niemand hätte mich umbringen wollen oder hätte es beinahe geschafft; und auf keinen Fall würde ich jetzt hier sitzen und an dem Computer, den ich eigentlich nicht anrühren soll, rumtippen und jedesmal, wenn ein Auto ankommt, wie von der Tarantel gestochen hochschießen, weil er es sein könnte und ich, oh Mann, in der Scheiße sitze, wenn er mich erwischt …

Angefangen hat es damit, daß Mittwoch war und ich's nicht wußte, weil ich's vergessen hatte. So in der Mitte der Woche werd ich immer ganz konfus. Das College war jeden Tag der gleiche langweilige Trott, was soll's also? Nichts änderte sich. Ich stand auf, zog mich an, stürzte 'ne Tasse Kaffee runter, während mein Vater mich anstarrte, und rannte zum Zug. Zwanzig Minuten später stieg ich aus und rannte zum College – zu spät, immer zu spät – und brachte den ganzen Tag damit zu, Männern zwischen die Beine zu glotzen und nicht zuzuhören; dann ging ich nach Hause, wo ich den Abend mit Lernen und Fernsehen verbrachte, während mein Vater mich anstarrte. Und wenn ich es nicht mehr aushielt, schlich ich mich rauf in mein Zimmer, ging ins Bett, machte das Radio an und das Licht aus und spielte mit meinem Schwanz und wünschte, tat so, träumte, ich würde mit dem von jemand anderem spielen …

Nur daß es so nicht passierte, denn ich stieg wie gewöhnlich aus dem Zug und ging wie gewöhnlich hügelaufwärts durch das elende Mistkaff, das so unwichtig war, daß es nicht mal ein eigenes College hatte; und ich kam zu dem elenden Mistmietshaus, das so wie die Faust aufs Auge zu meinen Eltern paßte, daß es alles über sie sagte, was es zu sagen gab; und als ich die Schlüssel herausfischte, hielt neben mir auf der Straße ein Auto an.

Ein dicker, teurer Schlitten, jedenfalls als er neu gewesen war. Nicht das Auto meines Dads. Dad fährt einen alten Cortina, den er liebt wie nichts sonst auf der Welt; das da war ein Mercedes. Der Mann hinter dem Steuer war auch dick, dick und früher auch mal teuer, jetzt aber 'n bißchen runtergekommen, wie das Auto. Und mir bekannt, sowohl er als auch das Auto. Ich kannte ihn seit Jahren und hatte Tage damit zugebracht, den Benz für ihn zu putzen und zu wienern und zu saugen. Mindestens Tage, wenn man all die Stunden zusammenzählte, vielleicht sogar Wochen.

Er wuchtete sich aus dem Wagen, stellte sich mitten auf die Straße und schaute mich übers Autodach an, wobei er sein Gewicht auf den schwarzpolierten Ebenholzstock stützte, den er immer dabei hatte. Den hatte ich auch schon ein oder zwei Mal poliert.

»Hallo, Mr. Vansittart.«

»Der kleine Danny Marshall.« Sein Gesicht war fett wie sein übriger Körper und wurde von einem schmalen Streifen Bart umrahmt, der über sein Kinn verlief. Seine Augen, die wie in Fleisch eingelassene harte, dunkle Murmeln wirkten, taxierten mich von oben bis unten. »Ganz so klein allerdings auch nicht mehr, stimmt's, Junge?«

Irgendwie wurde ich rot, obwohl ich nicht genau wußte, was er meinte. Ich bin nicht groß, und ganz gewiß war ich jetzt nicht größer als beim letzten Mal, als er mich vor ein paar Jahren gesehen hatte. Ich hatte ganz schön Muskeln bekommen; vielleicht war es das, worauf er anspielte. Das einzig Gute am College war, daß wir freien Zutritt zum Fitnessraum hatten, und den benutzte ich hingebungsvoll, zwei oder drei Mal die Woche in der Mittagspause. Um ehrlich zu sein, hielt ich mich zu der Zeit für echt scharf. Mein Körper war immer noch schlank, und so bullig wie mein Vater würde ich nie werden, aber alle meine Muskeln waren durchtrainiert, und auf meinen Knackarsch war ich richtig stolz. Meine T-Shirts und Hosen kaufte ich ganz eng, um zu zeigen, wie gut ich sie ausfüllte.

Das mußte er gemeint haben, er glotzte wirklich ganz schön hin. Ich hatte eine große Sporttasche über der Schulter mit Lehrbüchern und meinem Trainingsanzug drin, und drüber hing meine Jacke. Mein erster Impuls war, sie auf die andere Schulter zu nehmen, um ihm die Aussicht zu verderben. Aber dann dachte ich, was soll's? Laß ihn doch gucken. Es schadete mir ja nichts, auch wenn er nicht der Mann war, für den ich das ganze Training absolviert hatte. Nicht im Entferntesten, aber trotzdem …

Ich stand also da und lächelte, und vielleicht posierte ich sogar ein bißchen für ihn. Er grunzte, und seine fleischige Zunge leckte über seine Lippen, bevor er sagte: »Ist eigentlich dein Dad zu Hause, Danny, Kleiner?«

Eigentlich war es mir inzwischen lieber, wenn ich Dan genannt wurde, aber das behielt ich für mich. Und nein, mein Dad war nicht da. Jeder, der meinen Vater kannte, hätte das mit einem Blick in die Einfahrt gesehen, es war klar, aber das behielt ich auch für mich. »Ich glaub nicht, Mr. Vansittart. Sein Auto ist nicht da.«

»Na, wieso nimmst du mich nicht mit rein und schaust nach, nur für alle Fälle? Es geht um einen Job, ganztags, Dauerstellung, ich dachte, das würde ihn interessieren …«

Ich glaube, für einen ordentlichen Job würde er auf Hände und Knie fallen und Ihren großen, fetten Schwanz küssen, Mr. Vansittart. Mein Dad hatte nicht mehr ganztags gearbeitet, seit er fünf Jahre zuvor freigesetzt worden war, und das schaffte ihn. Manchmal nahm er befristete Arbeiten an, aber er haßte die Kriecherei, die nötig war, um sie zu bekommen, und an mir und Mama ließ er seine Laune aus. Ich vermutete genau dabei würde er jetzt gerade sein, von einem Betrieb zum anderen fahren und Sekretärinnen anbetteln, mit dem Boß sprechen zu dürfen. Da der Abend viel leichter zu ertragen sein würde, wenn ich ihm die frohe Botschaft verkünden könnte, ging ich zur Haustür voran, wobei ich ein bißchen meinen Knackarsch schwenkte. Ich wußte, das würde Mr. Vansittart gefallen.

Mr. Vansittard war einer von denen, die Dad ab und zu Arbeit gaben, und so hatte ich ihn auch kennengelernt. Er hatte von seinem Bruder eine Druckerei geerbt, und wenn sie zu tun hatten, rief er an und verlangte für ein paar Wochen einen Fahrer für die Auslieferungen. Einmal, vor drei Jahren, als ich sechzehn war, hatte Dad mich auch als Bürojungen untergebracht. Auch nur zeitweise, aber in jedem Sommer danach hatte es, wenn ich wollte, eine Stelle für mich gegeben, bei der ich Tee kochte, Besorgungen machte, in der Ablage arbeitete oder den Benz putzte. Im letzten Jahr hatte ich abgelehnt und statt dessen einen Job in einem Lager angenommen; die Arbeit war härter, aber gut für die Muskeln, und die Bezahlung war besser, und Mr. Vansittarts Schweinsäuglein klebten nicht den ganzen Tag auf mir. Einmal hatte ich, als ich den Wagen reinigte, im Handschuhfach Hefte gefunden, echt scharfe Importware mit hübschen Jungs, die mit erwachsenen Männern mit riesigen Schwänzen Sachen machten, die ich mir nie hätte träumen lassen, daher wußte ich, daß ich mir seine Blicke nicht einbildete. Den ganzen Sommer über hatte ich einen Riesenständer, und zwar nicht von den Heften, sondern einfach nur davon, daß ich wußte, daß er mich auch für hübsch hielt; aber ich war noch jung und fand es irgendwie eklig. Ehrlich gesagt, konnte ich den Kerl nicht ausstehen.

Ich bot ihm allerdings zu aller Nutzen einen Stuhl im Wohnzimmer an. Wenn ich ihn bei Laune hielt, würde Dad auch bei Laune bleiben. Dann zog ich eine große Show ab und rannte durchs Haus und rief nach meinem Vater, nur um zu beweisen, daß er nicht da war.

»Tut mir leid, Mr. Vansittart«, sagte ich schließlich, »Er ist nicht da. Ich werd's ihm aber sagen und bin sicher, daß er Sie morgen anruft, er wird sich wahnsinnig freuen…«

»Ich warte noch eine Weile«, sagte er schnaufend. »Falls er doch noch auftaucht. Ich würde ihn gerne heute sprechen.«

Mir wurde flau. Mama war auch nicht da, und das hieß, ich würde ihm Gesellschaft leisten und höflich sein müssen, bis er endlich ging. Ich versteckte meine Gefühle hinter einem breiten Lächeln. »Klar, fein. Er ist sicher nicht mehr lange weg, ich weiß nicht, wo er ist. Möchten Sie etwas trinken?«

»Whisky, wenn du hast.«

Wir hatten immer welchen, egal wann Dad das letzte Mal gearbeitet hatte. Ich goß ihm einen großen Schluck Bell's ein und füllte ihn in der Küche mit Wasser auf, da ich noch wußte, wie er ihn mochte. Als ich ihm den Drink reichte, streiften seine fetten, klebrigen Augen kurz meine, bevor er das Glas nahm.

»Und einen für dich.«

»Äh, 'n Bier wär mir lieber, Sir ...« Eigentlich wollte ich überhaupt nichts, aber *ihn bei Laune halten*, darauf kam es an. Wieder in der Küche holte ich eine Flasche aus dem Kühlschrank – Bier hatten wir auch immer, für meinen Vater zum Nachspülen nach dem Whisky. Normalerweise durfte ich nicht, dachte aber, heute würde er eine Ausnahme machen. Ich dachte, diesmal würde er mich in Ruhe lassen. Dann eilte ich zu meinem lästigen Gast zurück.

»Der kleine Danny Marshall«, sagte er noch einmal und glotzte mich unverhohlen an. »Aber größer inzwischen. Nicht mehr minderjährig, stimmt's? Du mußt achtzehn sein inzwischen, oder?«

»Neunzehn«, sagte ich automatisch. Ich hatte geglaubt, mir sei flau geworden, als er sagte, er würde bleiben; jetzt, als ich endlich kapierte, setzte mir das Herz aus. Ich war nicht mehr minderjährig, ich war erwachsen, und er konnte mit mir machen, was er wollte. Was ich wollte, spielte keine Rolle, nicht für einen Mann wie ihn. Und doch wurde mir gleichzeitig der Schwanz in der Jeans steif. Meine Faust verkrampfte sich um die Flasche, und ich hob sie an die Lippen, um mein Gesicht und meine Verwirrung zu verstecken. Er mochte grob sein, aber er war trotzdem ein Mann, und er wollte mich, und das bedeutete mir so viel …

»Hübsch«, sagte er. »Sehr hübsch.« Mit der einen Hand hielt er noch sein Glas; die andere war jetzt an seinem Hosenschlitz damit beschäftigt, die Knöpfe aufzuknöpfen. Durch den Stoff seines Anzugs konnte ich den Umriß seines Schwengels sehen, konnte sehen, wie er lang und fett anschwoll. Während der Monate, in denen ich für ihn arbeitete, hatte ich das oft gesehen, aber nie erwartet, noch mehr zu sehen zu bekommen.

Jetzt allerdings machte er die Hose auf. »Na, dann komm her«, sagte er. Und als ich zögerte, fügte er rüde hinzu: »Du weißt doch, was du zu *tun* hast, oder, Junge?«

»Äh, ja, Sir…«

Und ich wußte auch, warum ich es tun würde – um ihn bei Laune zu halten. Wie es aussah, würde nicht mein Dad auf die Knie fallen, um Mr. Vansittart aus Dankbarkeit für sein Jobangebot den Schwanz zu küssen …

Er winkte ungeduldig, und ich sank auf die Knie. Er spreizte die Beine, und ich sah, daß er keine Unterhose trug. Na, ich ja auch nicht – aber das spielte jetzt keine Rolle. Eins war sicher, an *meinem* Schwanz war Mr. Vansittart nicht interessiert. Mit meinem Hintern war das vielleicht was anderes, dachte ich plötzlich. Nicht heute, aber wenn er Dad den Job gab – wenn ich ihn mir hier auf der Stelle für ihn verdiente, und das schien mir geraten – dann würde das vielleicht zur Regel werden, vielleicht würde ich Jahre damit zubringen müssen, Mr. Vansittart bei Laune zu halten. Und beim nächsten oder übernächsten Mal würde er vielleicht mehr verlangen …

Aber das war jetzt egal. Als ich das Gesicht tiefer auf seinen Schoß senkte, war das erste, was mir auffiel, der Geruch.

Bei dem schalen Schweiß blieb mir fast die Luft weg: er mußte seit Tagen nicht gebadet haben. Aber unter dem Schweiß roch ich den schweren Duft eines Mannes, den Duft des geilen Schwengels und der Eier. Er mochte nicht der richtige Mann sein, aber es war genau das, was ich wollte, wonach ich mich sehnte. Nicht die dürren schwulen Jungs, die ich im College getroffen hatte, ich hatte mir immer einen echt starken Mann erträumt. Ich atmete schwer, mir schwirrte der Kopf, mein Schwanz spannte in meiner Jeans, und mir zitterten die Finger, als ich in die Hose griff.

Die Haare auf seinem Kopf waren schwarz, sogar der Bartstreifen, aber hier unten waren sie grau. Ich sah es, als ich die beiden schweren Eier in die Hand nahm. Drahtige Haare und runzlige Haut, die sich zusammenzog, als ich sie berührte; dann zuckte sein Schwanz ins Freie.

Allein vom Anblick schnappte ich nach Luft. Er war fett und lang, aber das wußte ich schon. Selbst die Haut war dunkel und die Eichel purpurrot. Überall pulsierten Adern. Ich keuchte inzwischen und stöhnte fast auf, als ich den Kopf darübersenkte. Er füllte mein Blickfeld aus, saugte an mir, zog mich an wie ein Magnet.

Als meine Lippen die dicke Kugel der Eichel da berührten, wo sie durch die Vorhaut lugte, spürte ich seine Hand in meinen Haaren. Er hatte mich schon oft angefaßt, wenn ich für ihn arbeitete; aber da war es nur eine Berührung gewesen, ein Wuscheln im Haar, oder er hatte mich leicht und spielerisch am Nacken gepackt. Jetzt war es ihm ernst. Die fetten, kräftigen Finger schlossen sich so fest, daß ich wieder nach Luft schnappte.

»Leck ihn, Junge«, flüsterte er.

Gehorsam senkte ich den Kopf, so weit er es zuließ, und fing an, am Schaft seines wuchtigen Schwengels mit leichtem Schlabbern aufwärts zu lecken. Ich schmeckte Salz und

Hitze, seinen schalen, würzigen Schweiß. In seiner breiten Brust konnte ich den rasselnden Atem hören; dann das scharfe Klirren des Glases, als er es auf dem Tisch abstellte, und dann waren beide Hände an meinem Kopf, vergruben sich drückend und quetschend tief in meine Haare und stießen meine Nase tief in die stinkende Masse seines Buschs.

Ich hielt immer noch seine Eier in der Hand. Die leckte ich auch, nahm sie eins nach dem andern in den Mund und saugte an den Kugeln, die schwer auf meiner Zunge lagen. Dann zog er mir wieder den Kopf nach oben, und ich leckte wieder an seinem Schwanz, diesmal langsam von der Wurzel bis zur Spitze. Mit der Zunge schob ich die Vorhaut zurück. »Nimm ihn, Junge. Und keine Zähne, laß mich nicht deine Zähne spüren, oder du bereust es.«

Ich spannte meinen Mund um die pulsierende, glatte Eichel des enormen Schwengels und krümmte den Rücken, um ihn so weit wie möglich hineinzubekommen, wobei ich gegen ein Würgen ankämpfen mußte, als er mir die Kehle ausfüllte.

Er würde gleich kommen, ich spürte es, als er sich immer tiefer hineinbohrte. Und ich auch, aber das würde ihn nicht kümmern. Ich hätte gerne meinen Schwanz herausgezogen und mich zusammen mit ihm abgewichst, traute mich aber nicht. Das würde Flecken auf dem Stuhl und dem Teppich geben, die unmöglich zu erklären wären; und ich dachte, er könnte sich über mich ärgern und gar nicht mehr guter Laune bleiben; hier ging es um seinen Spaß und nicht meinen.

Okay, dann würde ich in die Jeans abspritzen. Die konnte ich wenigstens waschen. Und überhaupt, fiel es mir schwer an sowas zu denken, es war schwierig genug, nur zu atmen, da er mich zu ersticken drohte, als seine Hände sich gegen meinen Kopf preßten und sein Riesenschwengel in meiner Kehle anschwoll und zuckte.

Dann bellte er auf, und ich spürte, daß er anfing, zu kommen. Ich wich zurück, aber nur ein bißchen, da ich die Eichel im Mund, auf der Zunge behalten wollte, wo ich das glitschige Salz seines Spermas schmecken konnte. Ich wollte nicht, daß es hinten in meiner Kehle verschwendet würde.

Plötzlich ein Knurren, aber nicht von ihm; und er stieß mich so fest von sich, daß ich rücklings auf den Teppich fiel. Mit tränenden Augen blickte ich auf, sah einen Batzen Sperma aus seinem Schwanz schießen und in hohem Bogen über mich fliegen. Als ich ihm mit dem Blick folgte, sah ich in der Verandatür eine Gestalt stehen und hörte sie erneut knurren.

Das war mein Vater.

Es war Mittwoch, und ich hatte das vergessen. Mittwochs durfte meine Mutter das Auto nehmen, um den wöchentlichen Einkauf im Supermarkt zu erledigen. Mein Vater haßte es, sie in seinem kostbaren Ford fahren zu lassen, aber Einkaufen haßte er noch mehr; er hielt das für erniedrigend.

Er mußte im Garten gearbeitet haben, der anderen großen Liebe seines Lebens. Höchstwahrscheinlich war er zum Haus raufgekommen, um mich zu überwachen, um zu sehen, daß ich da war und lernte und nicht meine Zeit, meine Chancen, mein Leben vergeudete. Ein Psychologe würde vielleicht sagen, daß Dad seinen Ehrgeiz auf mich übertragen hatte; ich weiß nur, daß er mich für ein faules Weichei hielt, das es nie zu etwas bringen würde, wenn er nicht die ganze Zeit hinter mir stand. Das wußte ich, weil er es immer wieder sagte. Gewöhnlich von einer Ohrfeige begleitet, um es mir in den Dickschädel zu treiben. Außerdem hielt er mich für dumm; das sagte er genauso oft.

Dumm bin ich allerdings nicht, ich mache nur dumme Sachen. Zu vergessen, welchen Wochentag wir haben, zum Beispiel …

Ich nehme an, bis zu diesem Augenblick hatte mein Vater sich selbst nicht richtig zugehört. Wenn er mich eine Schwuchtel genannt hatte, hatte er das nicht wörtlich gemeint; er hätte sich nie träumen lassen, daß sein weichlicher Sohn wirklich eine Tunte war.

Na, jetzt wußte er's. Die Schiebeglastür krachte in ihren Schienen zurück, und er kam brüllend wie ein Tornado hereingestürmt. Keine Worte, nur Laute.

Mr. Vansittart packte seinen Stock und stemmte sich auf die Füße, während er mit der anderen Hand an seiner Hose fummelte. Er hätte sich allerdings keine Sorgen machen müssen. Alle Wut und aller Ekel meines Vaters galten mir.

Ich kriegte alles ab und zwar mit Tritten. Bei der Gartenarbeit trug er seine alten Armeestiefel; sie krachten mir in den Bauch, in die Rippen und brutal gegen Schultern und Wirbelsäule, als ich mich zum Schutz krümmte und versuchte, mich wegzurollen.

»Dad, um Himmels Willen ...« Beide keuchten wir und rangen nach Atem; ich glaube, deshalb hörte er auf, nicht weil er schon fertig war, nur weil ihm die Luft ausging. »Er war, er war hier, um dir einen Job anzubieten ...«.

Ob er begriff, was das bedeutete – *Ich wollte dafür sorgen, daß du ihn bekommst* – wußte ich nicht. Es funktionierte allerdings für den Augenblick. Mr. Vansittart war schon lange weg; mein Vater erstarrte, drehte sich ohne ein Wort um und rannte ihm nach.

Ich kroch zu einer Wand, an der ich mich langsam aufrappeln und meinen ächzenden, zitternden Körper trotz Schmerz, Schock und Angst aufrecht halten konnte. Ich fürchtete mich vor meinem Vater, ich hatte mich schon immer vor ihm gefürchtet, und so wütend hatte ich ihn noch nie gesehen.

Eine Minute später kam er zurück, und es war offensichtlich, daß er den Job nicht bekommen würde. Das war eigentlich sowieso klar gewesen, nur daß er das nicht so sehen würde. Er starrte mich auf seine scheele Art an, den geschorenen Schädel gesenkt und die Schultern angezogen; ich streckte die Hand aus und packte vom Kaminsims einen schweren Kerzenständer, eines der wenigen Hochzeitsgeschenke, die meine Mutter behalten und nicht verscherbelt hatte, um Benzin oder Schnaps dafür zu kaufen.

»Nicht«, keuchte ich, wobei ich den Kerzenständer schwang und versuchte, bedrohlich auszusehen. »Rühr mich nicht an, ich spiel nicht mehr deinen Scheiß-Prügelsack …«

»Jesses, dich rühr ich doch nicht an, du Abschaum. Lieber steck ich die Hand in Scheiße. Das machst du doch auch, oder, du schiebst doch deine Hand in ihre Ärsche?«

Andersrum Dad, aber das behielt ich für mich.

»Pack deine Tasche«, sagte er, »und mach, daß du rauskommst. Ich will, daß du weg bist, bevor deine Mutter heimkommt, verstanden?«

Ich nickte; ich begriff nur zu gut. Sie würde weinen und ihn anbetteln, und er würde ihr wahrscheinlich ein oder zwei Mal den Gürtel überziehen müssen, um sie zum Schweigen zu bringen. Ich konnte bleiben und dabei zuschauen, oder ich konnte schnell abhauen, damit es vielleicht nicht passierte. Keine Wahl.

»Alles, was du hier läßt, wandert noch heute abend in den Müll«, sagte er über die Schulter hinweg, während er wieder in den Garten ging, um nicht einen Moment länger mit mir unter einem Dach bleiben zu müssen. »Du hast hier kein Zuhause mehr.«

ZWEITES KAPITEL

Was nimmt ein Junge mit, wenn er von zu Hause weggeht, was packt er ein?

Kleider natürlich, seine Lieblingssachen. Die schicken Sachen und ausgewaschenen Jeans, eine gerippte Lederjacke und schwarze Seidenboxershorts. Musik natürlich, ob Britpop-CDs oder heimlich mitgeschnittene Bänder von Konzerten, alles was ihn anmacht; Poster von Motorrädern, Bands und tollen Blondinen, alles was er sich gerne an einem verkaterten Sonntagmorgen anschaut; und Bücher, die ganzen zerfledderten Horrorromane, die er immer im Zug oder im Flugzeug oder am Strand gelesen hat. Und dann noch die Geheimlektüre, die unter der Matratze oder auf dem Schrank versteckt ist, bei der er vor Geilheit einen trockenen Mund bekommt, wenn er nur dran denkt: Bücher oder Hefte, Stories oder Fotos oder beides, die will er nicht vergessen. Will nicht, daß seine Eltern sie finden, wenn er weg ist.

Wichtiger als all das sind aber seine eigenen, privaten Dinge, die Andenken an sein bisheriges Leben. Briefe von Freunden, Briefe von Liebhabern, die Karte zum Valentinstag, von der er bis heute nicht weiß, wer sie geschickt hat. Einen Drachen aus Speckstein, eine einzelne vertrocknete Rose, Dutzende eselsohriger Fotos seiner Freunde, aus den Ferien, von alten Lieben und neuen Schwärmen. Seine streng geheimen Tagebücher, die seine Eltern auf keinen

Fall finden sollen. Es ist seine persönliche Lebensgeschichte, die Geschichte, die ihn zu dem Jungen machte, der er geworden ist, und zu dem jungen Mann, der er zu sein glaubt; das nimmt er natürlich alles mit, wie könnte er es zurücklassen?

* * *

Ich, ich ließ alles zurück.

Fast alles.

Sich zum Gehen zu entschließen, ist eins, rausgeworfen werden was anderes. Den größten Teil meines Lebens hatte ich gehaßt und wollte es auf keinen Fall mitnehmen; und die Zeit, um zu sortieren, was wichtig war und was nicht, hatte ich sowieso nicht. Außerdem konnte ich gar nicht klar genug denken, um eine solche Auswahl zu treffen. Mann, nach der Treterei von meinem Vater konnte ich kaum geradeausgucken. Schmerz und Schock verschleierten sowohl meine Augen als auch meinen Verstand; ich stolperte einfach rauf in mein Zimmer, riß alles aus meiner Sporttasche und fing an, fast zufällig ärmeweise Klamotten reinzuschaufeln.

Als sie voll war, schlang ich mir den Riemen über die Schulter und ging wieder zur Tür. Und blieb stehen, schluckte und wischte mit der Hand über mein nasses Gesicht, wobei ich Tränen und Rotz und auch ein bißchen Blut verschmierte – bisher hatte ich nicht bemerkt, daß ich blutete – und drehte mich für einen letzten Blick um.

Und dann ging ich zurück, streckte die Hand aus und hob meinen alten Teddy vom Regal und quetschte ihn auch noch hinein, etwas zum Knuddeln, ein einziges unbeflecktes Andenken an zu Hause. Als ich noch mit Bernie geschlafen hatte, war ich zu jung gewesen, um daran zu denken, mit irgend jemand anderem zu schlafen; und Dad hatte noch Arbeit gehabt; und Mama war nur Küssen und Babypuder und für einen kleinen Jungen war die Welt schön gewesen. Ich mochte zwar inzwischen neunzehn sein – verdammt, wir beide waren's, ich und der Bär – aber noch immer bedeutete der Bär genau das für mich, Wärme und Geborgenheit und Zuneigung; und selbst in meinem Zustand, wude mir klar, daß ich etwas davon in den kommenden Tagen würde brauchen können.

Keine Zeit, an etwas anderes zu denken, wie viel ich zurückließ, wie viel ich verlor. Ich kehrte dem, was mein ganzes Leben lang mein Zimmer, meine Geborgenheit, meine Zuflucht gewesen war, den Rücken, ging die Treppe hinunter und geradewegs zur Haustür. Die knallte ich hinter mir zu und stürmte den Pfad hinunter und hielt erst an, als ich auf der Straße war; dann fischte ich in der Tasche nach meinem Schlüssel, fand ihn und schleuderte ihn mit aller Kraft zum Haus zurück. Er klirrte leise am Schlafzimmerfenster meiner Eltern und fiel glitzernd in einen Rosenstock darunter.

Wohin? Den Kontakt zu meinen alten Schulfreunden hatte ich in den letzten Jahren verloren und hatte mich seitdem nie wieder jemandem wirklich angeschlossen. Ich war total durch den Wind; körperlich wie seelisch; mein Gesicht blutete, und mein Körper schmerzte. Ich mußte irgendwo unterkriechen, um meine Wunden zu lecken und zu versuchen, einen klaren Kopf zu bekommen.

Das College war die einzige andere Basis, die ich hatte. Abends machten sie dort eine Menge Zeugs in Erwachsenenbildung, wahrscheinlich würde dort eine Tür offenstehen, durch die ich hineinschlüpfen konnte; und es war ein großes Gebäude; wenn ich erst mal drin war, konnte ich irgendwo einen Platz zum Schlafen finden. Morgen war es noch früh genug für's Pläneschmieden. Heute nacht würde mir doch nichts mehr einfallen; ich hatte immer noch den Geruch von Mr. Vansittart in der Nase und den Geschmack seiner Eier und meines Blutes im Mund, den Anblick der rasenden Wut meines Vaters vor Augen und die Abdrücke seiner brutalen Stiefel, deren Wucht mir bis in die Knochen gefahren war, auf der Haut.

Also ging ich wieder zum Bahnhof und nahm den ersten Zug, der kam. Er wurde schnell voll, aber niemand wollte neben mir sitzen. Ich erntete eine Menge schiefer Blicke und Gemurmel, und als der Schaffner kam, nahm er sich viel Zeit, meine Fahrkarte und meinen Ausweis zu kontrollieren. »Hast du dich geprügelt, mein Sohn?« fragte er am Ende.

»Äh, nein.« Hatte ich ja nicht. Ich war verdroschen worden. Von meinem eigenen Dad …

»Nein? Na, dann geh aber und mach dich mal sauber, was? Du siehst ziemlich mitgenommen aus, und ich will kein Blut auf meinen Sitzen. Der Waschraum ist da hinten.«

Über dem Becken auf dem Klo hing ein kleiner Spiegel; ich mußte mich ducken, um mein Gesicht zu sehen, aber ein Blick genügte, um mir die Reaktionen der Mitreisenden zu erklären. Einer von Dads Stiefeln hatte die Haut auf meinem Schädel aufgerissen; meine blonden Haare waren mit Blut verklebt, und an meiner Nase rann immer noch etwas davon herunter. Mein ganzes Gesicht war rot verschmiert; ich sah aus wie ein Statist in einem Horrorstreifen.

Ich drehte den Kaltwasserhahn auf, hielt den Kopf darunter und mußte vor Kälte nach Luft schnappen. Das Becken wurde rosarot; als es endlich wieder klar wurde, richtete ich mich auf, schüttelte das Wasser aus den Haaren und rieb mir das Gesicht mit Papierhandtüchern trocken. Mein T-Shirt war klatschnaß, und ich sah immer noch grauenvoll aus, aber wenigstens blutete ich nicht mehr.

Als ich gerade aus dem Klo kam, hielt der Zug ruckelnd

an. Ich schnappte mir meine Tasche, stieg mit allen aus und machte mich auf den Weg zum Collegegelände. Schon das Gehen wurde zur Anstrengung; meine Muskeln fingen an, auf die Mißhandlung zu reagieren. Ich konnte nur hoffen, daß ich nicht schlimmer verletzt war; meine Rippen schmerzten, und selbst das Atmen fiel mir schwer. Ich nahm an, ein paar davon seien angebrochen.

Als ich endlich ankam, brannten in der Turnhalle alle Lichter, und die Türen standen offen. Ich schlich mich hinein und schaute am Schwarzen Brett nach: Basketballtraining der Frauen. Das war perfekt, es bedeutete, daß die Umkleideräume der Macker frei waren. Ich konnte mich richtig saubermachen und nachsehen, wie schwer ich verletzt war, und mir dann eine Ecke suchen, in die ich mich für die Nacht verdrücken konnte. Ich glaubte nicht, daß ich schlafen würde, dazu war ich zu wund, zu aufgeregt und zu wirr; alles, was ich wollte, war ein Platz, wo ich mich einrollen und die Welt eine Weile vergessen konnte …

Das erste war allerdings eine Dusche, bevor ich auch nur daran denken konnte, mir ein Nest zu suchen. Ich ekelte mich vor mir selbst: meine Haut klebte von heißem und kaltem Schweiß, mein T-Shirt klebte an meinen Rippen – Wasser oder Blut, ich war mir da wirklich nicht sicher, aber ich wollte es loswerden – und in meiner Jeans war ein feuchter Fleck, das bißchen Sperma, das ich rausbekommen hatte, bevor mein Dad reingekommen war und die Party geschmissen hatte.

Ich wollte mir auch die Zähne putzen, um den würzigen, ungewaschenen Geschmack von Mr. Vansittart aus dem Mund zu bekommen, nur daß ich natürlich nicht daran gedacht hatte, eine Zahnbürste einzupacken, kein Wunder.

Das Ausziehen ging Gott sei Dank schnell und leicht, ohne daß ich mich verrenken mußte und schmerzende Rippen oder gerissene Muskeln verschlimmern würde. Ich schnickte die Turnschuhe weg, ließ die Jeans fallen und zog das T-Shirt über den Kopf, das war's. Ich ließ alles mitten im Umkleideraum auf dem Boden liegen und ging durch zur Dusche.

Einzelduschen gab es hier nicht, von sportlichen Jungs wurde erwartet, daß sie nicht prüde waren; nur ein großer gekachelter Raum mit gleichmäßig an den Wänden verteilten Duschköpfen, außer in der Ecke, wo drei Badewannen nebeneinander standen. Ein Bad wäre schön, dachte ich, sich bis zum Kinn in heißem Wasser einzuweichen, sich von den Schmerzen und Brutalitäten des Tages zu reinigen – aber das mußte warten. Im Augenblick wollte ich mich nur abwaschen.

Irgendein netter Fremder hatte Shampoo und Bodygel auf einem Bord an der Tür liegenlassen; ich nahm sie mir und ging automatisch zu meiner üblichen Dusche. Ganz am anderen Ende, so weit wie möglich von der Tür entfernt, duschte ich gerne: wo ich mit dem Rücken zum Raum stehen konnte und wußte, daß jeder der hereinkam, meinen Arsch sah, jeder, der wollte, ihn bewundern konnte, ohne aufzufallen. Und dann konnte ich mich natürlich umdrehen und mir die ganzen Kerle anschauen, während ich mich einseifte, und ihre Schwänze auf ihre Dicke und ihre Eier abchecken.

Heute abend würde allerdings keiner kommen, den ich beäugen konnte. Ich drehte das Wasser auf und stellte es so ein, daß es fast kochte, schloß die Augen, hielt das Gesicht in den Strahl und spürte, wie das dampfende Wasser meine Sorgen mitsamt meinem Blut und Schweiß abspülte. In dem Dampf und der Hitze konnte ich nicht denken; ich konnte nur dastehen und es dankbar aushalten.

Nach einer Weile drehte ich den Thermostat ein paar Grad herunter und verteilte das Shampoo in meinen Haaren. Die Arme nur so weit hochzuheben, verursachte Krämpfe in meinen Schultern, und mein Schädel brannte wie Feuer, als ich ihn einschäumte, aber das war die Sache wert. Ich fühlte mich immer besser, wenn meine Haare gut aussahen und voll und weich goldgelb glänzten.

Mit dem übrigen Körper ging ich genauso unsanft um und rieb das Gel tief ein, besonders dort, wo die Haut abgeschürft war oder rote Flecke hatte, die darunter schon dunkel wurden, ein sicheres Zeichen für Blutergüsse am Morgen. Ich wollte meinen Vater abwaschen, selbst die Erinnerung an seine Berührungen. Das mochte vielleicht nicht möglich sein, ich war nicht so eine Dumpfbacke, die so einen Tag einfach abschüttelte, aber ich würde mir echt verdammte Mühe geben.

Als ich endlich fertig abgeduscht war und mich sauber fühlte, kehrte ich den Rücken dem Duschkopf zu, um mir von dem Strahl die schmerzenden Schultern massieren zu lassen. Eine Weile stand ich mit fest geschlossenen Augen da und stemmte mich genießerisch gegen das Wasser; dann schlug ich die Augen auf und sah, daß in der Tür ein Mann stand, der mich beobachtete.

Naja, zuerst sah ich durch den Dampf nur seine Umrisse. Ich nahm einfach an, ging davon aus, daß es ein Mann war. Es war schließlich der Umkleideraum der Männer …

Aber heute abend spielten die Frauen Basketball, da sollten doch keine Männer in der Halle sein, oder? Vielleicht hatte jemand vom weiblichen Personal die Dusche rauschen gehört und war reingekommen, um zu sehen, was los war …

Langsam griff ich hinter mich und stellte das Wasser ab. Der Dampf lichtete sich, und als allererstes atmete ich erleichtert auf. Es war ein Mann, ein großer Mann in Trainingsanzug, der mit gekreuzten Armen im Türrahmen lehnte – Gordon Berry, der Hallenleiter, der Kerl, der mein eigenes Trainingsprogramm aufgestellt hatte.

Die Erleichterung ließ nach, als ich mir einfiel, daß ich gar nicht hier sein sollte. Mann oder Frau spielte keine Rolle, was zählte, war, daß man mich erwischt hatte. Das war's also mit dem Pennen hier heute nacht, jetzt würde er's mir nie erlauben …

»Also schön, Kleiner, wer – oh, Dan Marshall, stimmt's?«

»Äh, ja, Sir.«

Ich ging ein paar Schritte vorwärts, während ich mir das Wasser aus den Haaren drückte und mir meiner Nacktheit plötzlich sehr bewußt wurde.

»Was machst du hier, Dan?«

»Äh …« *Eine Dusche nehmen*, aber das sagte ich besser nicht. Bei Mr. Berry spielte man wahrscheinlich lieber nicht den Schlauberger. Ich hatte ihn bei seinem Training gesehen, zum eigenen Vergnügen oder um uns Jungs zu zeigen, wie man etwas zu tun hatte; er konnte mit Gewichten um sich schmeißen, die ich nicht mal zu heben versucht hätte. Wenn er nur entfernt so war wie meine Sportlehrer in der Schule, dann wäre ihm schnell die Hand ausgerutscht, wenn ihm einer schräg kam, und ich hatte keine Lust, der Sammlung von Schwielen, die ich schon hatte, neue hinzuzufügen.

Genau die Schwielen, die er jetzt begutachtete, so daß ich mich plötzlich am liebsten vor ihm versteckt hätte – nur daß ich nicht mal ein Handtuch hatte, soweit hatte ich nicht gedacht. Ich konnte nichts tun, als nackt und naß vor ihm dazustehen, sprachlos und mit einem Kribbeln im Schwanz, und denken *nein, bitte nicht, nicht jetzt* … Es war, als sei einer meiner Träume in Erfüllung gegangen, ich und ein erwachsener Mann alleine in der Dusche, und ich ganz schutzlos. Er brauchte nur die Hand auszustrecken und mich zu berühren, und ich wußte, ich würde sofort einen Ständer bekommen und hätte nichts, um ihn zu verstecken, und herrje, das war im Augenblick das Letzte, was ich wollte …

»Danny«, fragte er mit einem Mal sanfter und überhaupt nicht mehr so wie einer meiner alten Sportlehrer, »wer hat dich so verdroschen?«

Ich sagte kein Wort, aber er wartete geduldig ab und ließ die Frage zwischen uns im Raum schweben, bis ich es schließlich flüsternd eingestand. »Mein Dad.«

Mr. Berry stieß einen leisen Pfiff aus. »Aber wieso bist du hierhergekommen? Du wohnst doch in der Stadt, oder?«

»Nein, Sir. Er hat mich rausgeworfen, und ich wußte nicht, wo ich sonst hin sollte ...«

Jetzt bewegte er sich, aber Gott sei Dank nicht auf mich zu. Er ging zu dem Schrank in der Ecke, nahm ein Handtuch und warf es mir zu. Dankbar fing ich es auf, rubbelte mir die triefenden Haare und tupfte ein wenig meinen Körper ab, bemüht, nicht aufzuschreien. Er stand da und beobachtete mich stumm; als ich spürte, daß mein störrischer Schwanz wieder steif wurde, schlang ich mir rasch das Handtuch um die Hüften.

»Okay. Warte hier, bis ich geduscht habe, und dann reden wir drüber und überlegen uns was, okay?«

»Äh, ja, Sir ...«

Hätte er nur gesagt *warte*, dann hätte ich mich in den Umkleideraum geschlichen und mich angezogen, um meine wachsende Erregung zu verbergen; aber da er gesagt hatte *warte hier*, tat ich, was er wollte. Da das Wasser auf meiner Haut abkühlte, fing ich inzwischen zu zittern an, aber ich ging nicht einmal zu dem Schrank, um mich mit einem anderen Handtuch abzutrocknen.

Ich versuchte, nicht hinzusehen, als er sich auszog, aber nicht einmal das schaffte ich. Sein Körper war genau wie in meinen Träumen, breite Schultern und schmale Hüfte, feste Arschbacken und kräftige Beine, überall Muskelberge und zwischen den Beinen ein dichtes Gebüsch, das seine Eier versteckte, nicht jedoch den langen, dünnen Schwanz, der in einem munteren Winkel abstand. So sehr ich auch wegschauen wollte, meine Blicke wurden immer wieder von ihm angezogen. Beim einzigen Mal, wo ich ihm ins Gesicht schaute, sah ich, daß er mich beobachtete, und wurde knallrot.

»Das war mein Zeug, das du benutzt hast«, sagte er beiläufig, als er an die Stelle ging, wo ich das Shampoo und das Gel hatte liegenlassen.

»Tut mir leid, Sir ...«

»Macht nichts.«

Er benutzte die gleiche Dusche wie ich und seifte sich in einer Dampfwolke kräftig ein; jedesmal wenn sie sich hob, traf sein Blick wieder auf meinen.

Mit über das rauschende Wasser dröhnender Stimme redete er beim Duschen.

»Ich hab die Mädchen beim Basketball trainiert. Glatte Zeitverschwendung, wenn du mich fragst. Mädchen sollten beim Völkerball bleiben, die taugen nicht für richtige Spiele ...«

Und so weiter; ich hörte nicht mehr hin, ich hatte genug damit zu tun, meinen Schwanz daran zu hindern, durch das Handtuch zu stoßen, so geil war ich plötzlich, so sehnte ich mich danach, von ihm berührt zu werden.

Er drehte das Wasser ab. »Bring mir 'n Handtuch rüber, Kleiner«, sagte er.

Ich flitzte zum Schrank, nahm ein Handtuch vom Stapel und trug es am ausgestreckten Arm quer durch den Raum. Ich hätte es ihm auch zugeworfen, wie er mir, traute mich aber nicht.

Über meine Nervosität grinsend, riß er es mir aus der Hand; dann, während er sich damit den Rücken trocknete, wobei er mich immer noch anschaute und sein magnetischer Schwanz sich hob und genau auf meinen Bauch zeigte, sagte er: »'ne richtige kleine Tucke, bist du doch, oder, Dan Marshall?«

»Sir ...?«

»Ich hab dich doch hier posieren sehen. Wie du deinen süßen kleinen Arsch geschwenkt und gehofft hast, irgendeiner würd's merken. Na, ich hab's gemerkt. Und jetzt kriegst du deine Chance ...«

Er trat einen Schritt vor, und sein langer Arm streckte sich, seine kräftigen Finger griffen unter das Handtuch, das ich trug, und rissen es weg. Mein Schwanz sprang befreit in die Höhe, was alles Leugnen zwecklos machte.

Er grinste und brachte ihn mit einem leichten Schnippen der Fingerspitzen zum Tanzen. Ich hielt den Atem an und spürte, daß sich die Haut an meinen Eiern spannte; seine nasse Hand spielte auch mit denen und rollte und quetschte sie, bis es schmerzte und ich stöhnte. Noch einen Moment länger, und er hätte mir echt wehgetan, und ich hätte aufgeschrien; aber genau da ließ er los, und seine Finger legten sich um meinen Schwanz und strichen über die gesamte Länge, so als würde er eine Kuh melken; ich wäre ums Haar auf der Stelle gekommen.

Aber »Wag's bloß nicht«, sagte er warnend. Ich schluckte; ich konnte nicht reden, nickte aber eifrig, *Okay, ich halt's zurück. Alles, was Sie wollen ...*

Seine Hände glitten über meinen Bauch und die Rippen und betasteten die Striemen und anderen Male der Wut meines Vaters. Es war allerdings mehr als nur Tasten, sie preßten und bohrten, daß ich zurückzuckte und nach Luft schnappte. Wenn ich zurückwich, packte er mich an der Schulter und riß mich wieder an sich. Sein Griff war unglaublich; ich dachte nicht daran, dagegen anzukämpfen. Ich wollte es auch nicht. Der Schritt nach hinten war ganz unwillkürlich gewesen, das Zurückziehen von einem Schmerz.

Ich achtete nicht darauf, wie er mir wehtat, solange sein langer, schmaler Schwengel, der mir im Bauch steckte, nur danach woanders stecken würde. Ich war wild darauf.

Aber trotzdem ging mir der Gedanke durch den Kopf *Es sind nur deine Striemen, die ihn anturnen, Dan*. Es schien jedoch keine Rolle zu spielen.

Sein Finger und sein Daumen schlossen sich um meine linke Brustwarze, zwirbelten sie, quetschten sie, bis ich jaulte wie ein Hündchen; er lachte, und sein Daumennagel grub sich tief hinein und zwickte fest. Diesmal brüllte ich wirklich; der ganze konzentrierte Schmerz tat sogar weher als alles, was mein Vater mir zugefügt hatte. Es schien, als würde ich am Ende noch mehr blaue Flecke kriegen …

Mr. Berry grinste bei meinem Geschrei nur noch breiter und trat wieder zurück unter die Dusche, wobei er mich an meiner Brustwarze hinter sich herzog. Er drehte das Wasser wieder auf, warm nur, nicht kochend heiß. Es floß über seine Haut und über meine; er griff nach der Flasche mit dem Bodygel, schnippte die Kappe weg und dann – endlich! – drehte er mich um.

Das warme Wasser rann über meine Wirbelsäule und zwischen meine Arschbacken; der harte Griff seiner Hand folgte. Ich spürte, wie ein Finger sich in mich bohrte und gegen meinen Schließmuskel drückte; all meine Muskeln zuckten gleichzeitig zusammen. Der Finger wich zurück, und ich glaube, ich stöhnte leise; dann spürte ich den harten Flaschenhals, der mir urplötzlich in den Arsch geschoben wurde und danach einen kühlen Strom von Gel.

Die Flasche wurde herausgezogen, und ich sah sie über den Fußboden rutschen, als er sie beiseitewarf; dann kam der Finger zurück, zwei Finger, die sich mit dem Gel als Gleitmittel vorarbeiteten. Grob aber glitschig massierten mich die Finger tief in meinem Innern, und alles, was ich wollte, war fester, tiefer, mehr; da aber zwei Finger nicht weiter reichten, wurden sie wieder herausgezogen, und ich zischte vor Enttäuschung.

Diesmal war es kein Finger, der in mich zurückkam. Diesmal war es die Spitze von seinem Schwanz, der viel länger als ein Finger war; er spießte mich auf, bevor mein Schließmuskel sich wieder anspannen konnte, er stemmte mich hoch und schob mich gegen die Wand, so daß ich mich an den Rohren festhalten mußte, und dann rammte er ihn in mich hinein, während ich mit den Zehen ein Stück über dem Boden hing.

Der Schmerz in meinen Schultern, die schon so zerschlagen und wund waren, war grausam; und im Arsch auch, als er nun ohne eine Spur von Zärtlichkeit in mich hineinrammelte und -stieß. Seine Hände fingen wieder an, im Takt mit seinen stoßenden Hüften zu zwicken und zu quetschen, und er grunzte jedesmal vor Lust, wenn ich wimmerte oder schluchzte.

Ich bat ihn jedoch nicht einmal, aufzuhören. Er hatte ja recht, ich hatte es darauf angelegt, seit ich zum erstenmal die Turnhalle betreten hatte. Und jetzt bekam ich es, und scheiß auf den Schmerz; wenn ein Mann mir wehtun wollte, spielte das einfach keine Rolle, solange er mich auch ficken wollte. Ich warf den Kopf zurück auf seine Schulter und roch seinen Schweiß, noch während die Dusche ihn abspülte. Dann schlossen sich seine Arme zu einem Nelson hinter meinem Nacken und zwangen mir gewaltsam den Kopf nach unten; meine Finger rutschten von den Rohren, und ich grabschte verzweifelt nach einem neuen Halt, während er sich mit zwei, drei brutalen Stößen so tief in mich bohrte, daß ich dachte, er würde mich auseinanderreißen, und dann kam er mit einem Schrei und einem Zittern und ein paar kurzen, scharfen Zuckungen aus der Hüfte, die sich verlangsamten und aufhörten.

Er ließ mich fallen, machte sich rasch frei und wandte sich

ab. Ich rutschte unter dem rauschenden Wasser an der Wand auf den Kacheln auf die Knie. Mein Schwanz schmerzte vor Verlangen; ich brauchte ihn kaum zu berühren, um selbst zu kommen, und sah, wie das Sperma an die Wand spritzte und in einem Wirbel aus Dampf hinuntergespült wurde.

Eine Minute lang hockte ich keuchend und zitternd so da, bis ich auch nur den Kopf heben konnte, um zu sehen, was er machte.

Er war aus dem Strahl getreten und seifte sich ab, wobei er sich Schwanz und Eier dicht einschäumte. *Ich mach das*, wollte ich sagen, aber ich hatte dazu keine Luft; und ich brauchte es nicht zu sagen, denn er schaute auf mich herab und mußte es in meinem Gesicht gelesen haben.

»Nächstes Mal, Kleiner. Nächstes Mal darfst du das alles für mich machen.« Er ging wieder unter die Dusche, um sich abzuduschen, kämmte mit den Fingern durch sein dichtes Schamhaar und packte mich dann am Ohr und drehte und grub die Nägel hinein. »Es gibt eine Menge, was du für mich tun kannst, kleiner Danny. Aber ich werd auch 'ne Menge für dich tun. Erstmal geb ich dir ein Bett. Ein Dach über dem Kopf, wie wär das? Aber laß nur das College nichts davon wissen, mein Sohn.«

»Nein, Sir …«

»Nein, Sir. So ist's richtig. Dank dran.« Und dann versetzte er mir einen scharfen Hieb an den Kopf, genau wie alle meine Sportlehrer, und schickte mich nach einem frischen Handtuch.

DRITTES KAPITEL

Ich hab's versucht, ehrlich, aber es hätte wohl nie geklappt.

Im Rückblick glaube ich auch nicht, daß Mr. Berry es je wirklich wollte. Er hatte zuviel zu verlieren, und ich war das Risiko einfach nicht wert. Er riskierte jede Nacht, die er mich bei sich zu Hause schlafen ließ, jedesmal wenn er mich anfaßte, seinen Job; nach den ersten paar Tagen konnte ich sehen, daß er so dachte, konnte den Zweifel in seinen Augen sehen und das Mißtrauen in seiner Stimme hören, wenn er mir immer wieder sagte, ich dürfe keinem, ob Lehrer oder Schüler, erzählen, was mit mir passiert war oder wo ich wohnte. Es spielte keine Rolle, wie oft ich es versprach, wie oft ich ihm versicherte, daß ich nicht tratschte, und sei es auch nur, weil ich niemandem nahe genug stand, der mir zuhörte. Er sagte es immer wieder mit einem Schlag oder einem Zwicken zum Nachdruck, um zu unterstreichen, was passieren würde, wenn ich je redete.

Mir passierte sowieso eine Menge. Schon in der ersten Nacht kam ich drauf, daß Mr. Berry einer von denen war, die genauso sehr darauf abfuhren, Jungs wehzutun wie mit ihnen rumzuspielen. Nichts Ernstes, nichts Raffiniertes; ich hatte genug in den SM-Heften gelesen, die ich nach Hause geschmuggelt hatte, und wenn das alles echt war, dann war Mr.

Berry nicht mal ein Amateur, mehr wie ein Kind, das So-Tun-als-ob spielt. Er versohlte mich ein bißchen, schubste und zwickte mich und hielt meine blauen Flecken frisch, grinste, wenn ich jaulte, und zwang mich, ihn Sir zu nennen. Das war alles, und das war nichts, was man nach Hause hätte schreiben können, selbst wenn ich noch ein Zuhause gehabt hätte. Mann, bei meinem eigenen Dad hatte ich Schlimmeres erlebt, sogar schon vor dem letzten Mal, als er versucht hatte, mir die Rippen einzutreten. Ich glaub nicht, daß Dad drauf abfuhr, es war einfach seine Vorstellung, wie man einen Sohn erzog – halt ihn still, verprügle ihn, bring ihm Respekt und Gehorsam bei – aber das Ergebnis war das gleiche. Bei Mr. Berry zu wohnen, war ganz ähnlich wie zu Hause zu wohnen, außer daß ich nachts und morgens flachgelegt wurde.

Ich wußte, es war zu gut, um lange zu dauern; es mußte zu gut sein.

Er behandelt mich wie einen Küchenjungen, wie einen Diener, aber das machte mir nichts aus. Ich putzte und saugte, wusch das ganze Geschirr ab und kochte meistens. Wenn er Speck und Eier oder Wurst mit Bohnen satt hatte, ging er aus, während ich vor der Glotze Toast knabberte.

Ich durfte nicht raus, außer zum College. Und sogar dann mußte ich eine halbe Stunde vor ihm gehen und mit dem Bus fahren und alleine wieder heimkommen; und ich mußte darauf achten, daß niemand schaute, bevor ich sein Haus verließ oder betrat, und wenn jemand vorbeikam, mußte ich mich in dem kleinen Hinterzimmer verstecken, bis der Besuch weg war. Ich durfte nicht mal die Gardinen aufziehen, damit mich niemand sah, der's nicht sollte.

Jeden Tag rechnete ich damit, daß er mich rauswerfen würde. Jeden Tag hatte er es, glaube ich, ehrlich vor, es gefiel ihm nur zu gut, mich zu seiner Bedienung dazuhaben. Ich kochte seinen Kaffee und holte ihm Bier aus dem Kühlschrank, ich wusch seine verschwitzten Sachen und bügelte sie; und jederzeit, wenn er Lust hatte, konnte er mich ausziehen und haben. Er war immer grob, aber auch das machte mir nichts aus. Ich dachte, so seien Männer eben, wenn sie Jungs ficken. Ich wußte es nicht besser; ich konnte es mir gar nicht besser vorstellen.

Ich nehme an, uns beiden war klar, daß das nicht viel länger weitergehen konnte. Aber solange er nichts sagte, ging ich auch nicht. Ich weiß, ich hätte mit dem Sozialarbeiter am College reden sollen, um etwas anderes zum Wohnen zu finden; aber ich war mir sicher, sobald ich das tat, würde Mr. Berry mich sofort rauswerfen. Dann hätte es keinen harten Sex im Bad oder auf dem Fußboden im Wohnzimmer mehr gegeben, kein Aufwachen mehr, an seinen Körper gekuschelt, kein Tasten mehr nach seinem steifen Schwanz, der, noch von der Nacht zuvor mit KY glitschig, bereit für mich war. Es war das beste, was ich je gehabt hatte; etwas, das meinem Traum von einem Mann, der mich liebt und benutzt und sich um mich kümmert am nächsten kam; ich konnte das nicht einfach aufgeben, das ertrug ich nicht. Irgendwann würde ich aufwachen müssen, aber morgen war noch früh genug, wenn er mich nur noch eine weitere Nacht bleiben ließ …

Das College war ein Problem für sich. Erstens hatte ich keine Bücher mehr; mein Dad hatte keinen Scherz gemacht, als er gesagt hatte, er würde meine ganzen Sachen auf die Müllkippe werfen. Und ich arbeitete sowieso nicht mehr; ich war viel zu durcheinander, um mich zu konzentrieren, machte mir zu viele Sorgen um die Zukunft und war abends viel zu sehr damit beschäftigt, Mr. Berry bei Laune zu halten.

Außerdem scherte mich der Kurs, den ich besuchte, einen Dreck. Ich war nur hingegangen, um meinen Vater zufriedenzustellen, und das brauchte ich nicht mehr. Alles erschien mir jetzt als sinnlose Zeitverschwendung. Ich saß in den Vorlesungen und tat, als würde ich mitschreiben, aber die ganze Zeit schwirrte mir der Kopf mit den Gedanken, wie lange ich damit noch durchkäme, bevor irgend jemand dahinterkam. Das mußte früher oder später passieren, wahrscheinlich früher. Da gab es die Hausarbeiten, die ich schreiben sollte und nicht schrieb; es genügte nur ein Anruf meines Tutors, und Dad würde sagen, ich würde nicht mehr bei ihnen wohnen, und dann war die Kacke am Dampfen.

Ich hätte lügen können, dachte ich. Sagen, ich hätte bei 'nem Freund auf dem Fußboden gepennt, aber nicht, bei wem. Das hätten sie wahrscheinlich geschluckt. Aber dann würde trotzdem alles so kommen, wie es kommen mußte: sie würden mir ein Zimmer im Studentenheim besorgen, und ich würde das einzige verlieren, was mir im Leben etwas wert war, Mr. Berrys Schwanz. Und ohne die Bücher würde ich trotzdem nicht lernen können, was ich sowieso nicht wollte, und sie würden mich am Ende des Jahres rauswerfen, falls ich so lange überlebte, und das war unwahrscheinlich, weil ich kein Geld hatte, um mir etwas zum Essen zu kaufen oder die Miete zu bezahlen, was alles keine Rolle spielte, solange Mr. Berry mich bei sich wohnen ließ …

* * *

Und das tat er natürlich nicht, obwohl letztlich jemand anderes die Entscheidung für ihn traf.

Komisch, ich hatte es seit Tagen kommen sehen, eigentlich jeden Tag seit dem ersten; und doch kam es völlig überraschend, als er es sagte.

Und noch überraschender, als er sagte, warum.

Es war Samstag mittag; da er zum Einkaufen in die Stadt gegangen war, verbrachte ich den Morgen damit, das Haus zu putzen, und hoffte, wir würden den Nachmittag zusammen im Bett verbringen. Ich war gerade in der Küche, als ich sein Auto draußen halten hörte. Ich hielt den Atem an wie immer, und fragte mich, in welcher Stimmung er sein würde, was ich tun müßte, um zu kriegen, was ich wollte; er kam reingestürmt, warf seine Schlüssel und eine Zugfahrkarte auf den Tisch und sagte: »Du packst jetzt besser deine Sachen, Kleiner. Ich will, daß du heute abend raus bist.«

Ich starrte ihn mit offenem Mund an. »Wie bitte, Sir?«

Er seufzte ungeduldig. »Es ist vorbei, Dannyboy. Meine Verlobte kommt heut nachmittag mit dem Flieger aus New York. Ich fahr hin, um sie in Empfang zu nehmen, und wir nehmen den letzten Zug zurück, und ich will dich hier nicht mehr sehen, wenn ich wiederkomme. Ist das klar?«

Mir stand immer noch der Mund offen. »Ihre was?«

»Meine Verlobte. Das Mädchen, das ich heiraten werde. Jesses, du hast doch wohl nicht gedacht, daß ich dich heirate, oder?«

»Nein, nein, natürlich nicht, aber …«

Noch ein Seufzer, diesmal etwas milder; er legte mir die Hände auf die Schultern und bohrte mir die Daumen tief hinein, wobei ich wie immer vor Lust zu zittern anfing. »Hör zu, Dannyboy. Jungs sind für den Spaß da, aber ich laß mich nicht ernsthaft auf sie ein. Dir muß doch klar gewesen sein, daß das nur 'ne zeitweilige Sache ist. Nicola ist 'n Superweib, arbeitet bei 'ner amerikanischen Bank; sie ist verrückt nach mir, und sie ist meine Fahrkarte aus dem beschissenen Kaff hier. Verstehst du?«

»Äh, ja. Ja, Sir …«

»Braver Junge. Und jetzt komm.« Er nahm eine Hand von

meiner Schulter, steckte sie unter mein T-Shirt und kniff mir grob in die Brustwarze. »Wir gehen rauf, ficken noch mal um der guten alten Zeiten willen, und dann kannst du packen und abhauen, okay? Du hast das Wochenende, um dir was neues zum Pennen zu suchen. Einem hübschen Jungen wie dir sollte das nicht schwerfallen. Vergiß nicht, die Schlüssel dazulassen, leg sie einfach auf den Tisch hier, wenn du gehst ...«

Er packte mich am Handgelenk und zerrte mich nach oben ins Schlafzimmer. Ich war inzwischen vom Schock gelähmt, den Tränen nahe, und meine Finger zitterten so stark, daß ich kaum mit meinem eigenen Gürtel und den Knöpfen am meinem Hosenschlitz zurechtkam, geschweige denn seinen. Aber er wartete ab, er mochte es immer, wenn ich mich zuerst auszog und dann ihn; manchmal ließ er es mich mit den Zähnen machen.

Aber nicht diesmal, beim letzten Mal. Vielleicht weil es das letzte Mal war, vielleicht nur, weil ihn meine Ungeschicklichkeit wieder ungeduldig gemacht hatte, behandelte er mich roher als je zuvor. Als ich ihm die Jeans herunterzog, federte sein Schwanz hoch, lang und steif, steif wie ein Ast und an der Spitze schon glänzend. Ich streckte die Hand aus, um ihn zu berühren, ihn zu küssen, auf Wiedersehen zu sagen, aber er ließ es nicht zu. Seine groben Hände packten mich an den Armen, seine Finger gruben sich bis zum Knochen ins Fleisch, wo sie rote Flecken hinterließen; er zerrte mich von den Knien und warf mich mit dem Gesicht nach unten aufs Bett.

Ich hörte, wie er mich auslachte, und biß ins Kissen, weil ich wußte, was jetzt kam. Ein scharfer, brennender Schlag, dann noch einer, einen auf jede Arschbacke: er hörte es gerne, wenn ich aufjaulte, aber heute gönnte ich ihm die Genugtuung nicht. Ich brauchte ihn nicht mehr bei Laune zu halten ...

Vielleicht war es das, weshalb er so grob zu mir war. Vielleicht ärgerte ihn mein leichter Trotz.

Ich spürte seinen von Gleitgel kalten Finger in der Arschspalte; aber diesmal ohne geduldiges Bohren, ohne jede Spur von Rücksicht. Er rammte ihn einfach durchs Loch, daß ich nach Luft schnappte. Er lachte wieder und ließ einen zweiten Finger folgen, dann einen dritten.

Jetzt wand ich mich stöhnend; er legte mir einen Arm über die Schultern und drückte schwer zu, um mich festzuhalten, während sich seine Finger in mich hineinwühlten. Ich hätte ihn gerne dafür gehaßt, konnte es aber nicht. Mein Schwanz war selber schon stocksteif. Er tat mir wirklich weh, aber ich wollte nicht, daß er aufhörte.

Es spielte keine Rolle, was ich wollte. Mit einem saugenden Geräusch zog er die Hand heraus und schlug mich wieder. Und dann war da etwas anderes, das sich blindwütig gegen meinen Arsch preßte und sich hineinbohrte. Diesmal war es sein Schwanz, der mich nicht so dehnte wie seine Finger, nicht schmerzte. Ich stöhnte vor Wonne, als ich sein Gewicht auf mir spürte, und er hart zustieß, während sein wundervoll schmaler Schwanz tiefer und tiefer in mein Innerstes vordrang.

Seine Hände fanden wie immer meine Brustwarzen und zwickten und zwirbelten. Ich fragte mich benommen, ob er seine Verlobte auch so benutzte, ob er sie von hinten nahm, ob er mit ihren Titten genau so roh war wie mit meinen; aber nur eine Sekunde lang. Danach konnte ich mich auf nichts anderes mehr konzentrieren als auf das, was seine Finger machten – unter denen ich aufjaulte, so wie er es mochte – und darauf, was sein Schwengel machte, wie er mich im Innersten auflöste, während ich schluchzte und jammerte und völlig zerbrach.

Er kam mit einem Grunzen und einem scharfen, kurzen

Zucken im ganzen Leib. Ich selbst hatte schon auf seine Laken abgespritzt, und das Sperma klebte mir am Bauch.

Eine Weile lag er still da, und ich spürte, wie er in mir schlaff wurde. Dann stieß er langsam den Atem aus, stemmte sich mit den Händen hoch und rollte ab. Ich rührte mich nicht; zu mehr als zum Atmen war ich nicht fähig. Mein Gesicht auf seinen Kissen war tränenüberströmt.

Als ich endlich den Kopf hob und aufschaute, schlief er. Nackt neben mir ausgestreckt, der perfekte Mann meiner Träume, schal gewordener Träume. Lange lag ich nur da und betrachtete ihn. Es kostete mich unsägliche Mühe, mich aufzurichten, aufzustehen und zu gehen.

Ich raffte meine Klamotten vom Teppich und trug sie zu dem kleinen Zimmer. Ich stank nach Schweiß, und auf meinem Bauch trockneten die Spermastreifen; ich sehnte mich verzweifelt nach einer Dusche, aber das Bad lag hinter seinem Schlafzimmer, und ich wollte ihn jetzt nicht wecken.

Ich rubbelte mich also mit einem trockenen Handtuch ab und zog mich wieder an. Dann suchte ich das wenige, was ich hatte, zusammen und schlich die Treppe hinunter.

Laß den Schlüssel da, hatte er gesagt. Ich zog ihn aus der Tasche und legte ihn neben seinem auf den Tisch. Ich fragte mich, wo zum Teufel ich jetzt hingehen sollte, wessen Schlüssel als nächster in meiner Tasche stecken würden, und wie ich ihn je finden sollte; und dann fiel mein Blick auf die Fahrkarte, die da zwei Zentimeter vor meinen Fingern lag.

Gut. Es gab nichts, was mich hier hielt. Kein Zuhause, keine Freunde, kein Interesse am College mehr. Ich wollte nur noch weg, weit weg, wo nicht die Gefahr bestand, Mr. Berry oder meinem Dad über den Weg zu laufen oder sonst jemandem, dessen Gesicht ich kannte, der mich daran erinnern konnte, wie wenig ich verloren hatte, wie wenig ich aufgegeben hatte.

Und er war mir eindeutig was schuldig, er konnte sich den Preis für eine Fahrt nach London leisten … Ich ließ also den Schlüssel liegen, nahm aber die Fahrkarte. Nur für die Hinfahrt: eins war sicher, ich würde nie wieder zurückkommen.

Ich rannte zum Bahnhof, die ganze Strecke. Es ging wahrscheinlich nicht schneller als mit dem Bus, aber ich hatte das Gefühl; und wenigstens mußte ich so nicht Ewigkeiten an der Haltestelle stehen und ungeduldig hüpfend die Haustür von Mr. Berry gleich über die Straße beobachten und darauf warten, daß er voller Wut in seinen Jeans mordlüstern herausgestürmt kam …

Statt dessen stand ich hüpfend auf dem Bahnsteig. Ich mußte eine halbe Stunde auf den nächsten Zug nach London warten und behielt die ganze Zeit über die Fußgängerbrücke über den Gleisen im Auge, darauf gefaßt, ihn jeden Moment zu sehen. Ich wußte, das war unvernünftig. Er schlief immer gern ein Stündchen, nachdem er mich gefickt hatte, und danach würde er unter die Dusche gehen und sich extra lange Zeit dafür nehmen, um sich für seine Verlobte anzuziehen; daß die Hälfte seiner Fahrkarte fehlte, durfte er eigentlich erst merken, wenn er sie an sich nahm …

Trotzdem beobachtete ich die Fußgängerbrücke und legte mir einen Fluchtplan zurecht: *über den Bahnsteig rennen, über die Absperrung springen, quer über den Parkplatz ins Einkaufszentrum hetzen, wo er vielleicht meine Spur verlor …*

In kalten Schweiß gebadet stand ich in der heißen Sonne und fühlte mich erst sicher, als der Zug ein- und mit mir an Bord abfuhr, und die ganze Zeit hatte ich nach ihm Ausschau gehalten, und er war nicht aufgetaucht.

* * *

Ich hatte so sehr auf Mr. Berry geachtet, war so auf ihn konzentriert gewesen – ehrlich gesagt, hatte ich mich so gefürchtet – daß ich gar nicht bemerkt hatte, daß jemand anders mich beobachtete.

Zumindest auf dem Bahnsteig hatte ich ihn nicht bemerkt. Sobald wir beide im Zug waren, konnte ich ihn nicht mehr übersehen. Er wartete, bis ich mich gesetzt hatte – ich war an der Tür stehengeblieben und hatte durchs Fenster geschaut, bis wir uns bewegten – und dann setzte er sich im Gang mir gegenüber, wo er mich weiter betrachten konnte.

Es war ein Geschäftsmann mittleren Alters mit Aktenkoffer, grauem Anzug und Brille; ein bißchen fett, ein bißchen kahl, nichts besonderes. Ich spürte seine Blicke, schaute ihm in die Augen und schaute wieder weg – auf die Straße; neben der wir herfuhren, und hielt immer noch Ausschau nach Mr. Berrys Auto, für den Fall, daß er uns einholen wollte – aber als ich wieder zurückschaute, glotzte der Kerl immer noch.

Diesmal wurde ich rot, gegen meinen Willen. Ich wandte den Kopf ab und starrte aus dem Fenster, diesmal nicht um Ausschau zu halten, aber auch nicht, um den Schüchternen zu spielen, ich wollte einfach nur in Ruhe gelassen werden.

Kurz darauf spürte ich, daß der Sitz neben mir sich bewegte. Ich schaute hin, und ja, er war es. Er starrte mich immer noch direkt an, und sein Bein streifte meins.

»Ich hab dich da auf dem Bahnsteig beobachtet«, sagte er. »Läufst du vor etwas weg, oder was?«

Ich sagte kein Wort, falls nicht mein Schweigen sagte *Geht Sie nichts an*. Falls doch, achtete er nicht darauf.

»Na, du hast doch vor irgendwas Angst, stimmt's? 'ne Scheißangst, würde ich sagen, nur daß es nicht Scheiße ist, wonach du riechst ...« Und ich sah, wie seine Nasenflügel bebten und meine Gerüche, die des Tages, den ich hinter mir hatte, einsogen. »Angst und Schweiß und Sex. Du stinkst nach Sex, Junge. Du stinkst nach 'nem anderen Mann.«

»Äh, tut mir leid«, stotterte ich dämlich. »Ich konnte nicht duschen ...«

»Mach dir nichts draus, Kleiner. Ich mag das.« Seine Nasenflügel bebten wieder; seine Wurstfinger tätschelten meinen Oberschenkel, dann griffen sie zu und drückten. Kurz darauf, als ich ihn nicht hinderte, schob er die Hand ein bißchen höher, zwischen meine Beine.

Ich konnte es nicht fassen. Der Zug war nicht voll, aber in dem Wagen waren trotzdem viele Leute, die sich zum Teil auf dem Weg zum Speisewagen oder zur Toilette durch den Gang drängelten – und da tatschte mich der Kerl in aller Öffentlichkeit an ...

Obwohl das so nicht ganz stimmte, die Sitze haben hohe Lehnen und stehen dicht beisammen; einen Meter weiter konnte man schon nicht mehr sehen, was seine Hand da machte.

Was seine Hand da weiterhin machte. Ich stieß ihn immer noch nicht weg.

Genau genommen, machte er gar nicht viel, aber das war auch nicht nötig. Ich schien zu dieser Zeit ständig geil zu sein, ich konnte an nichts anderes denken. Kaum hatten seine Finger meinen Schlitz gestreift, zuckte mein Schwanz und fing an, dick zu werden und sich gegen den dunklen Stoff zu pressen. Seine Augenbrauen zuckten, seine Finger tasteten meine Länge ab, und er lächelte.

Angesichts einer so düsteren und bedrohlichen Zukunft, einer Reise ins Nirgendwo war es tröstlich, ein paar Minuten lang abgelenkt zu werden. Abgelenkt und vielleicht noch mehr: Mr. Berrys Worte hallten in meinen Ohren: *Einem hübschen Jungen wie dir sollte das nicht schwerfallen.*

Als der Kerl neben mir mein Handgelenk nahm und behutsam zu seinem eigenen Schoß zog, saß ich nur passiv da und schaute ihn an.

»Ist doch nur fair, Kleiner.« Er ließ meine Hand auf seinem Schoß liegen, zog seine Brieftasche und bot mir einen Zwanziger an.

Ich schaute auf dem Schein, ich blickte ihn an.

»Na schön. Vierzig. Aber dann ist Schluß, oder?«

Ich nickte. Er faltete die Scheine und steckte sie in meine Hemdtasche; dann holte er eine großformatige Zeitung aus dem Aktenkoffer, schlug sie auf, schüttelte sie und setzte sich hin, als läse er die Aktienkurse.

Jetzt konnte niemand sehen, was meine Hand machte, außer er stand gleich neben ihm und schaute direkt nach unten.

Durch die leicht fettige Wolle seiner Hose tastete ich seinen Schwengel ab und spürte, wie er unter meiner Berührung anschwoll. Er bewegte den Kopf nicht, aber die Zeitung raschelte leise; ich biß mir fest auf die Lippen, um ein plötzliches Kichern zu unterdrücken. Ich konnte nicht fassen, was wir hier machten, mitten in einem besetzten Zug. Da drängelte sich ein Mädchen etwa in meinem Alter an uns vorbei; unsere Blickte trafen sich, und sie lächelte. Sie konnte nichts gesehen haben, aber ich wurde knallrot. Sie zwinkerte und war verschwunden.

Tut mir leid, Kleine, dachte ich, *da hast du dir den Falschen zum Zwinkern ausgesucht …*

Und hätte fast wieder gelacht und mußte fest schlucken; der Kerl neben mir hatte gezahlt wie ein Gentleman, der wollte nicht, daß ich jetzt zusammenbrach. Außerdem brauchte ich die vierzig Mäuse wirklich …

Ich knöpfte seinen Schlitz auf und steckte die Hand in seine Hose. Ich spürte, wie sich sein Schwanz unter meiner

Handfläche spannte, aber immer noch war Stoff zwischen uns; so wie es sich anfühlte, eine Unterhose mit Y-Eingriff. Ich schob die Finger durch den Schlitz und berührte die heiße, straffe Haut.

Ich schabte mit den Fingernägeln darüber und hörte, daß er den Atem anhielt; da ich aber nicht die ganze Hand in den engen Schlitz bekam, zog ich die Finger wieder heraus – wobei er leise stöhnte – und tastete nach dem Bund. Harmlos aus dem Fenster starrend, zog ich ihm die Unterhose über die Eier, schloß die Finger um seinen Schwanz und zog ihn durch den Hosenschlitz.

Es war ein kurzes Stummelding, das unter meinem Griff zuckte und pochte, als hätte es ein Eigenleben. Ich spielte eine Weile damit, dann steckte ich die Hand wieder hinein und preßte das Handgelenk fest gegen den Schwanz, während ich mit den Fingern durch seine Schamhaare rechte und nach seinen Eiern faßte.

Gott, war der vorbereitet. Er ließ die Zeitung, unter der er alles versteckte, auf den Schoß fallen und fischte in seiner Tasche nach einem Taschentuch. Das drückte er mir schweigend in die Hand und schaute in die andere Richtung; an seiner Schläfe konnte ich den Schweiß sehen, während sein Schwengel unter meiner Hand zuckte.

Ich nahm das Taschentuch und wickelte es, so gut es mit einer Hand ging, drumherum, damit kein Sperma auf seinen Anzug kam; dann zog und quetschte ich gleichmäßig, so wie ich mich selbst immer wichste. Es dauerte nicht lange. Seine Hüften bäumten sich unter meinen Armen kurz auf, sein Schwanz pulsierte in meiner Hand, und plötzlich war das Taschentuch feucht und schwer.

Ich wischte ihn nach Gefühl ab, knüllte das Tuch in der Hand und machte ihn unter der Zeitung sauber, zog ihm die

Hose über den erschlaffenden Pimmel und knöpfte ihm wieder den Schlitz zu.

Jetzt schaute er mich kurz an, wobei sein dankbares Lächeln sich angeekelt verzog, als ich ihm höflich das Taschentuch in die Hand drückte.

Ich wandte mich ab, hob die Hand ans Gesicht, um seinen salzigen Geruch einzuatmen, bevor er verschwand, und mir die Handfläche abzulecken, um den Geschmack seines Spermas zu schmecken. Ich dachte, das würde ihm gefallen.

Ich spürte, wie seine Hand meinen Schenkel erneut tätschelte; dann raschelte wieder die Zeitung, der Sitz quietschte, und als ich mich umdrehte, war er verschwunden.

VIERTES KAPITEL

Es war ganz komisch, schließlich aus dem Zug zu steigen und Londoner Pflaster zu betreten. Verängstigt aber frei, beides zugleich: mir kribbelte die Haut am ganzen Leib, ich war zappelig und stand unter Strom, reagierte auf jedes Geräusch und jede Bewegung in der belebten Bahnhofshalle. In mir staute sich ein mächtiger Schrei auf, aber ich traute mich nicht, ihn herauszulassen; ich war mir nicht sicher, ob es Lachen oder Weinen war.

Ich glaubte, mich noch nie so lebendig gefühlt zu haben, oder schutzlos – aber das dachte ich nur eine Sekunde lang, denn plötzlich überschwemmte mich ein gewaltiger Déjà-vu-Eindruck. Ich stand völlig erstarrt auf dem Bahnsteig, die Tasche zwischen den Füßen, und mein Kopf drehte sich und schwirrte und versuchte, sich zu erinnern …

Ich muß total bescheuert ausgesehen haben, wie ein Junge vom Land, der vom ersten Anblick der großen Stadt überwältigt wird. Das stimmte ja auch halb; ich war ja auch so gut wie ein Junge vom Land. Ich war im Leben nur zwei-, dreimal in London gewesen, und diesmal hatte ich nicht vor, zurückzukehren, und ja, es war überwältigend. Aber es war sowieso egal. Niemand schaute mich an. Oder wenn, dann schaute ich ihn nicht an. Ich schaute zurück, ein Jahr und mehr …

Als ich im College angefangen hatte, war der einzige wirkliche Freund, den ich kennenlernte, Sergeant Richards, der Hauswart. So nannte er seinen Job; der Rektor nannte ihn Hausmeister und in den Akten hieß er Gebäudeinspektor, aber er sagte: »Ich bin ein altmodischer Mann, Dannyboy, und ich mag die altmodischen Namen für Dinge. Als ich ein Junge in deinem Alter war, hieß der Job Hauswart, und das ist er geblieben. Ich werde dich nicht als jungen Erwachsenen bezeichnen, und du nennst mich nicht Gebäudeinspektor, klar?«

»Äh, ja, Sergeant …«

Es war kein Witz, er war ein altmodischer Mann. Er mußte gut in den Sechzigern sein; er trug einen kleinen weißen Schnurrbart mit aufgedrehten Spitzen, er rauchte Embassy ohne Filter, und alle nannten ihn Sergeant, vom jüngsten Studenten, der noch feucht hinter den Ohren war – wie ich – bis zum Leitenden Fakultätsvorstand, obwohl es dreißig Jahre her war, daß er die Armee verlassen hatte. Ein paar Schlauberger salutierten, jedes Jahr gab es, wie er mir sagte, zwei oder drei, aber das machten sie nur einmal. Er hatte eine harte Hand, Sergeant Richards, und darin, sie auf die roten Backen von jungen Burschen zu knallen, war er ganz altmodisch, selbst wenn es sich technisch um Erwachsene handelte. »Sollen sie mich doch anzeigen«, knurrte er. Was nie geschah .

Er war allerdings auch nett, auf die ruppige Art eines alten Soldaten. Besonders nett war er zu mir, zu einer Zeit, da ich es wirklich brauchte. Ich war achtzehn, hätte aber, gesellschaftlich unbeholfen wie ich war, auch vier Jahre jünger sein können. Ich war noch dürr, hatte den Fitnessraum noch nicht entdeckt; und ich war nicht schlau und haßte Fußball, Computer fand ich tödlich langweilig, und für Mädchen interessierte ich mich auch nicht. Praktisch alle um mich herum schlossen sich Gruppen an, hatten Liebschaften, fanden Freunde fürs Leben, nur ich nicht. Ich konnte keine Gruppe finden, zu der ich paßte. Da Dad die Hoffnung, einen neuen Job zu finden, so ziemlich aufgegeben hatte, war mein Leben zu Hause auch so ziemlich schrecklich, kein Geld und 'ne Menge Streß, jederzeit die Gefahr, ein blaues Auge zu bekommen, wenn ich was Falsches sagte. So etwa das einzige Problem, das ich nicht hatte, war Akne.

Was ich mehr als alles sonst brauchte, war ein Unterschlupf, etwas, wo ich mich hinflüchten konnte; und genau das bot mir Sergeant Richards. Im Keller hatte er eine Kammer neben dem Heizungsraum, wo es immer warm war und wo immer ein alter Sessel stand, auf den ich mich fallen lassen und bei einem Becher dampfendem Tee den Geschichten aus seinem Leben zuhören konnte. Er stellte nie Fragen, der Sergeant, und das war toll; ich konnte meine ganzen Sorgen vor der Tür lassen und einfach eine halbe Stunde ausspannen, was es für mich nirgends sonst auf der Welt gab.

Ich verdankte ihm eine Menge, selbst ein dummer, unglücklicher Teenager konnte das erkennen; und ich tat mein Bestes, um mich zu revanchieren, indem ich ihm an ein paar Tagen pro Woche nach dem Unterricht half. Aber auch das kam mir wie Betrug vor, als erntete ich Dankbarkeit, die ich nicht verdiente. Die Papierkörbe im ganzen College leeren oder die Stühle für ein Konzert im Saal aufstellen war viel, viel besser als heimzugehen.

Eines Abends, nachdem wir einen Stapel alter Tische auf eine Müllkippe gebracht hatten, nahm er mich wie gewöhnlich in seine Kammer mit. Er war nicht dumm, er wußte genau, wie sehr ich jede Minute zu schätzen wußte, die wir dem

Tag abzwacken konnten, bevor ich mich der öden Strecke nach Hause und den Launen meines Vaters am anderen Ende stellen müßte.

Diesmal setzte er allerdings nicht den Wasserkessel auf, was er sonst immer als erstes machte. Ich weiß nicht, ob es das war oder etwas an seinem Verhalten, an der Art, in der er mich anschaute; vielleicht war ich an dem Tag auch nur besonders wach und empfänglich für die Schwingungen zwischen ihm und mir. Egal, ich wußte, das würde nicht der übliche gemütliche Plausch werden. Ich setzte mich nicht mal hin, ich blieb mitten auf dem abgewetzten Teppich stehen, beobachtete ihn und wartete darauf, daß er mir sagte oder zeigte, was er wollte.

Als allererstes verriegelte er die Tür. Es war ein alter, massiver Eisenriegel, den er irgendwo abgegriffen haben mußte, er gehörte eindeutig nicht zur Standardausrüstung eines Hauswartraums in einem modernen College; einmal, als ich ihn danach gefragt hatte – ich hatte gerade Türangeln geölt, also auch diese und den Riegel – hatte er nur geknurrt und gesagt: »Ich achte auf meine Privatsphäre. Ich will nicht, daß ihr Jungs jedesmal hier reinschneit, wenn es euch gefällt.« Das stimmte einfach nicht; ich rannte zu ihm runter, wann immer ich konnte, und er hatte mich nie weggeschickt oder die Tür vor mir verriegelt. Wenn er nicht da war, schloß er ab, aber das Schloß war ein jämmerliches Ding unter der Klinke, und der Riegel war ganz oben. Ein Rütteln, und das war klar.

Ich sah zu, wie er den schweren Riegel vorlegte und sich zu mir umdrehte. Ich hatte keine Ahnung, was er sagen würde oder was er wollte, so naiv war ich; ich hatte keine Angst vor ihm, ich war mir sicher, er würde mir nichts antun, aber oh, trotzdem war ich plötzlich nervös. Seine blaßblauen Augen musterten mich von oben bis unten. Er lächelte nicht. Ich leckte mir die Lippen und stellte fest, daß sie trocken waren, obwohl meine Hände schwitzten.

»Also, Dannyboy, ich glaube, es ist jetzt Zeit, nicht?«

»Zeit für was, Sergeant?«

»Zeit, um ein paar Dinge klarzustellen.« Er trat einen Schritt näher. Er war ein mächtiger Mann, groß und bullig, mit seinem Schnurrbart und der bellenden Stimme, die jetzt so komisch sanft und weich war, hätte er Sergeant-Major gewesen sein müssen; ich mußte dagegen ankämpfen, nicht einen Schritt zurückzutreten. Es war ganz instinktiv, und ich wollte nicht, daß er es sah und mißverstand. Außerdem mochte ich, daß er mir nahe war, sogar so nahe. Es gefiel mir, wie er roch, Schichten von Seife und Bartwichse und Tabak an der Oberfläche und darunter ein schwerer, würziger Duft, den ich immer für den Geruch eines Mannes gehalten hatte. Mein Großvater hatte genauso gerochen, bevor er starb; ich hatte es geliebt, Opa zu umarmen, selbst schon als ich drei gewesen war.

Ich würde Sergeant Richards nicht umarmen, hatte aber kurz das Gefühl, er werde mich umarmen, so nahe stand er. Nahe genug, um seinen Atem zu riechen, als er über mir aufragte: er hatte Pfefferminze gelutscht, aber das wußte ich schon. Ich nämlich auch, er hatte sie mir während der Arbeit gegeben.

Er hob die Hand, um mich anzufassen, aber nicht um mich zu umarmen. Seine Finger streiften über meine Wangen, mein Kinn, wo es sich von dem weichen blonden Flaum anfühlte wie Wildleder.

»Du kommst doch nicht nur wegen meinem Tee hier runter, oder, Danny?«

»Nein, Sergeant.« Ich kam wegen seiner Gesellschaft und seiner Geschichten und um allem zu entkommen, was ich im Leben haßte; ich hatte gedacht, das hätte er begriffen, ohne daß ich es sagen mußte.

»Nein, Sergeant«, äffte er mich nach, aber nicht grausam. »Es gibt immer einen, immer einen Jungen, der mich aussucht. Aber du bist Spitze, kleiner Danny. Du wirst mal ‘n richtiger Herzensbrecher, wenn du erst weißt, wo’s langgeht.«

Er war nicht der erste, der das zu mir sagte, meine Tante hatte es jede Weihnachten gesagt; eine Sekunde lang war ich bitter enttäuscht. Ich dachte, er hätte es genauso gemeint wie sie, ich dachte, er würde mir etwas versprechen, das ich wirklich nicht wollte, nämlich daß die Mädchen bei mir Schlange stehen würden. Aber dann bewegten sich seine Hände über meiner Brust, seine alten, runzligen Finger tasteten durch mein Hemd und bohrten sich mir mit erstaunlicher Kraft in die Rippen und den Bauch. Ich hielt den Atem an, und ein köstlicher Schauer durchfuhr mich, als er mich berührte, wie noch kein Mann es getan hatte.

Er kicherte leise. »Das gefällt dir, stimmt’s?«

»Ja, Sergeant ...«

»Ja, Sergeant.« Wieder dieses Echo ohne eine Spur von Spott.

Und dann berührte er mich auf eine Art, die ich mir nie hätte träumen lassen, nie zu träumen gewagt hatte, daß das ein Mann je machen würde; er schob die Hand unter den Bund meiner Hose und in meine Unterhose und schloß sie um meinen Schwanz und die Eier.

Er hielt mich nur fest, mehr nicht; mehr war nicht nötig.

»Das gefällt dir auch«, flüsterte er. »Oder?«

»Ja, Sergeant ...«

Ich konnte es nicht leugnen. Mein Schwanz wurde steif und reckte sich seiner Hand entgegen wie ein Hündchen, das gestreichelt werden will.

Seine Finger legten sich locker um meinen Schaft. Diesmal schnappte ich laut nach Luft.

»Nur die Ruhe«, brummte er. »Es gefällt dir sehr, und du wirst lernen, alles zu mögen. Und jetzt wollen wir dich mal anschauen, was?«

Mit der anderen Hand zog er mir den Gürtel aus der Schnalle und machte rasch und gekonnt die Hose auf. Sie fiel mir auf die Knie, und er schob sie noch weiter herunter, ohne auch nur einmal meinen Schwanz loszulassen, der in seinen Fingern ungeduldig hüpfte.

»Langsam, Kleiner.« Jetzt lachte er mich aus, aber weiterhin freundlich. »Wir haben's nicht eilig.«

Doch, und ob. Plötzlich hatte ich es schrecklich eilig, und mir wurde ganz heiß, nur daß ich nicht die Luft hatte, es zu sagen. Ich keuchte in harten, kurzen Zügen und ballte die Fäuste an den Seiten, die sich eigentlich am liebsten um etwas ganz anderes, irgend etwas von ihm, geballt hätten. Ich traute mich nicht, es auszusprechen, aber oh, wie sehr sehnte ich mich danach.

»Du hast da unten 'ne ganze Menge mehr Haare als am Kinn«, schmunzelte er, während seine andere Hand nun an meinen Hoden spielte und meine Eier streichelte, wobei sein Daumen fest und rhythmisch gegen meinen Schwanz drückte.

»S-sergeant«, preßte ich stammelnd durch meine Begierde und eine plötzliche peinliche Verlegenheit hindurch. »Ich bin gleich …«

»Ich weiß. Ist schon gut, sollst du ja.«

Und er ließ mich nicht einfach nur kommen, er half mir dabei. Seine Hand kam meiner Gier entgegen und zupfte an meinem jungfräulichen Schwanz, bis mein ganzer Leib sich verkrampfte, ich mich nach hinten krümmte und vor Schreck aufschrie, als ein kleines Rinnsal von Sperma aus der rosa Spitze meines Schwengels spritzte und knapp an seinem Ellbogen vorbei durch die Luft schoß.

Ich hatte so etwas noch nie gesehen, ich gehörte nicht zu den Jungs, die sich vor dem Spiegel einen runterholen. Ich glotzte fasziniert hin und biß mir bestürzt auf die Lippen, als ich es auf seinen besten Sessel, den, auf dem er immer saß, fallen sah.

»Sergeant, tut mir leid ...«

»Was? Ach«, sagte er, als er meinen Blick verfolgte, um zu sehen wo ich hinstarrte. »Mach dir nichts draus, Junge, das kannst du saubermachen, ehe du gehst. Du wirst noch Schlimmeres anstellen ...«

Und so war es. In den folgenden Wochen und Monaten machte ich immer schlimmere Sachen mit ihm, obwohl mir alles immer noch besser erschien als das letzte Mal. *Es gefällt dir sehr, und du wirst lernen, alles zu mögen*, hatte er gesagt; und er hatte recht. Ich durfte mir seinen Schwanz anschauen, wenn ich ihn darum bat, ich durfte ihn berühren und damit spielen, bis er selber kam. Und als er mir einen blies, und mir beibrachte, wie man es machte, schmeckte ich zum ersten Mal Sperma, salzig-süß und würzig, wie sein Geruch, den ich jetzt so viel besser kannte. Und sein Schwengel war der erste, den ich in mir spürte, als er glaubte, ich sei soweit.

Aber nichts, was wir zusammen machten, kam dem Schock und der Verblüffung an jenem ersten Tag gleich, als mir urplötzlich meine ganzen wirren Träume bewußt wurden, und ich erkannte, was ich war und was ich wollte.

Und daran erinnerte ich mich, als ich dumm auf dem Bahnsteig stand, ganz London um mich herum und meine Zukunft wie ein unsichtbarer Pfad, der sich mitten hindurchschlängelte und zu Gott weiß welchem Ende führte, Triumph oder Verderben: ich erinnerte mich und lebte wieder den Wust von Gefühlen durch, die ich empfunden hatte, als seine Hand zwischen meine Beine gefahren war und mein Schwanz sich ihr entgegengereckt hatte. Ich war ängstlich und gespannt zugleich gewesen, schrecklich unsicher und unerschütterlich sicher. Und hier war es wieder, es war genau das gleiche, Zweifel und Hoffnung untrennbar vermischt, ohne daß ich wußte, was siegen würde …

Sicher war allerdings, daß ich vierzig Mäuse in der Tasche hatte, die ich zuvor nicht gehabt hatte. Und das, ohne auch nur versucht zu haben, anzuschaffen, einfach nur, indem ich mit Mr. Berrys kaum getrockneten Schweiß auf der Haut, seinem Geruch den namenlosen Fremden angeblich angelockt hatte, wenn es nicht mein struppiges Aussehen gewesen war.

Wenn ich auf diese Weise zu Geld kommen konnte, wenn ich für das bezahlt wurde, was ich am meisten von der Welt und von Männern wollte, dann hatte mein Vater mir ja vielleicht einen Gefallen getan, als er mich rausgeworfen hatte, und Mr. Berry nach ihm. Vielleicht hatte ich ja genau das gebraucht, einen, der mir einen ordentlichen Schubs gab, um mich aus dem Leben, das ich haßte, auszustoßen und mich stolpernd in ein ganz neues zu schicken. Helle Lichter, große Stadt: vielleicht waren die Straßen von London ja wirklich mit Gold gepflastert, wenn man bereit war, in die Knie zu gehen und es abzukratzen …

Mit dem In-die-Knie-Gehen hatte ich noch nie Probleme, ich war nicht stolz. Ich mochte es, wenn ich jemanden über mir hatte, der mir Befehle gab.

Was ich im Moment allerdings brauchte, war viel banaler. Die Träume konnten warten – obwohl es so ein Traum vielleicht gar nicht war. Wenn man als Junge so leicht einen Freier aufgabeln konnte, bestand vielleicht Hoffnung, aus einer Nummer etwas Längerfristiges zu machen. Ich suchte noch einmal in meiner Tasche, um mich zu vergewissern, daß die gefalteten Scheine auch da waren, dann schaute ich mich nach einem Schild zur nächsten Toilette um.

Sie lag unter der Bahnhofshalle, eine lange gekachelte Treppe abwärts, an deren Ende sich zu meinem Ärger ein Drehkreuz befand. Ich war es nicht gewohnt, fürs Pissen zu bezahlen, aber da mich aus einer verglasten Kabine heraus ein Wärter beobachtete, zahlte ich meine zwanzig Pence und ging durch wie ein braver Junge.

Drinnen war schon ein anderer Junge, der mir aber nicht gefiel. Ich entdeckte ihn sofort an den Waschbecken, als ich auf die Urinale zusteuerte. Er war ein paar Jahre jünger als ich, trug eine abgewetzte Lederjacke, und seine blonden Haare waren mit Gel zu Stacheln aufgedreht. Er schien nichts zu tun zu haben und stand einfach nur rum, als habe er Zeit totzuschlagen; unsere Blicke trafen sich im Spiegel, und ich schaute schnell weg, aber der eine Blick hatte genügt. Er sagte alles. Ich wußte, wer er war, und er wußte, wer ich war, wir erkannten uns als das, was wir waren. Wahrscheinlich konnte er auch sehen, daß ich neu im Spiel war, genauso wie ich sicher war, daß er es nicht war; er mochte nur ein Junge sein, aber seine Augen wirkten erfahren und alt.

Ich zog den Hosenschlitz auf, holte den Schwanz heraus und tat, als müsse ich mich konzentrieren. Aber sogar über das Plätschern meiner Pisse auf dem Porzellan konnte ich hören, daß er sich wegbewegte. Eine Sekunde lang glaubte ich, er käme auf mich zu, aber seine Schritte gingen vorbei, und kurz darauf hörte ich, wie die Tür einer Kabine zugeknallt und verriegelt wurde.

Als ich fertig war, nahm ich seinen Platz an den Waschbecken ein. Ein Blick in den Spiegel zeigte mir, wieso mein unbekannter Freund mich im Zug ausgewählt hatte; meine Haare waren schweißverklebt, und am Hals hatte ich rote Flecke; ich sah immer noch aus, als sei ich gerade aus irgendeinem Bett gestiegen. Ich wusch mir die Hände, spritzte mir kaltes Wasser ins Gesicht und fuhr mit den nassen Fingern durch die verkrusteten Haare, um sie so gut es ging zu reinigen; und dann wartete ich einfach ab, wie es anscheinend der Kleine vor mir getan hatte. Ich wußte nichts besseres, wo ich hingehen sollte, ich hatte keine Ahnung, wo anfangen; da droben war eine feindselige Welt, und plötzlich war die Angst größer als die Spannung. Das hier war ein neuer Unterschlupf, wo ich mich eine Weile verstecken konnte, und ich hatte vor, das auszunutzen. Wenigstens bis der Junge wieder herauskam und ich vielleicht mit ihm reden konnte, damit er etwas von seinen Erfahrungen mit mir teilte, um mir weiterzuhelfen, bis ich mich genauso gut auskannte wie er …

Aus seiner Kabine heraus beobachtete mich der Wärter, dessen Blicke ich die ganze Zeit auf mir spürte, aber wenn der andere Junge ihn nicht beachtet hatte, tat ich es auch nicht. Naja, nicht besonders. Ich fuhr mir durch die Haare, öffnete meine Tasche und kramte darin herum, bis ich meine neue Zahnbürste fand, putzte mir die Zähne und spuckte aus und versuchte, beschäftigt auszusehen, solange ich wartete. Es hatte keinen Sinn, Ärger zu suchen …

Die ganze Zeit über probte ich im Kopf, wie ich ein Gespräch anknüpfen sollte. ›Schau, ich steck ein bißchen in der Klemme, vielleicht kannst du mir ja helfen …?‹ Oder direkter ›Weißt du, wo man hier ‘n Bett für die Nacht findet?‹ Egal, es spielte keine Rolle. Natürlich würde er mir helfen. Unter unserer Haut waren wir Brüder. Wir sahen sogar ähnlich aus: Lederjacke, blonde Haare, und der gleiche Eindruck, den wir sofort vermittelten, als hätten wir Neonschilder über dem Kopf wie Heiligenscheine: *Dieser Junge ist zu haben …*

Ich wartete also weiter, während andere Männer kamen

und gingen; und nach fünf Minuten oder so – langen fünf Minuten – sah ich im Spiegel, daß die Kabinentür sich einen Spalt öffnete. Es war nicht der Junge, der da herauskam und die Tür hinter sich schloß. Es war ein Mann um die Vierzig in Jeans, mit Halbglatze und einem Pferdeschwanz, der ihm lang und traurig auf den Rücken hing. Er überprüfte seinen Schlitz und stellte sich neben mich ans Waschbecken. Während er sich die Hände wusch und mich musterte, rubbelte ich mir noch ein bißchen die Zähne.

Dann ging er ohne ein Wort, und eine Minute später kam der Junge heraus. Von der Kabine kam er direkt auf mich zu, genau wie ich es erwartet hatte; was ich nicht erwartet hatte, war sein finsteres Gesicht, die reine Wut, die sich in seinen Augen und in jeder seiner eckigen Bewegungen spiegelte.

Zuerst sagte er gar nichts. Er spuckte buchstäblich ins Becken, spülte sich mit einer Handvoll Wasser den Mund aus und spuckte wieder; dann richtete er sich auf, starrte mich an und sagte: »Hör zu, du Arschloch, das ist mein Platz, verstanden?«

»Was? Ich wollte nicht ...«

»Na sicher! Auf dem Scheißhaus hier arbeite ich! Ist 'n netter Platz, ich hab meine Stammkunden und alles, und ich laß nicht zu, daß sich so'n Drecksack in mein Gebiet drängt, klar? Also raus, verpiß dich ...«

»Ich versuch doch gar nicht ...«

»Ach was? Und wieso hängst du dann hier rum? Der da läßt dich hier zwar sowieso keine Nummer schieben«, er schnickte den Kopf in Richtung des Wärters in der Glaskabine, »aber ich will nicht, daß du mir ins Gehege kommst.«

»Und wieso läßt er dich dann?« Trotz der offenen Feindseligkeit des Jungen konnte ich mir die Frage nicht verkneifen.

»Weil ich löhne natürlich, was denkst du denn? Der nimmt

fünfzig Prozent, die Sau. Aber ‘s ist ‘n guter Platz, jeder weiß, wo er mich findet ...«

Ich könnte ihn auch bezahlen, dachte ich. Wahrscheinlich wäre er ganz froh, mich auf seine Liste zu nehmen und so sein Privatgeschäft zu verdoppeln, wieso nicht?

Aber ich sagte nur: »Schau, ich wollte nur ‘n bißchen Hilfe, das ist alles, ‘nen Rat ...«

»’n Rat?« schnaubte der Junge. »Ja, ich geb dir ‘n Rat. Steig in den nächsten Zug, und verpiß dich von hier, das ist mein Rat. Dich will keiner, dich braucht keiner. Oder geh am Picadilly anschaffen wie alle neuen Jungs, Mann, ist mir doch egal. Mach nur, daß du rauskommst, und komm nicht wieder ...«

Die Blicke des Wärters folgten mir, als ich ging, aber er sagte nichts.

Mit einem Mal vollkommen deprimiert, stieg ich die Treppe hinauf. Am Anfang war ich bester Laune gewesen, aber man denkt nie geradeaus, wenn man aufgeregt ist. Ein Fremder im Zug hatte gar nichts zu bedeuten. Ich wußte nichts, ich kannte keinen; und natürlich würden mir die anderen Jungs nicht helfen, wieso sollten sie? Ich könnte ihnen ja die Kundschaft ausspannen ...

Ich war mein ganzes Leben lang einsam gewesen, aber so einsam wie jetzt hatte ich mich noch nie gefühlt, einsam und verloren, und die ganze Spannung war raus. Plötzlich gab es in mir nur noch Angst ...

FÜNFTES KAPITEL

Ich trat aus der Bahnhofshalle auf die Straße in das Gewimmel und den ohrenbetäubenden Verkehrslärm; Autos und Busse, Taxis und Lkws und Leute, überall Leute. Sie drängten sich auf dem Gehsteig, sie drängten sich vor der U-Bahn, sie drängten sich vor einem Zeitungsverkäufer in einem Kiosk; ehe ich auch nur einen Gedanken faßte, hatte ich mich umgedreht, und meine Füße trugen mich zurück in den Bahnhof. So viele Menschen in solcher Eile machten mich starr vor Angst.

Vielleicht kam es daher, daß ihre Zielstrebigkeit und Eile mich daran erinnerte, daß sie ein Zuhause und jemanden hatten und ich nicht. Wenn ich gehetzt war wie sie, dann nur innerlich, und mit jeder Minute ging es immer weiter abwärts.

Der Tag ging zuende. Wenn ich nicht zu einer Entscheidung kam und etwas unternahm, würde ich die Nacht unter irgend einer Tür schlafen müssen, falls ich eine leere fand. Ich wäre dort geblieben, wo ich war, um mich nicht wieder unter diese Massen mischen zu müssen, traute mich aber nicht, mich allzu lange im Bahnhof aufzuhalten; im nächsten Zug würde sicher Mr. Berry sitzen, und der würde mich umbringen, wenn er mich sähe. Außerdem war ich mir ziemlich sicher, daß es nicht erlaubt war, in Bahnhöfen zu schlafen.

Eins nach dem andern, find erst mal heraus, wo du bist, Danny, und dann überleg dir, wo du hingehst.

Abwärts, Abwärts ...

Ich schüttelte heftig den Kopf, um den Anfall von Niedergeschlagenheit abzuwehren; die konnte ich mir nicht leisten. Da sich gleich in der Bahnhofshalle ein Zeitschriftenladen befand, brach ich einen meiner frischen Zwanziger an und kaufte mir ein London von A-Z.

Wieder raus, zu einem Obst- und Blumenladen. Trotz meines Elends war ich am Verhungern. Ich kaufte mir eine Tüte Äpfel, nahm einen großen Bissen und holte tief Luft und stürzte mich durch die automatischen Türen wieder ins Chaos der Straße.

Ich ging und kaute und blätterte in dem Stadtführer, alles auf einmal. Ich dachte mir, die U-Bahn sei noch schlimmer als die Straße, noch voller um diese Tageszeit, und ich hatte keine Ahnung, wo die Busse hinfuhren; ich wollte irgendwohin, wohin ich zu Fuß gehen konnte.

Genaugenommen wollte ich etwas Freundliches, Billiges und Tröstliches, einfach ein neues Versteck; ich rechnete eigentlich nicht damit, daß ich mitten in London eins finden würde.

Als ich die Stadtpläne studierte, fiel mein Blick auf Soho. Nein, ich glaubte *wirklich* nicht, daß ich in Soho etwas finden würde, wo ich mich verkriechen konnte; aber wenigstens hatte ich davon gehört, es war nicht weit entfernt, und es war angeblich schwulenfreundlich. Es sollte sogar einfach sein, dort abgeschleppt zu werden. Ich nehme an, es war nur wieder so eine Phantasie; aber ich dachte einfach an den Fremden im Zug, versuchte, den Jungen auf der Toilette zu vergessen und ging träumend meinen Weg. Ich würde einem Mann auffallen, er würde mich zu sich mitnehmen, und ich würde mehr als nur ein Bett für die Nacht haben, ich würde eine heiße Mahlzeit bekommen und danach noch etwas Heißeres. Wenn ich ihn glücklich machte – und ich würde garantiert alles tun, um ihn glücklich zu machen – würde er mich vielleicht bei sich bleiben lassen …

Es war ein guter Tag zum Spazierengehen und für Tagträume von meinem Traummann. Die Sonne stand noch hoch genug, um mich aufzuwärmen, und am Himmel war nicht eine Wolke. Ich vergaß die Leute und schlenderte einfach durch die Straßen, wobei ich mit der Hand in der Hose beim Gehen zärtlich meinen Ständer streichelte: so wie ich mir vorstellte, seinen zu streicheln und zu küssen, zu lecken, in den Mund zu nehmen und in den Arsch zu kriegen …

Soho überraschte mich, als ich dort ankam. Zwischen belebte Straßen eingezwängt hatte es seine eigenen Leute, die aus Pubs herausquollen oder an Kaffeetischen auf der Straße saßen; aber es gab auch einen Park, und das hatte ich nicht erwartet.

Unvermeidlich waren dort auch viele Menschen, die sich auf Bänken drängten oder in Gruppen im Gras lagen, aber es gab immer noch Raum. Ich suchte mir einen Platz, ließ die Tasche fallen und streckt mich der Länge nach, das Gesicht nach oben in der Sonne aus. Ich hatte immer noch meinen Traummann im Kopf; ich schloß die Augen, um ihn besser zu sehen – größer als ich aber nicht zu groß, schwerer aber nicht zu schwer, älter aber nicht zu alt; mit dunklen Haaren, passend zu meinen blonden, glatt und smart, bestückt wie ein Hengst, erfolgreich und fleißig, aber nie zu beschäftigt, um Zeit für mich zu haben – und so ließ ich einfach die Zeit verstreichen.

Ich wußte, das hätte ich nicht tun sollen, ich hätte durch

die Kneipen streifen sollen, um ihn oder jemand anderen zu finden, der für eine Nacht seinen Platz einnehmen konnte. Pingelig war ich weiß Gott nicht …

Aber ich war müde und unglücklich, und ich hatte immer noch Angst; eine Weile konnte ich mich darüber hinwegtäuschen, aber die Wahrheit war immer noch da, saß mir auf der Schulter und machte sich über mich lustig. Ich kannte die Regeln hier nicht; ich hatte keine Ahnung, wie man anschaffte. Und ich würde es mit Profis zu tun bekommen, die wie der Kleine auf dem Klo ihre Reviere eifersüchtig verteidigten. Ich versuchte, Trost aus seiner Reaktion zu ziehen – er hatte mich als Gefahr betrachtet, was heißen mußte, daß ich wenigstens richtig aussah – aber ich hatte nicht die Bewegungen drauf, das Verhalten. Ich kannte nicht die Risiken, wußte nicht, wonach ich Ausschau halten, wem ich aus dem Weg gehen sollte; ich wußte nicht einmal, wieviel ich verlangen sollte, was der aktuelle Preis war. Ich mußte der Tatsache ins Auge sehen; ich war hier vollkommen verloren.

Oder würde es sein, sobald ich mich reinstürzte. Die Old Compton Street lag gleich unten an der Straße, das wußte ich vom Stadtplan. Allerdings konnte ich es noch ein bißchen aufschieben. Das Geschäft würde besser laufen, wenn es dunkel war, sagte ich mir. *Anfänger*, flüsterte eine leise Stimme in meinem Hinterkopf. Ich bemühte mich, sie zu ignorieren und kramte blind nach einem weiteren Apfel, während ich die Augen vor der Welt verschloß …

»Hey, Kleiner.«

Eine Stimme, die eines jungen Mannes, nur ein paar Meter weiter; ich überhörte sie.

»Hey, du, Blonder. Du mit dem Apfel …«

Widerwillig öffnete ich die Augen und schaute hinüber.

Sie waren zu zweit, Kerle in meinem Alter oder ein, zwei Jahre älter, die da im Gras saßen und mich anstarrten.

Eigentlich konnte ich ihr Alter nur vermuten: der eine hatte rotblonde Haare und Sommersprossen, die Sorte von Jungen, die immer jünger aussehen als sie sind, und der andere hatte seine dunklen Haare flach zurückgegelt und trug einen kleinen Goatee, er war vielleicht zwanzig oder fünfundzwanzig. Ich konnte es nicht sagen. In der Sonne blitzte ein goldener Ohrring auf.

Er war es, der mich angrinste und weitersprach.

»Kannst'e uns einen abgeben?«

Wieso nicht. Ich hatte eine ganze Tüte voll. Und – im Moment jedenfalls – hatte ich Geld in der Tasche. Ich setze mich auf und warf ihnen einen Apfel zu.

»Ihr könnt auch zwei haben, wenn ihr wollt«, sagte ich mit einem Blick auf den anderen Kerl.

»Nein, Ray ißt nur Big Macs. Aber danke.« Er biß kräftig zu, kaute und schluckte. »Ich heiße Luigi«, sagte er. Dann beugte er sich vor und streckte mir die Hand hin.

Vielleicht hieß er wirklich Luigi, dunkel genug war er, um Italiener zu sein, obwohl sein Akzent reines East End war. Ich traute ihm noch nicht über den Weg, mir war nicht klar, worauf er aus war. Eins war klar, auf meinen Körper nicht. Das war kein trauriger Geschäftsmann, der nach einem Strichjungen Ausschau hielt. Er war nicht mein Typ, nicht im entferntesten – zu jung, zu auffällig, er machte mich kein bißchen an – aber er strahlte genauso viel Sex wie Selbstvertrauen aus. Ich hätte mir denken können, daß er den verkaufte. Er entsprach genau meinem Bild von einem erfolgreichen Stricher, jemandem, den ich eigentlich hätte bewundern sollen und von dem ich hätte lernen können; aber wenn das stimmte, wieso sprach er mich dann an?

Trotzdem schüttelte ich ihm die Hand und nannte ihm meinen Namen. »Dan.« Kostet mich ja nichts, dachte ich.

Erstaunlich, wie man sich täuschen kann, im Rückblick ...

»Rauchst du, Danny?« fragte er plötzlich.

»Äh, nein, tut mir leid ...« Ich dachte, er wolle sich zum Apfel eine Kippe schnorren. Er sah aus, als könne er sich seine eigenen Zigaretten leisten; ich wußte genau, wie verdammt abgebrannt ich aussah, noch abgebrannter als ich's war.

»Ich meine, ob du *rauchst*?«

Eine Sekunde lang verstand ich ihn überhaupt nicht. Aber dann zog er ein kleines in Folie verpacktes Päckchen aus der Socke und zwinkerte mir zu.

Ach ja. *Die* Art Rauchen.

»Naja, klar«, gab ich zu. »Aber ...«

Aber wir waren doch mitten im Park, am hellen Tageslicht mit Horden von Leuten um uns herum; das schien ihn jedoch nicht im mindesten zu stören. Er steckte das Päckchen mit Dope weg, holte ein silbernes Zigarettenetui aus der Jackentasche und baute fachmännisch einen Joint. Er schnippte ein Feuerzeug an und paffte vor sich hin, bis der Joint gut brannte, dann reichte er ihn mir, wobei er grinsend den Rauch herausquellen ließ.

Ich inhalierte tief und hielt den Atem an, solange ich konnte; ich wußte, daß ich bei meinem fast leeren Magen rasch stoned sein würde, aber in meiner Stimmung war mir das egal. Es konnte mir vielleicht später helfen und mir den Mut geben, der mir im Moment so offensichtlich fehlte ...

Ein Zug, zwei, ein kleiner dritter, dann gab ich den Joint weiter an den stummen Ray; es schien ihnen nichts auszumachen.

»Na, erzähl uns mal von dir, Danny«, drängte mich Luigi.

»Äh, ich bin Student ...« Das war nicht gelogen; ich war abgehauen und würde nicht zurückgehen, war aber offiziell immer noch am College eingeschrieben. Ich hatte keine Ahnung, wie lange sie brauchen würden, um zu merken, daß ich wirklich weg war. Spielte keine Rolle.

»Hm-hm. Bist auf'm Trip hier, oder?«

»Ja, ja, genau ...«

Er lächelte, und ich hatte den Eindruck, er könne glatt durch mich durchgucken. Ich war noch nie ein großer Lügner.

»Hast'e irgendwas zum Wohnen?«

»Naja, nein.« Es hatte keinen Sinn, dabei zu lügen. Ich mochte ihm nicht trauen, aber wenn er etwas anzubieten hatte, würde ich es nicht ablehnen. Bettler haben keine Wahl. Ich wollte es mir nicht eingestehen, aber ich war verzweifelt.

»Hast'e Geld?«

»'n bißchen ...«

»Aber nicht genug, um dir 'n Spaß damit zu machen, hm? Ich weiß. Studenten sind immer klamm, stimmt's? Natürlich stimmt's. Also, hör mal, Kleiner, ich bin heute nacht dein Schutzengel, ich bin dein Glücksstern. Ich kann dir helfen, 'ne gute Stange Knete zu machen.«

»Für was?« Eigentlich stellte ich damit zwei Fragen auf einmal: *Was muß ich dafür tun?* und *Was springt für dich dabei raus?*

Er beantwortete nur die erste. »Für nichts, ist ganz leicht. Ich kenn so 'n Typ, der morgen 'ne Party organisiert. Große Party, für die Bonzen. Er will Jungs als Kellner für den Abend; du weißt schon, Mäntel abnehmen, Gläser immer nachfüllen, so Sachen. Ich und Ray, wir machen schon mit, aber er braucht noch mehr. So'n hübscher Junge wie du wär perfekt. Und die Kohle ist gut. Was meinst du?«

Es ging um mehr, als er sagte, das war klar. Hübsche Jungs, und er war selbst dabei; bei dem Job war's mit Mänteln und Drinks garantiert nicht getan. Gelegenheitskellner verdienten selbst bei der schicksten Party keine tolle Kohle, soviel wußte ich.

Aber er hatte recht, auch wenn ich es nicht gern zugab; ich

hätte gedacht, Gott habe ihn mir als Antwort auf meine Gebete geschickt, wenn ich an Gott geglaubt hätte und wenn ich gebetet hätte, statt in Panik zu geraten.

Ich sagte ja. Ich glaube, ich sagte, ja bitte.

»Na dann gut.« Ich bekam den Joint wieder, wie einen Klaps auf den Kopf als Belohnung, weil ich gemacht hatte, was er wollte.

Während ich dann zusah, wie er mit seinen langen Fingern die Kippe im Gras ausdrückte – an den Fingern hatte er auch goldene Ringe, sogar mehrere: wenn der Kerl anschaffen ging, dann bestimmt nicht auf Klos – ging es gefährlich rund in meinem Kopf. Ich war es nicht gewöhnt, auf leeren Magen zu rauchen, und das war ein echt starker Joint gewesen. Meine erste Erfahrung mit 'nem Kater vielleicht, dachte ich: am College war im letzten Jahr viel davon geredet worden, aber ich hatte noch nie einen gehabt.

Ein Mann in Uniform, Pickelhaube und Jacke kam langsam über das Gras auf uns zu; hinter ihm sammelten Leute ihre Sachen ein und gingen.

Gewöhnlich steh ich ja auf Männer in Uniform, aber auf den nicht. Und das sagte ich nuschelnd auch so: »Steh nicht auf den.«

Meine neuen Freunde Luigi und Ray lachten mich aus. »Das ist der Parkwächter«, sagte Luigi. »Die machen hier um sechs Uhr dicht. Der macht nur seinen Job. Und es wird Zeit, daß wir unsern auch machen. Los, Danny, steh auf.«

Komisch, es hatte mich so viele Jahre gekostet, bis meine Freunde und meine Familie mich nicht mehr Danny nannten, und auf einmal machten alle es wieder. Noch komischer war, daß es mir überhaupt nichts ausmachte.

Ich schwankte, als ich aufstand; Luigi schlang rasch einen Arm um meine Schulter, und nur das hielt mich auf den Füßen.

»Wau, stütz dich hier auf, Kleiner!« Er hielt mich fest und dicht an sich, und von irgendwoher kam plötzlich ein Stich des Bedauerns, fast der Sehnsucht: nicht nach ihm – wenn ich stoned bin, werde ich immer geil, aber Luigi war für mich immer noch der Falsche – aber nach einem Mann, einem Freund, einem Lover, den ich mir schnappen konnte, wenn ich ihn brauchte, und der immer für mich da sein würde. Meinen Traummann, nehme ich an; das Dumme war, er würde nie mehr als ein Traum sein. Es würde mir nichts ausmachen, ein Stricher zu sein, dachte ich, jetzt, wo ich wußte, wo's bei mir langging. 'ne Weile wenigstens konnte mich's schärfen, mich jede Nacht an einen anderen Mann zu verkaufen. Aber ach, manchmal sehnte ich mich einfach nach nur einem Mann, stark und zuverlässig; jemand, um mit ihm ins Bett zu gehen, natürlich, aber auch jemand, mit dem man aufwachen wollte …

»Na, alles klar. Bist'e fit?«

»Ja, ja, klar …« Ich fühlte mich seltsam losgelöst von meinem Körper, als wäre er weiter weg als mein Kopf. Aber es ging. Solange ich nachdachte, bevor ich mich bewegte. »Wo gehn wir überhaupt hin?«

»Nicht weit. Nur die Straße runter zu dem Typ, von dem ich erzählt hab, der die Party schmeißt. Dich bei ihm anmelden, klar? Hier, vergiß nicht deine Tasche. Oder deine Äpfel …«

Er war es, der sich bückte und meine Tasche für mich aufhob, sie mir über die Schulter hängte und sie ein Stück aufmachte, um die Äpfel hineinzustopfen.

»Ist ja nicht viel drin, oder, Danny Kumpel?«

»Leichtes Gepäck«, brummelte ich unbestimmt. Ich fühlte mich wie ein alter Computer, der mehrere Programme auf einmal ausführen soll: Stehen war okay, Gehen war möglich, aber gleichzeitig Gehen und Reden war zu viel. Mit Multitasking kam ich nicht zurecht.

Mein neuer Freund Luigi steckte den Arm unter meinen und dirigierte mich auf den Weg zum Parktor. Mein anderer neuer Freund, der schweigsame Ray, kam auf die andere Seite, bereit, zuzufassen, falls ich in seine Richtung stolpern sollte. Wie hatte ich den Kerlen nur mißtrauen können? Sie waren total nett zu mir und besorgten mir das, was ich am meisten brauchte. Ich hatte immer noch nichts zum Pennen, aber sie würden sich drum kümmern, dessen war ich sicher. Sobald wir den Typen getroffen und den Job abgeklärt hatten, würde ich Luigi bitten, das auch zu klären. Der schien mir so durchzublicken, daß er etwas wissen würde, wo ich hingehen konnte …

Nur nach ein paar Minuten Fußweg vom Park hielt Luigi mich vor einer Tür ohne Schild zwischen einem Sexshop und einem Pub an.

»Was'n das?« fragte ich.

»Ein Club. So 'ne Art Privatkneipe. Mr. Farrant wird da drin sein.«

»Sieht nicht aus, als wär's offen.«

»Ach, bei Tod ist immer offen. Wenn man Mitglied ist.«

Er drückte auf einen Knopf neben der Tür; ein blecherner Lautsprecher darüber krachte, und eine Stimme sagte: »Ja?«

»Hier ist Luigi. Ich würd gern Mr. Farrant sprechen.«

Ein Summer ertönte, und die Tür klickte; Luigi zog sie auf.

Dunkelbraune Wände mit goldenen Wandlampen; eine schmale Stiege führte abwärts um die Ecke, so daß ich nicht sehen konnte, was drunten war.

Langsam folgte ich Luigi nach unten, eine Hand am Geländer, die andere an der Wand, um das Gleichgewicht nicht zu verlieren.

Ich weiß nicht, was ich erwartet hatte. Entweder Prunk oder Elend, nehme ich an; eine Saufhöhle in Soho sollte das eine oder andere sein, wenn nicht eine Mischung aus beidem. Männer mit weißen Fliegen und im Frack, nackte Girls.

Die von Tod war, ehrlich gesagt, eine Enttäuschung. Für mich sah sie aus wie ein Pub. Ein Wohnzimmerpub und nicht mal ein großes Zimmer. Es gab eine Bar längs einer Wand, zusammengepferchte Tische, Stühle und gepolsterte Bänke. Nicht viele Kunden. Mit trübem Blick schaute ich mich nach Türen um, die zu etwas Verruchterem führen könnten, das meiner Vorstellung näher kam; konnte keine entdecken.

Der Kerl hinter der Bar hatte lange, strähnige weiße Haare, aber ein Gesicht, das viel jünger wirkte. Er hatte ein purpurrotes Halstuch um den Hals geschlungen und trug darunter ein pinkfarbenes Seidenhemd; wenigstens er sah aus, wie es sich gehörte. Er schaute kurz zu uns auf und zeigte mit dem Kopf in die gegenüberliegende Ecke. Ich fragte mich einen Augenblick lang, ob ich den Jungs einen Drink spendieren müßte, aber Luigi drehte mich einfach um und schubste mich weiter.

In der Ecke saßen zwei Männer vor halbleeren Gläsern an einem Tisch und unterhielten sich leise. Wir warteten; Luigis warnende Hand auf meinem Arm war nicht nötig, damit ich still blieb. Ich war zwar stoned, würde aber keine Dummheiten machen. Ich brauchte den Job wirklich, selbst wenn er nur für eine Nacht war …

Schließlich schaute einer der Männer auf. Er war in den Vierzigern, nehme ich an, und hatte ein dunkles, starkes Gesicht. Er trug einen teuer wirkenden Anzug über einem schwarzen T-Shirt. Er nickte Luigi zu, dann Ray; dann fiel sein Blick auf mich.

Ich hatte mich noch nie so nackt gefühlt, selbst nicht als Mr. Berry mich unter der Dusche erwischt hatte. Dieser Mann schien direkt durch meine Klamotten zu blicken. Trotz meines Zustands erstarrte ich, und mein Schwanz in der Hose erstarrte auch. Ich war mir sicher, daß er es sah; ich hatte das Gefühl, er könne meine Haut und meine Muskeln und meine Knochen unter der Haut sehen.

Er sagte allerdings nichts zu mir. Er wandte sich an Luigi und sagte: »Und?«

»Sie sagten, sie brauchten noch mehr Hilfe, Mr. Farrant.« Erstaunlicherweise hörte sich der ultracoole Luigi nervös an. Vielleicht gab es einige Orte, einige Leute, wo sogar er unsicher wurde ... »Für die Party. Wir haben uns umgeschaut und Danny im Park getroffen, und wir dachten, er könnte Ihnen gefallen ...«

»Ja.« Jetzt sprach er mich an. »Du heißt Danny?«

»Äh, ja, Sir.« Ich behielt für mich, daß ich lieber Dan genannt wurde.

Er nickte und lächelte mir schwach zu; ich dachte, es hatte ihm gefallen, daß ich ihn ›Sir‹ nannte. »Hast du Erfahrung?«

Eins war sicher, er meinte nicht mit Mäntelabnehmen und Drinks einschenken. »Ja, Sir. Ein bißchen. Aber ...« – Ich mußte es sagen, für den Fall, daß ich vollkommen mißverstand, was hier ablief, sonst hätte man vielleicht mich mißverstanden - »... nur mit Männern, Sir ...«

Mr. Farrant prustete, sein Freund lachte laut. Ich spürte, daß Luigi und Ray zu beiden Seiten von mir grinsten und wurde knallrot.

»Das ist schon gut, Kleiner«, sagte Mr. Farrant, nachdem er tief Atem geholt hatte. »Du kümmerst dich nur um die Männer, um die Frauen kann sich jemand anders kümmern. Also ...« Seine Stimme verlor ihren spöttischen Ton und wurde total geschäftsmäßig. »Wir zahlen dir fünfzig für den Abend, und noch mal hundert, wenn du mit jemandem dableibst. Bar natürlich. Wenn du mit jemandem nach Hause gehst, regelst du das selbst. Fair?«

»Ja, Sir.« Ich wußte nicht, ob es fair war oder nicht, aber Luigi hatte gesagt, es sei ordentliches Geld, und der mußte es wissen. Ich war mir sicher, Luxusstricher würden mehr verlangen, aber ich war ja nur ein Junge vom Land und nicht in der Position, zu handeln.

»Gut. Hast du ein paar anständige Klamotten?« Diesmal drangen seine Röntgenaugen nicht durch mich durch, er prüfte nur, was ich trug und mißbilligte es. »Nichts Schickes, nur was Smartes.«

»Äh ...«

»Das heißt nein, nehm ich an. Okay.« Er zog eine Brieftasche aus der Jacke und öffnete sie. »Keine Angst, das ist nicht dein Lohn; das geht extra, weil ich dich haben will.« Er gab mir vier Zwanziger, dachte kurz nach und legte noch einen drauf. »Ist dein Glückstag, Danny. Schwarze Jeans, 501. Ein gutes T-Shirt und schwarze Stiefel. Und verarsch mich nicht, kapiert?«

»Sir?«

»Bild dir nicht ein, daß du das hier nehmen kannst und nicht aufzutauchen brauchst. Ich finde dich, und hol's mir zurück. Direkt aus deinem Loch, wenn nötig. Wo wohnst du?«

Luigi antwortete für mich. »Er ist noch nirgendwo gewesen, Mr. Farrant.«

»Gut. Dann kannst du heute nacht zur Mühle gehen. Dann bist du schon vor Ort, ich kann mir deiner sicher sein, und du kannst beim Aufbauen helfen. Das deckt dann die Kosten für die Klamotten ab. Kennst du dich in London aus?«

»Äh. Nicht so richtig ...«

»Dann nimm dir ein Taxi. Ich nehm nicht an, daß du Fahrgeld hast, oder?«

Ich sagte nichts; er seufzte und gab mir noch einen Zwanziger. Aus einer anderen Tasche zog er ein Notizbuch; er kritzelte kurz etwas hin, riß die Seite heraus und gab sie mir. »Gib das einfach dem Fahrer; der weiß Bescheid.«

»Ja, Sir. Vielen Dank …«

Er nickte. Ich stand unsicher herum, aber er schaute mich nur an; eine Sekunde später begriff ich und ging.

Auf dem Weg die Treppe hoch, hörte ich ihn sagen: »Hübscher Kerl, Jungs. Der paßt sehr gut.«

Ich blickte zurück und sah, daß er noch mehr Geld aus seiner wohlgefüllten Brieftasche nahm. Benommen fragte ich mich, was ich wohl wert war, für wieviel die Jungs mich verkauft hatten; aber es war mir egal. Ich war einfach froh, daß ich auf den Markt gebracht und gekauft worden war.

SECHSTES KAPITEL

Der Taxifahrer brachte mich weg von den schmalen Straßen und hellen Lichtern von Soho, weg vom Stadtzentrum; nach einer Minute wußte ich nicht mehr, wo ich war. Eine Weile lang schaute ich aus dem Fenster, während wir durch den Verkehr krochen und bei jeder Ampel Rot hatten; dann bog er auf eine doppelspurige Ausfallstraße ab und fuhr schneller. Ich ließ mich in den Sitz zurückfallen und fragte mich, wohin er mich brachte und was mich dort wohl erwarten würde. Ich war froh um den Job und noch froher, etwas für die Nacht zum Schlafen zu haben; aber es war auch etwas Beängstigendes an dieser Fahrt ins Ungewisse. Ich war so gut wie gekidnappt, aufgelesen und alleine ahnungslos irgendwohin geschickt worden. Vielleicht waren der Job und die Party ja eine Lüge; düstere Phantasien erfüllten mein Hirn, Strichjungen, die aus Londons Straßen verschwanden und im Ausland in die Sklaverei verkauft wurden. Hätte Mr. Farrant mich nicht gewarnt, hätte ich gut Lust gehabt, das Taxi anzuhalten, auszusteigen, das Geld zu nehmen und zu flüchten. Ich hatte auch so Lust gehabt, nur glaubte ich ihm, wenn er sagte, daß er mich finden würde. Mr. Farrant war tatsächlich furchterregend …

Läden und Büros, Läden und Häuser, meilenweit; ich hatte immer gewußt, daß London groß ist, hatte es aber noch nie zuvor gesehen. Ich fühlte mich sehr klein und sehr ängstlich, und sehr dumm, Fremden vertraut zu haben, ohne auch nur eine Frage zu stellen.

Schließlich änderte sich die Aussicht. Jetzt befanden sich zu beiden Seiten Fabriken und Lagerhäuser, große, kahle Gebäude hinter verschlossenen Toren und Stahlzäunen. Ich sah Wächter mit Hunden, aber sonst niemanden.

Dann sah ich den Fluß, schwarz schimmernd, in dem sich die orangenen Straßenlaternen spiegelten. Ich sah keine Schiffe, aber ein Schiff stellte ich mir vor am Ende dieser Fahrt, ein Schiff und rauhe Männer, die mich ausziehen und mich im Kielraum zu anderen stummen, verängstigten Jungen sperren würden. Mit der Morgenflut würden wir auslaufen, und ich würde das Tageslicht nicht mehr sehen, bis man uns in irgendeinem ausländischen Fort herauszerren, nackt auf einen Sklavenmarkt treiben und an wohlhabende, grausame Herren verkaufen würde …

Ich konnte es nicht fassen, daß ich schon von dem Gedanken daran einen Ständer bekam, aber ich bekam einen.

Ich war sehr dumm, und ich wußte es schon, bevor der Taxifahrer es bewies, indem er am Bordstein anhielt, die Glasscheibe zurückschob und mich ein wenig mißtrauisch anschaute.

»Das macht dann vierzehn, Kleiner.«

»Was?« Ich schaute mich wild nach links und rechts um. Auf der einen Seite der breite, bedrohlich schweigende Fluß; auf der anderen ein hohes Backsteingebäude ohne Türen, ohne sichtbare Fenster und ohne jedes Lebenszeichen.

»Vierzehn Mäuse«, wiederholte er stur.

»Fahren Sie mich nicht den ganzen Weg? Ich hab noch Geld …« Vielleicht hätte ich ihm das nicht sagen sollen;

vielleicht hatte er mich deshalb in diese Einöde chauffiert. Er war ein kräftiger Mann, er konnte mich zusammenschlagen und mir das Geld abnehmen und mit mir machen, was er wollte.

Es sei denn, ich konnte abhauen …

Mehrmals drückte ich auf den Türgriff; er ging nicht auf.

Der Taxifahrer mußte es gesehen haben. Er schüttelte bedächtig den Kopf.

»Die Tür ist abgesperrt«, sagte er, »bis ich mein Geld habe. Komm schon, wenn du's hast, dann zeig's mir.«

»Zuerst bringen Sie mich dahin, wo ich gesagt habe.«

Er seufzte. »Um Himmels Willen, Kleiner. Das ist die Adresse, die du mir gegeben hast.«

»Was? Das soll …«

»Es ist. Die alte Mühle am Ravenscroft Way? Das ist es.« Er nickte zu dem hohen, düsteren Gebäude hin, das über uns aufragte.

Die Mühle, von der Mr. Farrant gesprochen hatte. Okay, dann mußte es der richtige Ort sein, obwohl meine gesamten Vorahnungen bei seinem Anblick zurückkamen. Kein Schiff, aber ein Haus war es auch nicht, mit Sicherheit überhaupt kein Ort, an dem man essen und schlafen und eine Party feiern konnte …

Ich bezahlte den Fahrer; viel anderes blieb mir nicht übrig, es sei denn, ihn dafür zu bezahlen, daß er mich wieder von hier wegbrachte. Ich dachte daran, aber Mr. Farrants Warnung hallte mir wieder in den Ohren. Ich wollte nicht, daß er mich irgendwo fand, außer an dem Ort, an den er mich geschickt hatte; also stieg ich aus und sah das Taxi wegfahren, dann drehte ich mich um und schaute zur Mühle auf.

Wenn überhaupt, dann sah sie vom Gehsteig noch schlimmer aus als vom Auto; ein massiver viktorianischer Bau, dessen rote Ziegel von einem Jahrhundert sauren Regens schwarz geworden waren. Keine Türen, keine Fenster, aber trotzdem hatte ich das Gefühl, es beobachte mich.

Hier wohnte niemand, das war offensichtlich; also mußte es sich um eine Art Unternehmen handeln. Ich war mir ziemlich sicher, um welche Art. Ein *Schinderladen*, dachte ich, wobei ich versuchte, zu lachen oder wenigstens zu lächeln, irgendwas, damit es mir besser ging. Im Geist malte ich mir aus, wie viele Jungs gerade hinter dieser abgeschotteten Fassade schwitzten und wie viele Männer, ihre Kunden. Ich war noch nie in einem Männerpuff gewesen – übrigens auch in keinem anderen: Ich hätte gar nicht gewußt, wo ich suchen sollte, so naiv war ich – daher konnte ich mir nicht vorstellen, wie es drinnen aussehen mochte. Ich kannte das nur vom Kino. Überall samtene Vorhänge und Kissen, vermutete ich, und sanfte, seltsame Musik, wie in der Hollywoodversion eines Harems; Männer in Anzügen – Männer wie Mr. Farrant, mit harten Augen und Händen – und die Hälfte der Jungs nackt und die anderen in Uniform oder Boxershorts oder Pumps und Hüfthaltern, je nach Vorliebe der Kunden. Und einige davon als Bedienung in den Gemeinschaftsräumen, wo die Männer rauchten und tranken und tatschten, zwickten und knuddelten und ihre Wahl trafen; und die übrigen in kleinen Zimmern ohne Fenster, und dort würde dann der Schweiß richtig fließen. Ich stellte mir Jungs vor, die bliesen und gefickt wurden, aber das war normal, weshalb es hier umso weniger normal wäre. Ich stellte mir Jungs vor, die an die Wand gekettet waren und von Männern mit Ledergerten den Arsch gepeitscht bekamen; Jungs, die auf jede denkbare Weise gefoltert und gepeinigt wurden, mit Stacheldraht, und Sandpapier und elektrischen Ochsenziemern; Jungs, die angepißt und angeschissen wurden und es auflecken mußten. Um morgens aus dem Bett geworfen zu werden und alles für den nächsten Abend saubermachen zu müssen. Flucht wäre unmöglich, da sie immer von ihren brutalen Zuhältern beaufsichtigt wurden und es nur eine Tür gab, die vierundzwanzig Stunden am Tag bewacht wurde …

Ich fragte mich, was für eine Party an so einem Ort stattfinden konnte, und schauderte.

So würde es natürlich nicht sein; selbst wenn es ein Puff war, und dessen war ich mir sicher – hier so ganz weit draußen und abgeschieden und bereit, einen obdachlosen Stricher aufzunehmen, ohne nachzufragen – aber das hieß nicht, daß die ihre Jungs wie Sklaven behandelten. Es konnte ein echt guter Schritt für mich sein; Bett und Essen und vielleicht ein Job für mehr als nur eine Nacht, wenn ich gut war. Egal wie es wirklich war, es mußte besser sein, als in Pubs anzuschaffen oder sich auf der Klappe zu verkaufen. Oder …?

Ich ging um das Gebäude herum und fand eine Tür. Nur eine. Unwillkürlich erschauerte ich wieder.

Eigentlich waren es zwei in einer. Ein riesiges Holzteil, doppel so hoch wie ich und etwa genauso breit wie hoch, das in Schienen lief und zur Seite aufging; aber dahinter brannte Licht, und das drang durch die Ritzen einer kleinen, normal großen Tür, die in die große eingelassen war.

Jetzt konnte ich auch sehen, daß hinter dem Gebäude eine Reihe von Autos geparkt war; ich wußte nicht, ob mich das beruhigen sollte oder nicht. Wenigstens ließen das Licht und die Autos darauf schließen, daß jemand zu Hause war; ich würde nicht auf der Schwelle schlafen müssen.

Ich brauchte eine ganze Weile, bis ich den Mut hatte, zu klopfen. Eine Klingel gab es nicht.

Zuerst versuchte ich es mit einem schwachen Pochen, auf das niemand reagierte. Ich holte tief Atem und wummerte fest.

Eine lange Minute nichts. Ich hob gerade wieder die Faust, um es noch mal zu versuchen – und dachte schon, ich müßte doch noch vor der Tür übernachten – als ich leise Schritte hörte. Die Tür klapperte und öffnete sich.

Vor mir stand ein Mann, aber wegen des Lichts hinter ihm konnte ich nur seine Umrisse sehen.

Er musterte mich einen Moment lang, dann sagte er: »Ja?«

Es klang nicht sehr freundlich. Ich schluckte meine Nervosität hinunter und sagte: »Äh, Mr. Farrant schickt mich …«

»Ach was? Und wozu?«

»Äh, ich soll bei der Party morgen aushelfen, aber ich hab nichts für die Nacht, und da sagte er, ich könnte früher kommen und hier schlafen …«

»Verstehe. Na, dann kommst du wohl besser rein, was?«

Er trat zurück; ich stieg über die Holzschwelle und war drinnen.

Eins war sicher, ein Puff war das nicht. Ehrlich gesagt, ich stand mit offenem Mund da. Mir war, als wäre ich in eine Fernsehdokumentation gestolpert; so etwas hatte ich außer im Fernsehen noch nie gesehen.

Es war ein Künstleratelier. So ziemlich das letzte, was ich erwartet hätte, auf einem Industriegelände mit eigenen Wächtern. Und es war ganz anders als die Ateliers am College, vollgestopfte, kleine Zimmer, die drei Studenten sich teilten. Der Raum war riesig, mir erschien er wie eine Flugzeughalle: hektarweise Fläche, bedeckt mit buntgesprenkelten Tüchern, weiße Wände, die sich endlos nach oben streckten; riesige Stahlscheinwerfer an der Decke. Die gesamte Wand gegenüber war ein Fenster, durch das sämtliche Lichter von London strahlten.

An den anderen drei Wänden lehnten Gemälde. Keins davon war gerahmt, einfach Leinwand auf Holzlatten genagelt; ich brauchte lange, um mir den Raum anzusehen, und für die Bilder noch länger.

Drei davon waren gigantisch, zweieinhalb bis drei Meter hoch und vielleicht fünf Meter lang. Jetzt verstand ich auch die massive Tür. Die anderen waren kleiner, aber Größe spielte hier keine Rolle. Alle Gemälde leuchteten lebhaft und kräftig. Auf den großen waren nackte Männer mit rauhen, kräftigen Körpern, die sich reckten oder lachten oder herumsaßen; sie waren mit dicken Farbstrichen gemalt, fast dreidimensional, so daß es aussah, als könnten sie direkt von der Leinwand ins Atelier hüpfen.

Die kleineren waren alle Porträts, Gesichter in Großaufnahme. Ein Blick, und ich war mir sicher, daß ich die Leute kannte. Ihr ganzer Charakter war da; aufrichtig oder verschlagen, leidenschaftlich oder kalt.

Am liebsten wäre ich langsam von einem Bild zum andern gegangen, um in ihnen zu versinken. Ich glaube, meine Füße hatten mich schon auf das nächststehende zugetragen, als ich neben mir ein leises Hüsteln hörte.

Ich erstarrte, fuhr herum und sah, daß er mich mit einem komischen Lächeln anschaute.

»Ich glaube, das ist die erste ehrliche Reaktion, die ich erlebe«, sagte er leise. »Mein Agent war begeistert, aber der schaut auf den Wert, nicht auf die Arbeit. Die übrigen würden sagen es ist toll, wenn ich blöde Fressen auf Bustickets zeichnen würde.«

»Aber sie haben recht. Das ist toll«, stammelte ich und wurde rot. *Und Sie auch*, hätte ich am liebsten hinzugefügt und mußte mir fest auf die dumme Zunge beißen, um es nicht laut zu sagen. Aber es war nicht fair von Gott, mir plötzlich so jemand Tolles vor die Nase zu setzen. Besonders, wenn ich mich nicht traute, ihn anzumachen, bevor ich die Lage kannte.

»Danke.«

»Haben Sie die wirklich ...?« Ich mußte abbrechen, um zu schlucken. Ich tröpfelte. Kurze dunkelblonde Haare, grünbraune Augen, zu denen ich aufschauen mußte, leichte gebräunte und perfekte Haut ohne Runzeln bis auf ein paar Lachfalten, obwohl er Ende dreißig sein mußte: oh, war der schön, genau meine Art von Mann. Mein Traum. Schon vom Anschauen wurde ich steif.

Und er schaute mich an; so richtig, trotz seiner coolen, gelassenen Haltung; er mußte es gesehen haben.

Gott sei Dank, sagte er aber nichts, außer: »Ja, hab ich wirklich. Das ist mein Beruf.«

Ich wurde wieder rot. Ich muß total bescheuert ausgesehen haben, so wie ich ihn anstarrte mit meinem Ständer in der Hose. »Äh, ich heiße Dan. Danny ...« *Oder wie du mich immer sonst nennen willst, Daniel oder Dannyboy oder Diddeldum, alles ...*

»Hallo, Danny. Ich bin Martin Carr ...« Er schien einen Moment innezuhalten und auf eine Reaktion in meinem Gesicht anstatt in meinem Schwanz zu warten; als keine kam – außer daß ich noch tiefer rot wurde, als ich erkannte, daß ich von ihm gehört haben sollte – fuhr er fort. »Die meisten hier nennen mich allerdings Skip. Kurzform von Skipper. Ich fürchte, die sind heute abend alle aus, nur ich bin noch hier. Aber wenn Alan sagt, du kannst hier schlafen, finden wir sicher ein Bett für dich. Hier lang ...«

Er führte mich von den unglaublichen Bildern weg, und es machte mir überhaupt nichts aus, solange ich ihm folgen durfte.

Da war eine Tür, die ich nicht bemerkt hatte, nur ein weißes Brett an Angeln, die in einer der langen weißen Wände verborgen waren; er drückte sie auf und führte mich durch, während er mir von dem Gebäude erzählte. Ich hätte seiner sanften Stimme die ganze Nacht zuhören können, ohne sie leid zu werden.

»Das war eine alte Getreidemühle, als ich es kaufte, obwohl sie seit Jahren nicht benutzt wurde. Ich ließ sie entkernen und den Innenraum ganz neu bauen. Was du von draußen siehst, ist nur die Schale. Sie war denkmalgeschützt, aber ich hätte sie sowieso nicht angerührt, bis auf die Scheiben in der Nordmauer. Ich liebe das Geheimnisvolle daran. Keiner, der es von der Straße aus sieht, hat die geringste Ahnung, wie es drinnen ist.«

Das war nur gut so. Wenn das Studio toll war, dann war der Rest der Mühle unglaublich.

Sie hatte keine Außenfenster, und bis auf das Atelier wollte er es so lassen; also hatte er mitten in das Gebäude einen Schacht einbauen lassen - *'n bescheuertes großes Loch reingehauen*, dachte ich, aber er sagte einbauen lassen – und den hatte er an drei Seiten mit Glas umbaut. Was bedeutete, egal wo man war, bestand eine Wand aus Glas; und wenn man nicht gerade im Atelier war, schaute man auf einen kleinen Garten mit eingetopften Sträuchern, zwischen denen Wasser gluckerte, und hinter diesem konnte man jedem in die Fenster gucken, wenn der nicht die Jalousien runtergelassen hatte.

Im Erdgeschoß waren Küche und Wohnzimmer, riesige offene Flächen wie das Atelier; es gab auch einen Flur mit einer Tür nach draußen, die ich gesehen hätte, wenn ich eine komplette Runde um das Gebäude gedreht hätte, bevor ich anklopfte. Mr. Carr sagte allerdings, das hätte nichts geholfen. Wenn er im Atelier arbeitete, hörte er nichts, was im Haus vorging.

Darüber befanden sich zwei weitere Etagen mit mehr Schlaf- und Badezimmern, als ich mir merken konnte. Er zeigte mir sowieso nicht alle. Noch das kleinste war breit und hoch; manche waren mit Möbeln und den Sachen anderer Leute vollgestopft, andere waren fast leer, obwohl die Betten gemacht waren. Ich wußte immer noch nicht, wer hier außer Mr. Carr wohnte, aber anscheinend waren es eine Menge.

Ich glaube nicht, daß er wußte, welche Zimmer in dieser Nacht belegt waren und welche nicht; die Leute mußten hier ständig ein- und ausgehen, vermutete ich, es sei denn, er war ein klassischer zerstreuter Künstler, der mit der wirklichen Welt kaum etwas zu tun hatte. Und so wirkte er überhaupt nicht auf mich. Ich hatte das Gefühl, ihn zu stören, dachte, er sei sehr konzentriert gewesen, als ich ihn gestört hatte; da ich ihn aber nun schon mal gestört hatte, konzentrierte er sich darauf, mich unterzubringen.

»Nimm dir einfach ein Zimmer, das so aussieht, als würde später keiner reinkommen«, sagte er schließlich, nachdem er drei oder vier Türen geöffnet und auf Haufen von Kleidern und Büchern und Flaschen gestoßen war. »Du findest genauso leicht eins wie ich. Schau dich nur um, hier gibt's nichts Privates. Weißt du, wie spät es ist?«

Ich blinzelte ein bißchen wegen des abrupten Themenwechsels und schaute auf die Uhr. Mir war schon aufgefallen, daß er keine trug; auch war an seinem Handgelenk kein heller Streifen – massige, kräftige Handgelenke hatte er, obwohl seine Hände ziemlich elegant und lang waren – wahrscheinlich trug er also nie eine.

»Halb neun.« Gott, erst? Mir kam es vor, als müsse es Mitternacht sein. Ich war von so weit hergekommen, so unerwartet. Aber wenn es nur einen Moment braucht, um ein Leben zu ändern, dann hatte ich heute einige solche Momente erlebt.

»Schon? Herrje …« Er strich sich mit den Händen durchs Haar, und meine Finger kribbelten eifersüchtig. »Das heißt

Zeit zum Essen, schätze ich. Wo ich sowieso schon aufgehört habe, kann ich auch essen. Hast du Hunger?«

Ich machte den Mund auf, um etwas Unbestimmtes, Höfliches zu sagen, das einen Unterton von *bitte gib mir zu essen, und ich bin für immer dein Sklave* hatte. Aber mein Magen verriet mich mit einem plötzlichen Knurren, das einen Elefanten beeindruckt hätte.

Er lachte. »Dann komm mit in die Küche. Nur nicht schüchtern, das ist ein offenes Haus; wenn du Hunger hast, bedien dich. Ich nehm nicht an, daß zu zufällig kochen kannst?«

Ich schüttelte den Kopf und fragte mich, ob ich je aufhören würde, rot zu werden. »Nur Würstchen mit Bohnen, so'n Zeug zum Warmmachen.«

»Ah, naja. Macht nichts. Etwas ist komisch an dem Haus. Es ist voll mit Leuten mit den tollsten Talenten, aber kochen konnte noch nie einer. Eine viktorianische Getreidemühle sollte nach frischgebackenem Brot riechen, aber zu mehr als zu angebranntem Toast bringen wir's nie …«

Das alles gesagt, kochte er für uns beide Pilzomeletts, die mir wunderbar schmeckten. Ich kümmerte mich um den Toast. Das kann ich schon.

»Köstlich«, sagte er kauend. »Danny, du darfst bleiben.« Als er mein Gesicht sah, fügte er freundlich hinzu: »Ist schon gut, Kleiner, hab's nicht so gemeint. Alan Farrant kümmert sich drum, wer eingestellt und entlassen wird. Hör gar nicht auf mich.« *Tut mir leid*, sagte er in Wirklichkeit entgegen meiner aufkeimenden Hoffnung. *Hab nur Spaß gemacht*, sagte er, *ich dachte, das hättest du gemerkt. Tut mir leid, tut mir leid …*

Natürlich hätte ich es merken müssen; ich hatte nur wieder geträumt. Ich war mit meinem Mann am Küchentisch, nur wir beide. Sprang auf, um ihm noch Toast zu holen, ihm Kaffee einzugießen, mit den Fingern durchs Haar zu fahren, was er will …

»Äh, wohnt Mr. Farrant auch hier, Sir?« fragte ich, womit ich zu sagen versuchte, *Okay, cool, dumm von mir*. Und vielleicht noch, *Mr. Farrant ist also Ihr Lover?*. Obwohl ich nicht genau wußte, ob ich die Antwort darauf hören wollte. Jedenfalls nicht, wenn sie ja war. Aufgrund des wenigen, was ich von ihm gesehen hatte, fiel es mir schwer, mir vorzustellen, daß dieser Mann jemanden liebte; aber die Menschen sind komisch, manchmal lassen sie sich auf die verrücktesten Kombinationen ein …

»Nenn mich nicht Sir«, sagte er scharf. »Und Mister auch nicht. Ich hab's dir gesagt, nenn mich Skip, wenn dir Martin schwerfällt.«

»Skip. Okay. Tut mir leid …«

»Schon besser. Ob Alan hier wohnt? Ab und zu. Er hat hier ein Zimmer, aber er hat auch ein eigenes Haus. Er ist mein Manager.« *Nicht mein Lover*, glaubte ich zu hören; und oh, wie erleichtert ich war.

Ich wollte fragen, wer sonst noch hier wohnte, wozu er so viele Schlafzimmer brauchte; aber da ich mich nicht recht traute, ihn auszuhorchen, sagte ich nur: »Äh, kann ich dir einen Kaffee bringen?«

»Nein, schon gut. Ich muß wieder ins Atelier. Ich muß noch ein paar Entscheidungen treffen, wenn für die Party morgen alles fertig werden soll. Du suchst dir ein Zimmer und richtest dich ein. Bis später …«

Und er stand auf und verließ mich. Ich schaute ihm nach, bis er aus der Tür war und versuchte, mir den Körper unter den weiten Klamotten mit den Farbflecken vorzustellen. Mein Schwanz ächzte vor Verlangen, mein Herz ächzte vor Sehnsucht, und es gab nichts, was ich dagegen tun konnte.

Ich schleppte meine Tasche nach oben und schmiß sie ins erste Zimmer, das offensichtlich frei war. Außer einem Bett und einer Kommode gab es nichts darin. Eine Weile saß ich auf dem Bett und dachte ans Auspacken, aber das hatte nicht viel Sinn. Mr. Carr – nein, Skip, daran gewöhnte ich mich besser im Kopf, bevor ich mich wieder verplapperte – Skip hatte ziemlich deutlich gesagt, daß ich nicht über morgen hinaus würde bleiben dürfen, wozu also die Mühe?

Ich ging hinaus und spazierte durchs Haus, um die Zeit totzuschlagen; ehrlich gesagt, um das brennende Verlangen, das mich packte, abzutöten. Im Wohnzimmer gab es Bücher, einen Fernseher und ein Regal voller Videos; aber zum Lesen hatte ich keine Ruhe, und um mich vor die Glotze zu setzen, fühlte ich mich immer noch zu fremd hier.

Vielleicht sollte ich einfach ins Bett gehen. Wenn ich nicht schlafen konnte, konnte ich wenigstens wichsen; soviel war klar, genug Futter für meine Phantasien hatte ich. Aber es war noch früh, und mir schwirrte der Kopf, und ich wollte nicht schlafen, und wichsen auch nicht. Zu dem, was ich wollte, trugen mich meine dummen Füße; und obwohl ich fünf Minuten lang mit den Fingerspitzen an dem Brett dastand und mich darauf vorbereitete, fand ich endlich den Mut, es aufzustoßen.

Da stand er, mitten im Atelier, und schaute sich nur die Bilder an der gegenüberliegenden Wand an. Ich beobachtete, wie er langsam nach vorne ging und zwei davon umstellte; er trat ein paar Schritte zurück, schüttelte den Kopf und stellte sie wieder zurück.

Dann machte er das gleiche mit zwei anderen, nur daß er sie diesmal stehenließ.

Er brauchte fünf Minuten, um zu entdecken, daß er beobachtet wurde. Als es klickte, starrte er mich an. »Ja?«

»Äh, ich hab mich nur gefragt, ob ich was helfen kann.

Kann ich dir irgendwas bringen oder ...?« Dazu war ich schließlich von Mr. Farrant hergeschickt worden. Auch wenn ich inzwischen meine eigenen Gründe hatte.

Er wollte schon den Kopf schütteln und mich wegschicken, als ihm etwas einfiel. »Ich sag dir was. In der Höhle ist ein großer Schrank mit Getränken. Hol mir eine Flasche Wein, ja? Rotwein. Ach, und Danny ...?« als ich mich umdrehte, um zu gehen. »Bring zwei Gläser mit.«

Mit Höhle meinte er das Wohnzimmer; das wußte ich, weil ich schon in dem Schrank geschnüffelt hatte. Ich fand Gläser und einen Korkenzieher, schwankte ein bißchen, welche Flasche ich nehmen sollte – es waren Dutzende – und schnappte mir schließlich eine auf gut Glück, öffnete sie und brachte sie triumphierend zurück.

Skips Augenbauen zuckten leicht, als er das Etikett las, aber er sagte nichts. Er nahm einfach ein Glas, nachdem ich ihm eingeschenkt hatte, und machte mir Zeichen, das andere für mich selbst einzugießen.

Dann wandte er sich wieder den Bildern zu.

»Das ist meine neue Ausstellung«, sagte er ruhig. »Ich habe jahrelang an diesen Gemälden gearbeitet, und sie sind gerade erst fertig geworden. Deshalb die Party: um zu feiern und um Freunden und Kunden die Gelegenheit zu geben, die Sammlung zu sehen, bevor sie gehängt wird. 'ne Art von privater Vernissage. Die Galerie ist ganz ähnlich wie das Atelier; ein einziger großer Raum; und so will ich sie zeigen, alle auf einmal. Ich glaube, sie haben eine kollektive Kraft, die in einer Reihe von kleineren Räumen verlorenginge. Aber heute nacht muß ich entscheiden, in welcher Reihenfolge sie hängen sollen, in welcher Beziehung zueinander. Schau dir's an, was meinst du. Ich bin schon ganz blind, ich seh nichts mehr.«

Plötzlich schüchtern, süffelte ich meinen Wein. Meine Wangen waren wieder rot – ich wußte, offensichtlich war das nicht die Flasche gewesen, die ich hätte bringen sollen – aber nicht mein ganzes Blut war in meinem Gesicht. Schon davon, so nahe neben ihm zu stehen, hatte ich wieder einen Ständer. Ich wünschte mir so sehr, daß er mich berührte, und konnte nicht darum bitten. Statt dessen wandte ich mich zu den Bildern, ging ein paar Schritte auf das nächste zu, als wolle ich es besser sehen, obwohl ein größerer Abstand zwischen uns das letzte war, was ich im Sinn hatte – und da packte mich urplötzlich der Anblick und die Wucht des Bildes, und ich war verloren, ergriffen, davongetragen.

Ich muß eine halbe Stunde gebraucht haben, um langsam durchs Atelier zu gehen und alle Bilder abwechselnd zu betrachten; vielleicht noch länger. Die ganze Zeit über stand Skip da und schaute zu. Ich war mir seiner bewußt, ich spürte seine Blicke auf mir, aber seine Werke besaßen einen Zauber, der sogar den Zauber seines Körpers übertraf, wenigstens für eine Weile.

Am Ende mußte ich jedoch wieder zu ihm zurück. Mein Kopf schwirrte vor Farben, vor menschlichen Gesichtern und Leibern und vor allem Augen; ich spürte nicht nur, daß seine Augen mir folgten, ich war zu benommen vor Bewunderung, um mir noch Sorgen zu machen.

»Und?« fragte er. »Was meinst du?«

Ich hielt ihn für ein Genie. »Meinst du das ernst?« sagte ich statt dessen. »Willst du meine Meinung wissen?«

»Ja, das mein ich ganz ernst.«

»Also dann. Ich denke, du solltest alle großen, die nackten Kerle an der Wand da, zusammen aufhängen. Nicht verteilt, so wie jetzt.«

»Wieso?«

»Du hast da doch was über eine kollektive Kraft gesagt?

Die haben nicht nur die Bilder alle zusammen, sie haben sie auch für sich. Sie sind so sexy, es ist, als würden sie nur davon erzählen. Bei den anderen ist es die ganze Person, ihr ganzes Leben; aber die Jungs da, die wollen einfach über Sex reden.«

»Und du glaubst, das sollten sie lieber privat unter sich machen, als es quer durch die Galerie zu schreien?«

»Naja, ja ...« Ich schaute ihn mißtrauisch an, ob er mich auslachte.

Er grinste, und mein Herz setzte aus: er füllte mein Glas nach, und ich schmolz dahin.

»Du hast absolut recht, Danny«, sagte er. »Trink was, dann stell es irgendwo ab, wo es nicht umgestoßen wird. Wir müssen ein paar Bilder umstellen.«

SIEBENTES KAPITEL

Um Mitternacht war ich glücklich beschwipst, glücklich erledigt; einfach überhaupt glücklich. Skip schickte mich ins Bett. Alleine. Selbst das machte mir nicht viel aus, obwohl er mich dabei wieder auslachte. *Er hält dich einfach für einen kleinen dummen Jungen, Danny-boy* – aber solchen düsteren Gedanken wollte ich nicht weiter nachhängen, nicht nach einem so schönen Abend. Es konnte sowieso nicht stimmen, denn sonst hätte er mich wohl kaum nach seinen Bildern gefragt, hätte nicht mit mir über die Anordnung der Porträts gestritten, hätte danach nicht noch eine Flasche Wein aufgemacht und sich meine Lebensgeschichte angehört ... Ich war besoffen und geil und wünschte mir sehnlichst, er würde mich in sein Zimmer schleppen und mich bewußtlos vögeln. Aber ich war auch besoffen und kaputt, ich würde sicher gut schlafen. Vielleicht würde er morgen bei der Party aufhören, sich über seine Ausstellung Sorgen zu machen und sich nach ein bißchen Spaß umsehen; vielleicht würde er nach der Party zu dem Schluß kommen, daß ich für den Spaß, den er im Sinn hatte, genau der richtige wäre ...

Also lächelte ich ihm einen Gute-Nacht-Gruß zu und ging brav ins Bett, ohne auch nur um einen Kuß zu bitten; ich hatte recht, ich schlief. Stolperte mitten hinein ins Land der Träume, und es lag nicht an mir, wenn ich nicht von Skip träumte.

Ich wurde von Stimmen und leisem Gelächter aufgeweckt. Aus tiefen Träumen gerissen, bemerkte ich kaum, daß noch jemand anderes im Zimmer war, bis neben mir ein Gewicht auf die Matratze sank, ein warmer Körper unter die Decke schlüpfte und mit einem leisen Kichern eine Stimme sagte, »Huch, was ist denn das?«

Oh, Gott! »Tut mir leid«, brummelte ich. »Ich wußte nicht, daß jemand in dem Zimmer wohnt ...«

»Schon gut, Süßer. Teilen wir's uns eben.«

»Was hast du denn da?« Noch eine Stimme von der anderen Bettseite.

»Weiß nicht genau. Mal sehen ...«

Was offensichtlich bedeutete *mal fühlen*, denn keiner hatte ein Licht angemacht. Eine Hand tastete sich über meine Brust vor, über den Bauch und zwischen die Beine; Finger fummelten prüfend an meinem Schwanz.

»Jedenfalls 'n Junge«, sagte die erste Stimme munter, als sei das nicht schon klar gewesen. »Und er freut sich, uns zu sehen«, fügte er hinzu, als mein Pimmel trotz meiner Verwirrung unter seiner Berührung anschwoll.

»Oh, gut. Teilen wir ihn uns doch.« Das Bett krachte, und der Freund machte mich zum Sandwich, indem er auf der anderen Seite hineinschlüpfte. Eine weitere Hand streichelte meinen Rücken und die Arschbacken.

»Hübscher Hintern.«

»Wirklich? So weit bin ich noch nicht gekommen.«

»Nicht nötig. Ich kümmere mich um das Ende hier.« Sein Finger fand den Weg zwischen meine Backen, preßte sich gegen mein zuckendes Arschloch und bohrte und kratzte ein bißchen, so daß ich spürte, wie lang und scharf seine Fingernägel waren. »Du spielst mit dem, was du da vorne hast.«

»Klingt fair.«

»Äh, hören Sie …«

»Oh, psst, Süßer«, sagte der erste, der mir kurz eine andere Art von Aufmerksamkeit schenkte. »Du leihst dir unser Bett aus, wir leihen uns deinen Körper aus. Ist doch fair, oder? Und du darfst auch mitspielen. Alles, was du willst …«

Dann fanden seine Finger mein Gesicht, krallten sich in meine Haare, um mich festzuhalten, und er küßte mich lange und ausgiebig, wobei seine Zunge in meinem Mund herumrutschte wie eine lebende Auster, glitschig und eigensinnig.

Als er losließ, damit ich Atem holen konnte, murmelte er: »Mann. Zahnpasta. Du bist ‘n richtig braver Junge, stimmt's?«

Er schmeckte nach Bier, und sein Haar roch nach Rauch, seine Haut nach Schweiß. Die Jungs waren offensichtlich aus gewesen; waren scharf und geil nach Hause gekommen und, ohne in die Nähe eines Badezimmers zu kommen, ins Bett gefallen. Und dort hatten sie mich gefunden, der ihnen schon mal die Decken wärmte, und es schien sie überhaupt nicht zu stören …

»Hören Sie«, wiederholte ich fast verzweifelt. »Ich weiß ja nicht mal Ihre *Namen* …«

»Jamie«, sagte er und küßte mich wieder.

Sein Freund hatte mir inzwischen zärtlich den Rücken gestreichelt und vermutlich abgewartet, was ich tun würde, um mir Gelegenheit zu verschaffen, sie wegzustoßen und abzuhauen.

Das war keineswegs das, was ich wollte – zwei Männer, und keiner von beiden der Mann meiner Träume – aber ich war immer noch betrunken und eindeutig immer noch geil. Und sie waren munter, spielerisch, überhaupt nicht aggressiv; und jetzt, wo ich den Namen wußte, war einer davon nicht mal mehr ein Fremder. Ich hatte noch nie einen Dreier ausprobiert, nie Gelegenheit dazu gehabt, aber es mußte besser sein, als alleine zu schlafen und alleine aufzuwachen. Und vielleicht war das ja auch ein Grund, wieso Mr. Farrant mich hergeschickt hatte, noch eine Art, mir das Geld für meine Klamotten zu verdienen …

Egal. Ich stieß sie nicht von mir, befreite mich nicht aus den klebrigen Laken, suchte mir kein anderes Zimmer. *Skip wird's nichts ausmachen*, dachte ich. Wieso auch? Er hatte eindeutig keine Lust auf mich, er hatte mich ins Bett geschickt; und diese Jungs, Gott segne sie, wollten mich sehr eindeutig wohl …

Jamie strich mit der Oberlippe über meine Zähne, und ich biß hinein. Ziemlich fest.

»Oh, hey! Der *will* mitspielen …«

»Fein.« Der Junge hinter mir küßte mich in den Nacken; urplötzlich erschauerte ich, und beide lachten.

»Entspann dich einfach, Kleiner«, flüsterte mir Jamie ins Ohr. »Leg dich zurück und genieß es …«

Seine Zunge folgte seiner Stimme und bohrte sich tief und feucht hinein, worauf ich vor Verblüffung prusten mußte. Zwei schlanke, warme, klebrige Leiber rieben sich an meinem, vier forschende Hände erkundeten ihn; ich tat einfach, was mir gesagt worden war, lag da und ließ sie machen. Entspannen war nicht schwer; sie waren freundlich wie kleine Hunde, und ehrlich gesagt, war ich zu müde oder einfach zu erledigt, um viel mehr zu tun. Es war komisch, in einem fremden Bett so passiv zu sein und sie einfach an mir herumspielen zu lassen, aber es fühlte sich auch gut an.

Genau gesagt, es fühlte sich toll an. Die beiden Jungs

wollten ebenso mir was Gutes tun wie sich selbst – das war nie eine meiner Phantasien gewesen, aber es war genau das, was ich brauchte. Mit einem Mal fühlte ich mich behütet, geborgen, geschätzt, nach Jahren der Zurückweisung und Feindseligkeit. Sie wußten nicht, wer ich war, aber das war egal: ich war da, und nichts anderes zählte.

Nur mein Schwanz war nicht entspannt, dazu blieb ihm keine Chance. Jamies Hand lag um den Schaft, und sein Daumen drückte in langsamem, gleichmäßigen Rhythmus fest zu; ich war steckensteif da unten.

Sein Kopf bewegte sich an meinem Leib abwärts, kitzelte an meinem Hals und an der Brust, fand eine meiner Brustwarzen und züngelte daran, ließ mich seine kleinen, scharfen Zähne spüren, während seine freie Hand mit der anderen spielte.

Der Junge hinter mir hatte die Hand von meinem Arsch genommen; jetzt spürte ich dort seinen Schwanz, der blind zwischen meinen Backen stocherte, als wolle er sich seinen Weg in mich hinein ertasten. Dann kamen die Finger wieder, diesmal aber feucht von Spucke; er mußte sie abgeleckt haben. *Dem läuft schon das Wasser aus dem Mund*, dachte ich kichernd und schnappte nach Luft, als zwei schmale Finger leicht gegen mein Loch stießen, sich durch den Schließmuskel bohrten und sich durchzwängten.

Es gab eine Zeit, da wäre ich zu eng – oder zu verspannt – gewesen, um nur mit Spucke auch nur einen Finger reinzukriegen. Inzwischen war ich dafür besser gerüstet. Mein Arsch war so entspannt wie mein übriger Körper. Allerdings war es nicht mehr so einfach, nur ruhig dazuliegen. Ich wollte jodeln und zappeln; mich in beide verkrallen und mitmachen, mitspielen, mit Fingern und Zunge und Zähnen und allem. Aber dazu hatte ich nicht genug Hände, und mit nur einem Mund für zwei kam ich nicht weit; und außerdem fühlte ich mich vor Erschöpfung oder vom Saufen so schwer und bleiern, daß mir nicht nach Ringen war.

Das störte sie offensichtlich überhaupt nicht. Sie hatten ihren Spaß, und ich glaube, sie dachten sich, ich hätte meinen auch: Jamie zumindest hielt den Beweis hart und heiß und schwer in der Hand.

Im Grunde glaube ich, sie waren Telepathen, zumindest wenn sie zusammen im Bett waren. Ob mit oder ohne einem Dritten. Es sei denn, sie kannten sich einfach unglaublich gut. Wie dem auch sei, plötzlich rutschten sie beide gleichzeitig an meinem Körper herunter, ohne ein Wort oder ein Zeichen, das ich gehört oder bemerkt hätte. Jamie nahm die Spitze meines Pimmels in den Mund und saugte behutsam daran, während sein Freund meine Arschbacken spreizte und mich zärtlich mit kitzelnder Zunge am empfindsamen Rand meines Schließmuskels leckte.

Ich schnappte nach Luft und zuckte und wäre fast auf der Stelle gekommen, alles zugleich. Zwei Köpfe, zwei Münder, beide gleichzeitig mit mir beschäftigt, der warme Atem, die heißen Zungen; und ihre Hände so dicht beieinander, daß ich nicht unterscheiden konnte, wer mit meinen Eiern spielte und wer mir den Schenkel streichelte – Gott, es war unglaublich, ich hatte so etwas noch nie erlebt. Mir war, als würde ich innerlich schmelzen, als würde ich nie mehr aufhören zu spritzen, wenn ich erst mal angefangen hatte.

Aber der Junge, dessen Namen ich immer noch nicht wußte – wobei sie meinen auch nicht kannten, sie hatten nicht gefragt – nahm die Zunge weg und schob, noch ehe ich einen enttäuschten Seufzer ausstoßen konnte, seine Finger wieder in mich und leckte schnell an meiner Wirbelsäule nach oben bis zum Haaransatz, fand mein Ohr und flüsterte: »Noch nicht, Lieber. Wart noch ‘n bißchen …«

Seine Finger rutschten wieder aus mir heraus, und ich

spürte, daß sein Schwanz ihre Stelle einnehmen wollte. Ein fester Stoß, und er bohrte sich tief durch meinen Schließmuskel. Mein Schwanz zuckte hoch, und Jamie schluckte ihn bis zum Anschlag. Ich spürte, wie seine Zähne sich behutsam um meinen Schaft schlossen, und stieß einen stummen Schrei aus.

Der andere Junge schlang die Arme um meine Brust, biß mir fest ins Ohr und murmelte: »Jetzt. Und los geht's, alle zusammen ...«

Und mit einem Mal bewegten wir uns alle im gleichen Takt, er und ich und Jamie; und ich war schweißüberströmt, löste mich auf, zerschmolz zwischen den beiden. Ich packte Jamie am Kopf und kam in einem dicken Schwall, einem Strom, der mich total austrocknete. Im gleichen Moment spürte ich, wie sich der Junge hinter mir verkrampfte und nach Luft schnappte und wie dann sein Sperma in meine Eingeweide schoß, und ich spürte einen Batzen heißer Flüssigkeit auf meinem Bein, als Jamie auch kam, während sein Kopf zwischen meinen Händen ruckte, als er schluckte, was er von mir bekommen hatte.

Ich war ausgelutscht, schlapp, total leer. Ich konnte mich nicht rühren. Jamie behielt meinen Schwanz im Mund, der langsam schlaff wurde und schmerzte, wie mein gesamter Leib schmerzte; dann ließ er ihn herausrutschen, während gleichzeitig sein Freund aus mir glitt. Eine Sekunde lang fühlte ich mich leer und verlassen.

Dann waren ihre Hände wieder überall auf meinem Körper, diesmal aber nicht fordernd: ich wurde auf den Rücken gedreht, gestreichelt und geküßt und getätschelt. Jamie blieb, wo er war, unter der Decke, die Arme um meine Hüften und die Beine in meine verschlungen und den Kopf an meinen Bauch geschmiegt; ein einziges gemeines Züngeln an meinem Nabel erweckte beinahe meinen Schwanz wieder zum Leben. Sein Freund streckte sich neben mir aus, legte mir den Arm um die Schultern und zog meinen Kopf an seine Brust.

»Schön?« fragte er, während er träge in meinem Haar wuschelte.

»Äh, ja …«

»Aber?«

»Aber ich weiß nicht, wie du heißt …« Nach dem, was wir gerade gemacht hatten, hörte sich das dumm an, aber irgendwie war es mir schrecklich wichtig.

»Doch, weißt du. Jamie.«

»Nein, ich dachte, Jamie sei er …«

»Wir beide. Wir sind Jamie. Schlaf ein, Süßer …«

Er küßte mich auf die Augenbraue, seine Finger streichelten meine Wange, und ich seufzte auf und war weg.

Als ich aufwachte, schien strahlendes Sonnenlicht durch die halb geöffneten Jalousien. Ich wimmerte, schloß die Augen und kam langsam zu mir. Zuerst einmal, mit wem teilte ich das Bett: das war einfach. Das Gewicht auf meinen Beinen, der Junge, dessen Hand sich leicht um meine Morgenlatte schloß, war Jamie, und der andere, der halb auf meiner Brust lag und sich leicht regte, wenn wir beide atmeten, war auch Jamie. Ich lächelte in der Erinnerung an die letzte Nacht. Und wo ich war, war auch einfach. Die Mühle hieß das Ding. Riesenbau ohne Außenfenster außer in Skips Atelier – Skip, mein toller Traummann, der mich nicht wollte, weshalb ich bei den beiden Jamies gelandet war. Und die Mühle hatte dieses große, glasgefaßte Loch in der Mitte, durch das die Sonne schien …

Was hieß, daß die Sonne schon ganz hoch stehen mußte, wenn sie in einem solchen Winkel so schmerzhaft hereinstrahlte …

Ich stöhnte und schlug die Augen wieder auf.

Einer der Jamies – es muß Jamie Nummer zwei sein, der, der mich gefickt hatte, falls sie nachts nicht die Plätze gewechselt hatten, und ich glaube nicht, daß sich einer von uns überhaupt gerührt hatte – hob den Kopf von meiner Schulter und blinzelte mich verschlafen an.

»Ist was, Süßer?«

Weißgebleichte Haare, makellose Haut, strahlend grüne Augen: er war ein echter Knaller, wenn man hübsche junge Männer mochte. Anfang zwanzig, vermutete ich.

»Ich soll hier helfen. Die Party vorbereiten ...«

»Ach, Lieber. Wir auch. Sind wir spät dran?«

»Ich glaub schon ...«

»Schade. Wir hätten noch was rumspielen können.« Er schenkte mir ein strahlendes Lächeln, wie ein Versprechen für später; ich seufzte im Stillen. Trotz der vergangenen Nacht war lockerer Sex mit schönen Jungs nicht das, worauf ich aus war. Nicht, wenn Männer wie Skip, Fleisch gewordene Träume, in der Nähe waren ...

Jamie schlug die Decke zurück und streckte die Hand aus, um seinen Freund wachzurütteln.

Noch ein Kopf mit kurzen, weißen Haaren, noch ein atemberaubendes, schläfriges Gesicht darunter; ich glaubte, doppelt zu sehen.

»Jesses, seid ihr Zwillinge?«

Sie lachten, und plötzlich klangen sogar ihre Stimmen gleich.

»Nur Blutsbrüder. Nicht verwandt, ehrlich.« Im Augenblick wußte ich, wer sprach – Jamie Eins, der, der gerne neue Schwänze lutschte, falls sie sich nicht abwechselten – aber als sie aufgestanden waren, war ich mir nicht mehr sicher, sie auseinanderhalten zu können. »Aber schau mal dich an«, fuhr er vor mir auf den Fersen hockend fort, während er mich von oben bis unten betrachtete. »Bist du nicht das Schönste, was Gott geschaffen hat? Ich glaube, wir hatten Glück, JJ.«

»Mehr Glück, als du denkst, Jay. Wir haben ihn im Bett gefunden; ich glaub nicht, daß wir ihn sonst reingekriegt hätten. Ich glaub nicht, daß er auf uns steht.«

»Klar doch. Schau ...« Jays Hand – Jay und JJ, das gefiel mir – streichelte meinen zuckenden Schwanz.

»Ach, *dadrauf* steht er natürlich. Er ist jung, er ist scharf, der würd mit 'nem Dachs schlafen, wenn kein Mann in der Nähe ist. Ich glaub nicht, daß wir seine Traummänner sind. Oder, Lieber?«

Das wurde mir zu eng; die Jungs waren nicht nur untereinander telepathisch. Ich rutschte herum. »Hört zu, tut mir leid, aber ich muß hoch ...«

»Müssen wir alle. Auf, Süßer, ins Bad. Duschen und rasieren.«

Sie griffen sich jeder einen Arm, zogen mich von der Matratze und führten mich im Gänsemarsch zur Tür. So wie wir waren, splitterfasernackt ...

Ich wehrte mich gegen ihr Ziehen. »Äh, sollen wir nicht besser was anziehen?«

»Okay, kannst du, wenn du mußt. Unser Zeug ist alles droben.«

Verwirrt blickte ich zurück. Es stimmte; auf dem Teppich lagen nur meine Klamotten, wo ich sie gestern hingeworfen hatte. Die Jungs mußten nackt, wie sie jetzt waren, hereingekommen sein. Aber, »Ist das nicht euer Zimmer?« Hatten sie keine sauberen Sachen im Schrank?

»Nein. Unsers steht zur Zeit total voll, wir mußten das ganze Zeug aus dem Atelier räumen, und man kommt einfach nicht ans Bett, da haben wir uns hier hingeknallt. Wir sind zum Knallen reingekommen«, jetzt kicherte er, »und da hast du auf uns gewartet.«

»Nette Knallerei«, sagte der andere zustimmend. Ich glaubte immer noch, die beiden auseinanderhalten zu müssen, aber das schien so wichtig nicht zu sein. Verwandte Seelen waren sie, das war sicher; je mehr ich sie verwechselte, desto glücklicher würde sie das machen, dachte ich. Bestimmt verwechselten sie sich selbst.

Jay – glaube ich – öffnete die Tür; ich erinnerte mich, wie weit es zum Bad am Ende des Flurs war, und hätte beinahe wieder verweigert. Irgendwo in dem Gebäude waren Stimmen zu hören; es waren Leute hier, jederzeit konnte jemand aufkreuzen …

»Sei kein Dummchen«, sagte JJ, falls es JJ war. Er legte mir beide Hände auf den Rücken und schob mich gewaltsam hinaus. »In dem Haus hier darfst du nicht schüchtern sein. Und mit so 'nem Körper, was willst du da verstecken? Wir sagen immer, wenn du was zu bieten hast, dann zeig's auch.«

Niemand sah uns, und wenn, dann sah ich ihn nicht; und mit den beiden an der Seite, die herumalberten und lachten war, es wirklich schwer, sich Sorgen zu machen.

Das Bad war 'ne Wucht, meergrün gekachelt mit einer riesigen Wanne, einem Klo und einem Bidet, und einer Duschkabine, groß genug für drei. Wir pinkelten gemeinsam, drei lange gelbe Pißstrahlen und drei erleichterte Seufzer; dann zerrten sie mich unter die Dusche, und wir planschten und schrien und seiften uns unter dem kochend heißen Wasser ein.

Natürlich hatte niemand abgesperrt. Jay – oder genauso gut JJ, falls ich sie schon wieder verwechselte – kniete vor mir und wusch mit zärtlich streichelnden Fingern die Eier und spielte mit meinem Ständer, als die Tür aufging und Skip hereinkam.

Der Raum war voller Dampf, aber ich hätte ihn auch im Dunkeln und mit verbundenen Augen erkannt. Ich wäre lieber gestorben, als so von ihm gesehen zu werden; ich wollte mich in eine Ecke verkriechen und beten, daß er nicht so deutlich sah wie ich.

Einen Augenblick lang dachte ich schon, meine Gebete seien erhört worden. Er wedelte mit der Hand vor dem Gesicht. »Jamie, du hast nicht zufällig Danny gesehen, oder? Einer von euch? 'n junger Kerl, er hat hier übernachtet und–«

Und in diesem Augenblick teilte der Luftzug, den er hereingebracht hatte, den Dunst, und er sah mich, und aus war's mit den Gebeten.

»Oh«, sagte er, und sein Gesicht wurde hart und düster. »Ich sehe. Na, macht nichts. Ich weiß, du brauchst ein paar neue Klamotten für heute abend und wollte dich zum Einkaufen in die Stadt mitnehmen; aber ich muß jetzt los. Du mußt selbst hinfahren, wenn du fertig bist.«

Und er drehte sich um, schloß still die Tür hinter sich und war weg.

Meine Verzweiflung mußte in meinem Gesicht zu sehen gewesen sein. Ich habe meine Gefühle noch nie gut verstecken können. JJ massierte mir mit beiden Händen die Schultern, in die er tief die Daumen drückte. »Um den Skipper mußt du dich nicht kümmern. Der ist 'n Widerling, der kann uns alle nicht leiden.«

Und er hat mich mit euch beim Rummachen erwischt, aber das konnte ich nicht sagen, wo sie doch so nett zu mir waren. »Wieso läßt er euch dann bleiben?« platzte ich statt dessen heraus.

»Ach, hier wohnen alle möglichen Leute. Und manchmal kann er uns brauchen. Er hält uns nur für 'n paar Schwuchteln, das ist alles–«

»Na, sind wir ja auch«, sagte Jay, der versuchte mich zu trösten, indem er meinen Schwanz zärtlich zwischen den Händen rieb.

»Ja, aber im Grunde ist er 'n bißchen prüde, trotz seines Rufs.«

Ich fragte mich sofort, was das für ein Ruf sein mochte, konnte aber jetzt nicht fragen. Ich war zu verkrampft. Skip dachte, wir drei Schwuchteln seien zusammen, das war überdeutlich.

»Keine Angst, Süßer, wir nehmen dich mit zum Shopping. Wir mögen Shopping.«

»Und er nicht. Der hätte nur genervt, wenn er dich mitgenommen hätte.«

Ich seufzte und bedankte mich bei ihnen; und machte mir nicht die Mühe, zu erklären, was für ein schwacher Trost das war, und daß ich einen umgebracht hätte für die Chance, mit Skip einkaufen zu gehen, selbst auf die Gefahr hin, ihn damit tödlich zu langweilen.

»Aber ich sag dir was«, und plötzlich waren nicht mehr Jays Hände an meinem Schwanz, sondern seine Zunge. »Wenn Skip nicht da ist, zwingt er uns auch nicht zum Arbeiten, oder? Was heißt, daß wir 'ne Pause machen und 'n bißchen Spaß haben können ...«

Das war das letzte, wonach mir war, obwohl ich nicht wußte, wie ich es sagen sollte. Ich fühlte mich fast erleichtert, als die Tür wieder aufgerissen wurde und Mr. Farrant hereinkam.

»Ich will euch drei sehen«, sagte er ohne Umstände. »Ihr solltet seit Stunden auf sein. Drunten, in fünf Minuten. Kapiert?«

JJ salutierte spöttisch, aber Mr. Farrant hatte sich schon umgedreht; er wußte, wir würden kommen.

ACHTES KAPITEL

Die Mühle hallte wider von Leibern, Musik, Lärm. Ich hätte mir nie träumen lassen, daß jemand auch nur annähernd so viele Menschen kennen könnte, um ein solch riesiges Gebäude zu füllen, aber bei Skip war es anscheinend so.

Ich wußte nicht, wie viele Zimmer belegt waren, dachte mir aber, später würden die meisten es sein. Damit hatte ich nichts zu tun. Mein Reich war das Erdgeschoß, und das wimmelte. In der Höhle tanzten die Leute oder schrien sich über den lauten, dröhnenden Rock hinweg an; im Atelier standen sie dicht gedrängt und murmelten anerkennend, während sie sich zentimeterweise von einem Bild zum andern drängelten. Jeder, der sich normal unterhalten wollte, zwängte sich in die Küche, hing auf dem Flur herum oder saß auf der Treppe – und war uns meist im Weg.

Von uns gab es ein paar Dutzend, junge Kerle in Schwarz, die die Kellner spielten, und wir waren bei weitem nicht genug. Wir hatten unseren Stand im Flur aufgebaut, einen langen Tresentisch voller Getränke und an jedem Ende einem riesigen Kübel, in dem in schmelzendem Eis

Champagnerflaschen schwammen. Luigi und ein paar andere mit etwas Erfahrung waren die Barkeeper und mixten Drinks; wir anderen rannten mit dem Klickerwasser durch die Gegend und schenkten allen nach.

Versuchten es wenigstens. Es waren so viele Menschen, die sich gegenseitig herumschubsten, daß ich manchmal kaum aus dem Flur kam, bevor die Flaschen, die ich trug, leer waren und ich zurückgehen und von neuem anfangen mußte. Durstige Macker kamen verschwitzt vom Tanzen, verlangten Drinks und machten das Durcheinander noch schlimmer; wir gaben ihnen volle Flaschen und baten sie, die im Wohnzimmer zu verteilen, weil wir nicht durchkamen.

Es gab einen Trick, die Blödmänner abzuschrecken, die nur herumhingen, um sich nachfüllen zu lassen, ein Tip, den Luigi mir gab: »Mach die Flaschen nicht auf, Kumpel«, sagte er, als ich zum millionstenmal zum Kübel zurückkam, die leeren Flaschen abstellte und in dem Eis nach neuen fischte. »Bring ein paar ungeöffnet ins Atelier; und jedem, der dich auf dem Weg anhält und mit dem Glas wackelt, wackelst du einfach mit dem Korken zurück.«

Ich versuchte es, und es funktionierte; sie knurrten und winkten ab, um sich nach einem anderem umzusehen, bei dem der Sekt floß. Selbst eine Flasche aufzumachen, war ihnen zuviel Mühe.

Bei den gedämpften Stimmen im Atelier wirkte das Knallen des Korkens wie ein Schuß, bei dem sich alle Köpfe drehten. Ich wurde rot und schluckte erleichtert, als der Champagner nicht aus dem Flaschenhals auf den sauber polierten Fußboden schäumte. Es kam nur ein bißchen Dampf oder Qualm heraus, und das war richtig so, dachte ich. Die Flasche paßte hier genau hin. Wie jeder in dem gewaltigen

Raum, wie jeder auf der Party, sah sie von außen total kalt aus, und innendrin brodelte sie …

Ich war allerdings nicht hier, um den Schlauberger zu spielen. Nicht mehr, als um tagzuträumen oder selber total scharf zu sein und mich nach der Berührung eines Mannes zu sehnen. Wenn dieser eine Mann mich wollte, würde er es sagen; das war schließlich seine Party, er hatte den ersten Stich. Wenn nicht, okay, dann konnte jeder kommen. Ich würde so scharf sein, wie sie wollten, so scharf, wie ich konnte, aber erst später. Im Augenblick war ich Kellner, und Getränkekellner machen niemanden an. Sie schenken höflich nach und gehen weiter.

Also bewegte ich mich nicht einmal auf das Fenster zu, wo Skip den ganzen Abend über gestanden hatte. Ich öffnete meine zweite Flasche und ging in die andere Richtung, schenkte höflich nach, lächelnd, immer lächelnd. War liebenswürdig zu den Frauen und machte Werbung für mich bei den Männern.

Und natürlich wurde der Champagner leer, und ich ging wieder zurück, um neuen zu holen; und dachte dabei, wir hätten einen Kübel im Atelier aufstellen sollen, um die umständlichen Wege zu sparen, und daß wir es nächstes Mal besser machen würden. Dann fiel mir ein, daß es für mich kein nächstes Mal geben würde. Ich wußte nicht, welche Qualifikation man brauchte, um hierbleiben zu dürfen, hier wohnen zu dürfen, wie es die Jamies anscheinend taten; aber ich war mir ziemlich sicher, daß ich sie nicht besaß. Vielleicht würde man mich bleiben lassen, wenn ich heute gut war, wenn ich mich morgen nützlich machte; aber Skip gab solche Partys nicht oft, das ging aus den Unterhaltungen hervor, die ich mithörte. Bis zur nächsten konnten Jahre vergehen. Dann ohne Danny. Ich wußte nicht, wo ich dann sein würde, aber egal wo, hier nicht. Über die Anordnung von Bildern brauchte ich mir keine Sorgen mehr zu machen …

Ich lächelte und schenkte nach und ging weiter, und irgendwann, unvermeidlich, kam ich zu Skip.

Er schien an der unglaublichen Glasmauer Anker geworfen zu haben, einem Ort, wo er stehen und den Verkehr um seine Gemälde beobachten konnte, um die ersten, ehrlichen Reaktionen der Leute mitzubekommen, bevor sie ihn entdeckten und ihm das zeigten, was er ihrer Meinung nach sehen wollte.

Ich hatte an diesem Abend noch keinen Blick auf die Bilder geworfen und verstand nicht, wieso alle sie betrachten wollten, wenn sie statt dessen Skip sehen konnten. Er sah hinreißend aus. Er trug einen dunklen Seidenanzug, der auf den ersten Blick schwarz wirkte, aber jedesmal in verborgenen Farben zu schimmern schien – in Blau- und Purpur- und Grüntönen, wie Öl auf Wasser – wenn er zu einer Geste den Arm hob. Hinter ihm leuchteten die Lichter von London, und er überstrahlte sie alle.

Schön, für mich jedenfalls. Ich zog den Kopf ein, als er mich anschaute, in der Hoffnung, es sähe aus, als sei ich nach der letzten Nacht und heute morgen nur schüchtern; in Wirklichkeit hätte ich ihn nur einen Moment länger anschauen müssen, um einen solchen Ständer zu kriegen, daß ich dachte, er würde die Knöpfe meiner neuen 501 sprengen.

»Gut gemacht, Danny«, sagte er, obwohl es für meine überempfindlichen Ohren ziemlich automatisch klang, nur eine Höflichkeit gegenüber einem Kellner: »Malcolm hier lechzt nach einem Drink.«

Malcolm war der Typ, neben dem er den halben Abend über gestanden hatte, obwohl ich nicht gesehen hatte, daß Skip Hilfesignale aussandte. Malcolm war klein und fett – jedenfalls im Vergleich zu Skip, und Skip war mein neuer

Maßstab – mit weichen, schütteren Haaren und gräßlichen Klamotten. Er trug einen Cordanzug in einer Art Khakifarbe und darunter etwas, das wie eine braune Strickjacke aussah. Es war kaum zu fassen, daß die beiden Freunde waren. Man kann ein Buch vielleicht nicht nach seinem Einband beurteilen, aber man ist vermutlich das, was man trägt; wenn das stimmte, war Malcolm ein sehr, sehr trauriger Mann …

Ich schenkte ihm ein und tippte mit der Flasche fragend in Richtung Skip. Sein Glas war noch halb voll, was bedeutete, daß er den Abend über fast nichts getrunken hatte, weil nur wenige von uns so weit gekommen waren. Er mußte einer von denen sein, die auf eigenen Partys nicht trinken; aber ich schenkte ihm trotzdem nach, wobei ich so dicht neben ihm stand, daß mein nackter Arm seinen Ärmel berührte; eine winzige Liebkosung, die er nicht einmal bemerken würde, wenngleich er wahrscheinlich den riesigen Ständer unter meiner Jeans bemerkte, als ich wegging.

Nur daß er mich nicht gehen ließ und mich am Ellbogen festhielt, als ich es versuchte. Haut auf Haut, ein fester Griff: ich biß mir auf die Lippe, um nicht aufzustöhnen oder in Ohnmacht zu fallen oder mich sonstwie noch mehr zu blamieren, als ich schon das Gefühl hatte.

»Danny, Moment. Ich hab Malcolm gerade von dir erzählt.«

Echt? Einen Moment lang strahlte ich, ich leuchtete richtig auf, bevor ich wieder auf den Teppich kam. Ich konnte mir vorstellen, was er gesagt hatte. *Da ist der Neue, den wir für heute abend engagiert haben, blond, hübsch, 'ne echte kleine Schwuchtel. Die beiden Jamies haben's letzte Nacht mit ihm getrieben, probier ihn später doch auch mal aus*. Irgend sowas. Dafür war ich hier, und das durfte ich nicht vergessen …

Aber Malcolm wirkte erstaunt und stellte meine Frage für mich. »Wirklich? Ich weiß gar nicht–«

»Danny war der, der mir letzte Nacht so lange geholfen hat, die Bilder zu hängen. Du sagtest noch, wie gut sie wirken in dieser Anordnung. Das war Danny, nicht ich.«

Das stimmte nicht, so viel hatte ich gar nicht geholfen. Ich hatte nur meine Meinung gesagt, und oft hatte er gar nicht auf mich gehört. Ich wollte schon widersprechen, aber sein Daumen massierte zärtlich meinen Musikantenknochen, und ich machte rasch den Mund zu, ehe ich anfing, zu sabbern.

»Malcolm ist mein Agent«, erklärte er. »Wenn er sich die Bilder anschaut, sieht er die Leute nicht wie du und ich, er sieht nur Geld. Wegen unserer Arbeit gestern sieht er mit etwas Glück ein bißchen mehr in den Bildern.«

Malcolm lächelte, etwas verkrampft, wie mir schien, widersprach aber nicht.

»Entschuldige, Skip«, sagte ich, »Ich dachte, Mr. Farrant sei dein Agent.«

»Der ist mein Manager. Er kümmert sich um das Geld, wenn Malcolm es rübergeschoben hat. Malcolm becirct die Banausen, während Alan der Bank Angst macht. Stimmt doch Alan, oder?«

Er sagte das über meine Schulter hinweg; ich schaute mich um und schluckte nervös. Mr. Farrant stand genau hinter mir. Wie's der Bank ging, wußte ich nicht, aber mir machte er ganz bestimmt Angst.

Er wußte es auch. »Richtig«, sagte er unbestimmt. »Geh mit den Flaschen rum, Danny. Hier ist's ja wie in 'ner Wüste.«

»Ja, Sir ...«

Er nickte mit dem halben Lächeln, das ich schon kannte; es gefiel ihm anscheinend wirklich, Sir genannt zu werden. Als ich mich umdrehte, spürte ich Augen auf mir, die mir wie Sonne durch eine Linse im Nacken brannten. Es konnte Mr. Farrant, aber auch Malcolm sein – ich kannte nur seinen

Vornamen, und hätte nie im Traum daran gedacht, ihn Sir zu nennen – aber ich wußte, wer es war, wenn es nach mir ginge.

Ich schaute mich nicht um. Ich wollte die sichere Enttäuschung vermeiden.

Man tatschte mich den ganzen Abend lang an, fuhr mir durch die Haare, befummelte mich, kniff und zwickte und rieb sich absichtlich an mir; aber alle machten es lachend und spielerisch, ohne es ernst zu meinen. Ich hatte gesehen, wie Jungs nach oben geführt, an der Hand oder im Nacken gepackt wurden, aber niemand hatte mich gewollt.

Erst als die Party zusammenschmolz und abbröckelte, gingen einige Leute, während andere sich auf die Nacht vorbereiteten. Ich verdrückte mich gerade zu einer dingenden Pinkelpause, die erste Gelegenheit, die ich bekam, als plötzlich der kleine, fette Malcolm in seiner Weste mit schweißglänzender Haut und heraushängender Zunge vor mir auftauchte. Das meine ich wörtlich: er leckte sich die wulstigen Lippen und musterte mich in einer Weise, die nicht viel Zweifel übrigließ: Es war klar, was er wollte.

»Gehst du rauf, Dannyboy?«

»Äh, ja ...« Ich wollte ihn immer noch nicht Sir nennen, obwohl ich wußte, daß es ihm genauso gefallen würde wie Mr. Farrant. Viele Männer mögen das bei Jungs, schätze ich; es ist nur so, daß manche es verdienen – wie Skip, den ich nur noch Sir genannt hätte, wenn er es gewollt hätte – und manche es verlangen, während andere es nie verdienen werden, auch wenn sie sich ihr ganzes Leben lang darum bemühen würden.

»Hat jemand nach dir verlangt?«

Ich hätte über die Enttäuschung in seinem Gesicht kichern können, wenn ich nicht innerlich geseufzt hätte.

»Nein, ich muß nur aufs Klo.«

»Gut. Sehr gut. Ich komme mit.« Und als ich zögerte – niemand hatte etwas von Klappenspielchen gesagt, ich glaubte nicht, daß sie im Vertrag eingeschlossen waren, und der Gedanke war mir nie gekommen – war er es, der kicherte. »Ach, nur um zuzugucken«, sagte er und leckte sich wieder die Lippen. »Ich schau gerne zu.«

Er legte mir die Hand auf den Rücken und schubste mich vorwärts. Ich widersprach nicht, sondern ging einfach und fragte mich, wobei er wohl sonst noch gerne zuschaute, und ob ich würde pinkeln können mit seinen Glubschaugen auf mir.

Zum Glück war das kein Problem. Ich mußte zu dringend. Das einzige Problem war, nicht zu lachen, als er sich neben dem Becken aufstellte und sogar vorbeugte, um besser zu sehen, als ich an den steifen Knöpfen meiner Jeans fummelte.

Ich trug keine Unterhose, die wäre mir heute nacht wahrscheinlich nur im Weg gewesen.

Ich zog den Schwanz heraus und hörte Malcolm leise brummen. Ich unterdrückte ein Kichern und tat ihm den Gefallen und zog daran, um ihn ahnen zu lassen, wie lang er war, wenn er steif war. Aber er war noch nicht steif, nur voll mit Pisse, und ließ mir keine Zeit zum Herumspielen. Ich platzte.

Ich war gefaßt darauf, daß er die Hand ausstrecken und ihn für mich halten würde, solange ich pißte, aber das machte er nicht. Er beugte sich nur ein bißchen weiter vor, als der goldene Strahl ins Becken plätscherte. Ich hatte Bedenken, es könnte ihm etwas ins Gesicht spritzen, weil ich nicht wußte, ob er das mochte; aber er schien ganz unbesorgt. Anscheinend wollte er es nicht schmecken, aber riechen mochte er ebenso gern wie zusehen; ich sah, daß seine Nasenflügel bebten, und hörte ihn schnüffeln.

Als der Strahl zu einem Tröpfeln verebbt war, richtete er

sich langsam und zufrieden auf. Ich schüttelte die letzten Tropfen ab und packte den Schwanz ein, machte mir aber nicht die Mühe, mich umständlich zuzuknöpfen, da ich dachte, das hätte nicht viel Sinn.

Wie zu erwarten, nahm er mich mit auf die Suche nach einem leeren Zimmer. Das war nicht einfach; alle Türen im ersten Stock waren verschlossen, was leicht zu deuten war. Ob *Privat* oder *Besetzt*, Malcolm probierte es an keiner.

Wir gingen ganz nach oben und fanden eine Tür, die offenstand. Das Bett war heute schon mindestens einmal benutzt worden, die Decke war zurückgeschlagen und die Laken zerknautscht, aber wenigstens hatten sie keine Flecken.

»Das reicht uns«, sagte Malcolm und schloß hinter mir die Tür ab.

Über der Schulter hatte er einen kleinen Lederbeutel, den ich zuvor nicht bemerkt hatte. Er nahm ihn herunter, riß ihn auf und wühlte darin herum. Kurz darauf zog er eine Tube KY und einen großen Vibrator heraus.

Er war aus glänzendem Plastik und hatte der Länge nach Rillen; außerdem war er knallgelb, was mich fast wieder zum Kichern gebracht hätte.

Er quetschte einen Batzen Gleitcreme auf die Hand und fing an, den Dildo damit einzureiben.

»Äh, Malcolm?«

Er schaute auf. »Ja?«

»Was soll ich machen?« So wie es aussah, brauchte er mich nicht. Der Dildo war nicht für meinen Arsch bestimmt, da war ich mir sicher.

»Du? Wart ab. Stell dich hier ans Bettende, ich sag, dir, was ich will, wenn ich soweit bin.« Er wirkte jetzt stärker, beeindruckte mich aber immer noch nicht. Er war es gewohnt, Jungs im Schlafzimmer herumzuscheuchen, das war klar, aber ich hätte gewettet, daß er normalerweise für ihren

Gehorsam bezahlte. Für manche Männer tat man so Zeug vielleicht aus Angst oder Respekt, aber nicht für ihn. Heute mußte es für Malcolm ein Bonus sein, alles ging aufs Haus.

Noch auf was anderes hätte ich gewettet, nämlich daß ehe wir hier fertig waren, Flecken auf den Laken sein würden ...

Er schnickte die Schuhe weg und zog sich mit hastig fummelnden Fingern aus bis auf die Socken. Die ließ er an. Irgendwie überraschte mich das nicht.

Er warf sich aufs Bett und legte sich Kissen unter, damit er mich über seine Füße hinweg sehen konnte. *Wie ein Mann durch die Kimme eines Gewehrs*, dachte ich, *eines Gewehrs in Socken.*

Diesmal konnte ich das Lachen nicht hinunterschlucken und mußte es hinter einem plötzlichen Hustenanfall verstecken.

Dann fiel mir ein, daß ich ja dafür bezahlt wurde, und daß es daher keine Rolle spielte, wie traurig oder dumm es wirkte; der Kunde ist König. Er fuchtelte mit dem Vibrator unter sich herum, wo er sich zwischen die schlaffen Arschbacken bohren sollte. »Sind Sie sicher, daß ich Ihnen nicht dabei helfen soll?« fragte ich.

»Ich sag dir, was ich will«, wiederholte er schneidend, bemüht wie der Mann zu klingen, der hier befiehlt. Was gewisserweise auch stimmte. Nur daß ich daran dachte, daß eigentlich Mr. Farrant mich bezahlte.

»Jetzt«, sagte er endlich, als er den Dildo dort hatte, wo er ihn haben wollte. Ich versuchte, nicht an die geriffelte, glitschige Spitze zu denken, die sich an sein Arschloch bohrte; ich konnte auf Phantasien abfahren wie jeder Junge, aber nicht mit Malcolm als Star. »Zieh dich aus, Dannyboy.«

Ich zupfte mit einer Hand an meinem T-Shirt und knöpfte mit der anderen den letzten Knopf meiner Jeans auf. »Nein!« schrie er.

»Tut mir leid, ich dachte–«

»Langsam, um Himmels Willen, mach langsam …«

Ach, ja. Er wollte einen Striptease. Natürlich, er schaute gern zu, hatte er ja gesagt.

Was der Kunde will, das kriegt er. Ich entblätterte mich wie ein Profi, schloß die Augen und bewegte mich zu einem Rhythmus in meinem Kopf. Nicht die Stiefel, die waren zu eng geknotet und sowieso nicht in seinem Blickfeld; außerdem war er jemand, der die Socken anbehielt. Ich glaubte nicht, daß ihn meine Füße interessierten. Also zog ich mir langsam das T-Shirt bis zu den Brustwarzen und ließ sie eine nach der andren herauslinsen; dann zog ich es mir nach hinten über den Hals, um den Kopf freizubekommen, schloß die Augen und …

»Nein, schau mich an. Ich will, daß du zuschaust.«

Ich schlug die Augen auf und sah, wie er mit sich spielte, bis sein Schwanz steif wurde; der war genauso enttäuschend wie der ganze Rest, kurz und dünn, die Art Schwanz, die er verdiente.

Ich zwängte einen Arm aus dem T-Shirt und rollte es über den anderen. Spannte die Muskeln ein bißchen und ging dann mit den Händen zum Bund meiner Jeans. Knöpfte den Knopf auf, ließ ihn ein bißchen warten, um sie dann langsam über die Hüfte rutschen zu lassen, während ich die Hand hineinsteckte und meinen Schwanz vor ihm versteckte, den ich hastig wichste, damit er steif wurde. Das war nicht einfach, wenn ich nicht mal die Augen schließen und von Skip träumen durfte; aber das gute Stück hatte mich noch nie im Stich gelassen und tat es auch jetzt nicht. Sogar bei einem schlabbrigen, blassen Körper, der mich nicht würde anturnen können und wenn es der letzte Mann auf Erden gewesen wäre, preßte sich alsbald eine steife Stange gegen meine Hand.

Ich ließ die Jeans auf die Knöchel rutschen, außerhalb seiner Sicht, nahm dann ganz langsam die Hand weg und stand vor ihm, ein Junge, nackt soweit er es sehen konnte, mit einem zuckenden Ständer, der direkt auf ihn zeigte.

Er stöhnte leise, und ich sah, wie er die Hüften schwenkte, und hörte ihn japsen, als der Vibrator durch seinen Schließmuskel in ihn eindrang. Eine Sekunde später, hörte ich ihn summen.

»Jetzt«, sagte er, und die Augen in seinem fetten, kleinen Kopf traten heraus, während er mit den Hüften wackelte und ihm der Schweiß ausbrach, »Jetzt hol dir einen runter, Junge, und zeig mir, wie du kommst …«

Ich stand da, die Beine so weit gespreizt, wie es mit der Jeans um den Knöcheln ging; in eine Hand nahm ich meine Eier und schlang die andere um meinen Pimmel und versuchte, seinem ruckelnden Rhythmus zu folgen, während ich mir fest ins Zahnfleisch biß, um das hysterische Gelächter zu unterdrücken, das in mir aufstieg.

Zum Glück mußte ich nicht lange lachen. Selbst so, bei aller Lächerlichkeit, packte mich der sexuelle Drang, mein Blut kochte wild in den Adern, und meine ganze Energie strömte in meine Hände und in den Schwanz.

Jetzt schloß ich die Augen, weil ich nicht glaubte, daß er es bemerken würde; er lief krebsrot an und warf den Kopf zurück in die Kissen, als mit ihm das gleiche passierte.

Und ich dachte an Skip, stellte ihn mir nackt vor, seine starken Hände auf meinem Körper, klebrig von seinem Schweiß und meinem.

Und dann kam ich mit einem Japsen und einem Schrei, und ein Strahl aus Sperma schoß über das Bett und auf Malcolms Bauch. Ich hoffte, er spürte ihn landen, denn ich war mir sicher, daß er ihn nicht sah, obwohl er gesagt hatte, das sei es, was er wolle. Er kam gleichzeitig, fast im gleichen

Augenblick; ich öffnete die Augen und sah gerade noch, wie sein kleiner Batzen gerade nach oben flog und fast auf meinem landete, der in dem Gebüsch aus Haaren klebte, das von seinem Schoß ausging.

Langsam und schwer keuchend beruhigte er sich, und ich konnte wieder seinen Vibrator summen hören, bis er mit der Hand unter seinem Arsch fummelte und ihn abstellte.

Dann hob er den Kopf und glotzte mich an.

»Du kannst jetzt gehen. Na los, raus.«

Okay, einen Dank hatte ich nicht erwartet. Trinkgeld auch nicht. Ich nickte, zog die Jeans hoch und schloß sie rasch über meinem halbsteifen Schwanz, den ich gerne zuvor an dem Laken abgewischt hätte, was ich aber lieber bleiben ließ, lieber nicht mal fragte.

Ich fischte das T-Shirt vom Fußboden, schlang es mir über die Schulter und ging hinaus in Richtung des nächsten Badezimmers; und stieß auf Mr. Farrant, der durch den Flur auf mich zukam.

Er lächelte. Schwach.

»Danny. Gut.«

»Brauchen Sie mich, Sir?«

»Ja. Ja, ich glaube, ich …«

Und seine Blicke streiften über meine nackte, verschwitzte Brust, und es war nur zu klar, wozu er mich brauchte.

»Äh, Sir, ich war gerade mit Malcolm zusammen.« Da ich seinen Nachnamen nicht wußte, konnte ich ihn nicht Mister nennen, auch wenn ich gewollt hätte. »Ich weiß nicht, ob ich gleich wieder …«

»Ach, ich glaube, du kannst, Danny«, sagte er. »Ein junger Kerl wie du? Ich bin sicher, du kannst. Ich helfe dir.« Er schaute vielsagend auf seine Hände, in denen er einen langen schwarzen Lederriemen um zwei Finger wickelte, so richtig eng und schrecklich verlockend …

NEUNTES KAPITEL

Er führte mich durch den Flur zu einer anderen offenstehenden Tür, winkte mich nach drinnen und folgte mir. Als die Tür hinter ihm ins Schloß fiel, schluckte ich nervös, in der Dunkelheit, war nichts zu machen. Er gab keinen Laut von sich, aber ich wußte, daß er lächelte. Ich hörte es in der Stille.

Mr. Farrants stummes Lächeln, dachte ich, konnte mir mehr Angst machen, als die rasende Wut anderer Männer.

Nach wahrscheinlich nur einem kleinen Schlag seines gleichmäßigen Herzens und einem rasenden Spurt von meinem knipste er das Licht an.

»Ich zieh mich nicht gern im Dunkeln aus«, sagte er, schlüpfte aus seinem Jackett und hängte es ordentlich über eine Stuhllehne. »Und ich sehe gern, auf was ich meine Zeit verwende.« *Auf was*, nicht *mit wem*, sagte er. Er gab seine Zeit aus wie Geld, nahm ich an, und er wollte einen Gegenwert.

Unter dem Jackett trug er ein schwarzes Seidenhemd, keine Krawatte. Als das Hemd dem Jackett von seinem Rücken auf die Lehne folgte, als seine dunklen Augen abwartend auf mir ruhten, begriff ich, fiel auf ein Knie und fing an, meine

Schnürsenkel aufzuknoten. Das hier war ein Mann, der im Bett die Socken nicht anbehielt, und er würde mich nicht mit angezogenen Stiefeln davonkommen lassen, egal welche Spiele er im Sinn hatte.

Würde mich überhaupt nicht davonkommen lassen, erkannte ich.

Stiefel also aus. Socken trug ich nicht; barfuß stand ich auf und sah ihn jetzt, mit den eigenen Schuhen, im Sessel sitzen. Ich öffnete die Jeans, ließ sie wieder auf die Knöchel fallen und stieg diesmal heraus, ohne auf einen Befehl zu warten.

Dann wartete ich mit den Händen auf dem Rücken wie ein gut abgerichteter Diener, der nichts verbirgt und auf dem Sprung steht.

Er beachtete mich überhaupt nicht, obwohl er wissen mußte, daß ich nackt war. Er schaute nicht mal herüber; er faltete seine Socken und legte sie auf die Schuhe, dann griff er nach etwas, das auf dem Tisch neben ihm lag. Ich konnte es deutlich sehen, wußte aber nicht, was es war: schwarze Kugeln wie riesige Perlen an einer Schnur, es hätte ein Spielzeug oder eine Waffe oder ein Kunstwerk, es hätte alles sein können.

»Komm her, Danny«, sagte Mr. Farrant schließlich, wobei er das Ding in seinen Händen drehte. Er schaute immer noch nicht auf.

Ich ging zu ihm und blieb neben seinem Sessel stehen. Jetzt kam der Blick, das kurze Taxieren durch die fordernden Augen. Ich erschauerte; er nickte, weder enttäuscht noch überrascht.

»Schau dir das an, Danny. Je sowas gesehen?«

»Nein, Sir.«

»Nimm es.«

Er war nackt bis zur Hüfte, ich war ganz nackt, und er wollte, daß ich mit einer Perlenkette spiele?

Na schön. Was der Kunde will, das kriegt er. Ich nahm das Ding in beide Hände und betrachtete es genau.

Es waren acht Kugeln, die durch eine weiche schwarze Schnur verbunden waren, die aus Kunstseide sein konnte. Sie waren aus Holz, aber aus schwerem Holz, das mit etwas Schwarzem, Glänzenden überzogen war und sich total glatt anfühlte. Die Kugeln waren unterschiedlich dick und der Dicke nach sortiert, und selbst die kleinste konnte ich kaum mit Daumen und Zeigefinger umfassen. Dazwischen waren ein paar Zentimeter Schnur, und ich konnte mir immer noch nicht denken, wozu das Ding gut war.

»Was ist das?« fragte ich schließlich, wie er es offenbar wollte.

»Es heißt *tenjuku*«, sagte er. »Wir haben es letztes Jahr aus Japan mitgebracht. Schau.«

Er nahm es wieder an sich und hielt es so, daß die beiden größten Kugeln in seiner Hand blieben, während der Rest lose herunterhing. Er drehte die Handgelenke in Gegenrichtung und die Schnur spannte sich. Als er weiterdrehte, zog sich die ganze Schnur zusammen und wurde steif, bis sie wie ein gigantischer schwarzer Schwanz gierig im Licht glitzerte. Da machte es bei mir plötzlich klick. Langsam leckte ich mir die Lippen und fragte mich, wie es sich in mir anfühlen mochte, und dachte mir, ich würde es bald wissen.

Er lachte allerdings und warf es zurück auf den Tisch.

»Nicht heute nacht, Junge«, sagte er beinahe freundlich. »Ich nehme zwar nicht an, daß Malcolm dich sehr beansprucht hat, ich kenne die Spiele, die der arme Wichser bevorzugt; aber egal, ich denke, wir sparen das auf, bis du frisch bist.«

Er stand jäh auf, und ich sah, daß er den langen Lederriemen jetzt wie ein Armband ums Handgelenk geschlungen hatte. Seine Finger berührten ihn leicht, und lächelnd sagte er: »Zieh mir die Hose aus, Danny. Aber vorsichtig, die kostet mehr, als du dir vorstellen kannst ...«

Das glaubte ich gern. Ich erkannte nicht mal den Stoff, nur daß er sich katzenweich und federleicht anfühlte. Ich öffnete den Schlitz und schob sie ihm über die breite Hüfte, die festen, muskulösen Schenkel und fiel dann auf die Knie, um sie ihm abzustreifen, wozu er die Füße hob.

Er trug auch keinerlei Unterwäsche. Sein Schwanz hing halbhart, dunkel und fett in einem Nest aus Haaren, die nur eine ganz leichte Spur von Grau aufwiesen.

Ich faltete seine Hose und hängte sie sorgfältig über die Lehne; dann, als er kein Zeichen machte, ging ich wieder vor ihm in die Knie. Ich dachte, er würde mir ein bißchen Zeit geben, um mich von Malcolm zu erholen; und, weiß Gott, dazu brauchte ich wirklich nicht lange.

Ich fuhr mit den Händen hinten über seine Beine und ertastete die Muskeln und festen Backen darüber – was für ein Unterschied zu dem schlabbrigen Malcolm; dieser Mann mochte mir angst machen, aber er turnte mich auch an. Er hätte mein Ideal, mein Traum sein können, wenn es nicht schon Skip gegeben hätte ...

Sein Schwanz zog meine Finger und Lippen an wie ein Magnet. Ich berührte und streichelte ihn, bis er in meinen Händen steif und unnachgiebig war; dann schob ich die Vorhaut zurück und küßte die Spitze, leckte sie, öffnete den Mund, um alles aufzunehmen.

»Genau, Junge«, sagte er, wobei sein Atem inzwischen, wie meiner, ein wenig schneller kam. »Mach ihn naß, mehr Hilfe kriegst du nicht, also mach's gut ...«

Ich dachte, er würde mich auf den Knien übers Bett beugen und mich so nehmen, ich hielt ihn für den Typ. Wie man sich irren kann.

Seine Hände griffen unter meine Schultern, seine Daumen

gruben sich tief in meine Achseln, und er hob mich mühelos hoch und warf mich rücklings auf die Matratze. Einen Moment lang ragte er über mir auf, und ich hätte mich fürchten können – nein, um ehrlich zu sein, ich *fürchtete* mich. In der Nähe von Mr. Farrant war ich immer ängstlich. Allerdings auch erregt. Besonders als seine Hand nach unten kam und meine Eier packte und sie quetschte, bis ich kurz davorstand, zu schreien.

»Du brauchst keine Hilfe, Junge«, grunzte er und preßte seinen Daumen an die Wurzel meines Pimmels, der sich müde fühlte, aber auch wieder schmerzhaft steif und zu allem bereit war. »Wir haben immer noch den Riemen. Eine Schande, ihn nicht zu benutzen. Ich will doch nicht, daß du mir schlapp machst ...«

»Sir, mach ich nicht– «

»Ich weiß. Aber trotzdem ...«

Unter seinem harten Griff wand ich mich auf dem Bett und jaulte auf, wenn er an meinem Sack zerrte; ich spürte, wie mir die Augen vor den Kopf traten, als er den Riemen vom Handgelenk wickelte. Ich wußte nicht, was er damit vorhatte. Halb war ich neugierig, fasziniert und wollte es herausfinden, halb war ich entsetzt.

Er ließ ihn über mir baumeln, und ich sah, daß an einem Ende eine Schlinge war, wie ein kleiner Henkerstrick. Die schob er mir über die Eier und zog sie urplötzlich zusammen.

Diesmal schrie ich wirklich. Und biß die Zähne zusammen, als ich ihn lachen hörte, und versuchte, die Zunge im Zaum zu halten, als er anfing, ihn grausam eng um meinen Schwanz zu winden. Gott, tat das weh; Gott war das herrlich ...

Wenn ich irgendwelche Hilfe gebraucht hätte, um einen Ständer zu kriegen, wäre es das gewesen. Der Riemen hielt das ganze Blut in meinen Pimmel fest und preßte es nach oben in die Spitze; ich dachte, sie müssen anschwellen wie eine Glühbirne; ich fürchtete, sie könne explodieren, bevor er fertig war.

Ich fürchtete auch, ich könnte kommen, bevor er fertig war. Ich krallte die Hände ins Bettzeug, biß die Zähne zusammen und probierte mit jedem geistigen Trick, den ich wußte, mich zurückzuhalten. Dann packten seine Hände mich an den Knöcheln und warfen sie sich über die Schultern, und zogen mich übers Bett. Er griff nach meinen Arschbacken und zerrte sie auseinander; sein Schwanz zwängte sich wild dazwischen und bohrte sich brutal in mich.

Ich schrie nicht noch mal, biß mir aber so fest auf die Zunge, daß ich Blut schmeckte. Ich dachte, am anderen Ende müßte ich auch bluten, so roh war er; es war nichts Freundliches mehr an ihm: Aber das war okay, auf Freundlichkeit kam es mir nicht an. Nur auf Entspannung, und die kam rasch.

Ein halbes Dutzend der schrecklichen, brutalen Stöße, die sich immer tiefer in mich trieben, und ich spürte, daß er in einem großen, stummen Krampf kam. Da konnte ich auch kommen; ein dünner, heiß herausschießender Strahl, der mir über die Schulter spritzte und hinter mir aufs Bett fiel.

Dann fing ich an, zu schluchzen, ich konnte nicht anders. Er lachte wieder, trat zurück und ließ meine Beine schlaff herunterfallen.

Er holte ein Handtuch, das an der Tür hing, und wischte sich sorgfältig ab, bevor er es mir zuwarf. Es fiel mir auf die Hüfte; eine Geste des Anstands, die viel zu spät kam. Ich lag nur ausgepumpt da, Tränen verschleierten mir den Blick und rannen mir übers Gesicht.

Verschwommen sah ich, wie er sich anzog. »Den Riemen kannst du behalten, Junge«, sagte er beim Gehen. »Vielleicht brauchst du ihn noch. Aber mach nicht schlapp, die Party ist noch nicht vorbei. Ich bezahl dich nicht fürs Schlafen.«

»Nein, Sir«, flüsterte ich schwach zur sich schließenden Tür hin.

Als ich nach unten ging, nachdem ich mich auf die noch zitternden Beine gestemmt hatte, trug ich den Riemen wie eine Trophäe ums Handgelenk, wie er ihn getragen hatte.

Ich hatte allerdings nicht vor, es allen zu erklären, so eine Trophäe war es nicht. Nur ein privates Andenken; I*ch hab's überlebt, ich kann es …*

Als mich beim nächsten Mal jemand mit nach oben nahm, hoffte ich nur er würde nicht danach fragen, und ich würde den Riemen nicht anbieten müssen. Ich war bereit, Mr. Farrants Spiele für Mr. Farrant zu spielen, aber nicht, sie freiwillig anderen vorzuschlagen.

Einige der anderen Jungs, glaubte ich, würden sofort wissen, was der Riemen bedeutete, wessen Zeichen ich auf der Haut trug. Aber andererseits würde ich mit anderen Jungs nicht nach oben gehen. Nicht, wenn mich die Jamies nicht fürs Schlafengehen zu noch einem Dreier abschleppen würden; und die hatte ich so oft rauf- und runterkommen sehen, alleine mit einem Kunden oder manchmal zu dritt, daß ich mir dachte, sie würden nichts anderes mehr tun wollen als das bißchen Rest der Nacht durchzuschlafen …

Zufällig nahm mich die ganze Nacht über niemand mehr mit rauf. Ich hätte darüber beleidigt sein können – oder neurotisch *Was stimmt denn nicht mit mir, hab ich 'n Pickel auf der Nase? Oder 'n schlechten Ruf?* – nur daß es nicht an mir lag. Der Ansturm war vorüber.

Ein paar Gäste hatten etwas mit dem einen oder anderen Jungen angefangen und planten offenbar, die Nacht über zu bleiben oder ihn mit nach Hause zu nehmen; die übrigen gaben sich damit zufrieden, zu reden und zu trinken, zuzuhören und zu tanzen und alles mögliche Zeug zu rauchen, und brauchten uns nicht, außer um die Drinks zu holen, die Joints weiterzureichen, vielleicht um mit ihnen zu tanzen.

Das einzige Mal, wo ich den Pimmel eines anderen Mannes zu fassen bekam, war, als Mr. Farrant mich in die Höhle rief, als ich gerade mit einem Eimer leerer Flaschen vorbeikam.

»Lord Barset braucht 'ne helfende Hand in der Toilette«, brummte er mit einem Nicken in Richtung eines alten, glatzköpfigen Knaben, der schwankend in einer Ecke stand. »Kümmer dich drum, ja?«

Ich schaute ihn einen Moment lang an und wollte schon sagen, *Ich mach keine Klappenspielchen*. Aber das brauchte ich nicht zu sagen, jedenfalls nicht laut; er las es in meinen Augen oder meinem Gesicht.

»Er muß pissen, Danny. Und er ist zu besoffen, um es selbst zu schaffen, ohne sich auf die Hose zu pinkeln. Klar?«

»Ja, Sir.«

»Gut. Das Taxi steht ohnehin vor der Tür, also bring ihn gleich danach hin.«

»Okay. Äh – ist er wirklich ein Lord?«

Mr. Farrant schmunzelte. »Ja, wirklich. Du behandelst seinen Pimmel mit Respekt, hörst du?«

»Ja, Sir.« Ich hätte fast salutiert, um seinen Anfall von guter Laune zu quittieren, überlegte es mir aber im letzten Moment anders und durchquerte schweigend den großen Raum.

Seine Lordschaft war so dürr unter seinem feinen Anzug, daß ich ihn wie ein Kind hätte tragen können; aber ich half ihm nur behutsam auf die Füße und stützte ihn mit einem Arm, damit er sich mit unsicheren Schritten selbst zur Garderobe im Untergeschoß schleppen konnte. Dort machte ich ihm die Hose auf, steckte die Finger in seinen Slip und zerrte seinen Schwanz heraus.

Es mußte ein hübsches Ding gewesen sein, als er jung war; sogar jetzt war es noch etwas Besonderes; obwohl es seit Jahren oder Jahrzehnten nicht mehr viel Action erlebt haben konnte. Es war lang und dünn und seidenglatt, es lag weich und warm in meiner Hand wie ein schlafendes Tier, und ich hätte es am liebsten geküßt, um den salzigen Uringeschmack an der Spitze zu schmecken und zu sehen, ob ich es nicht noch ein einziges Mal aufwecken konnte.

Aber ich ließ es bleiben. Ich zielte nur auf das Becken und molk es zärtlich, während Lord Barset schwer auf meiner Schulter lag und zwei Liter dampfender Pisse aus seiner Blase entleerte.

Dann steckte ich es weg und zog mit leisem Bedauern den Schlitz zu, half ihm beim Händewaschen und brachte ihn zum Taxi. Unerwartet küßte er mich, bevor er einstieg, und wieder war da eine Spur von dem zu sehen, was er einst gewesen war, ein kurzer Blick auf den Tiger in dem alten Kater.

Außerdem gab er mir einen Zwanziger als Trinkgeld, und ich fragte mich, ob er wirklich so sturzbesoffen war, wie er wirkte. Egal, so oder so; ich winkte heftig, bis das Taxi außer Sicht war.

Dann ging ich wieder nach drinnen, wo jetzt mehr zu putzen als zu servieren war. Das tat ich, bis Sonnenaufgang, als Mr. Farrant mich mit einem Fingerschnippen zu sich rief und sagte, ich könne ins Bett gehen, wenn ich wollte.

Oh Mann, und ob ich wollte. In der letzten Stunde war ich immer schlechter draufgekommen vor Liebeskummer. Skip war da, wie schon den ganzen Abend, immer in meinem Blickfeld und in meinen stillen, verträumten Gedanken; und bis auf das kurze Gespräch, als er mich Malcolm vorgestellt hatte, hatte er kein Wort zu mir gesagt. Er hatte Drinks von mir genommen, immer mit dem höflichsten Nicken, aber jedesmal hatte er glatt durch mich hindurchgeschaut. Manchmal bildete ich mir ein, er würde mich quer durch den Raum beobachten, aber das war nur Einbildung; wenn ich mich umdrehte, sprach er mit jemand anderem, und nur sein toller Hinterkopf zeigte in meine Richtung.

Ich wußte nicht, ob es Langeweile war oder Abneigung oder einfach tiefstes Desinteresse. Die anderen Jungs behandelte er nicht viel besser, das merkte ich; aber nach dem ersten Abend im Atelier, als er sagte, ich sei eine echte Hilfe gewesen, dachte ich, ich hätte mehr verdient als nur die guten Manieren, die er jedem Kellner entgegenbrachte. Vielleicht dachte er, er hätte in der ersten Nacht an meine Tiefen gerührt – naja, vielleicht war es so – und war zu oberflächlich, um sich darum zu scheren; oder vielleicht hatte er einfach zu viele hübsche blonde Jungs gesehen, es waren Dutzende von uns hier, und es gab wirklich nichts, was mich aus ihnen heraushob. Aber in meinen niedergeschlagensten Momenten war ich mir sicher, daß mich die Tatsache, daß er mich mit den Jamies unter der Dusche erwischt hatte, um jede Chance gebracht hatte, ihm näherzukommen. Er mußte sich gedacht haben, ich sei auch nur so eine billige Tucke, die man für eine Party wie diese anheuerte, aber mehr nicht.

Und so falsch lag er da auch nicht. Ich schleppte mich also elend ins Bett, einsam und nüchtern und mit Selbstmordgedanken, und konnte kaum schlafen.

Ich weiß nicht, wann ich ins Bett ging, nur daß das Licht in dem Schacht fahl und grau war wie meine Stimmung, gerade hell genug, um zu sehen, daß mein Bett wenigstens einmal vor mir benutzt worden war.

Ich machte mir nicht einmal die Mühe, die Decke festzuziehen; ich legte mich einfach hin, warf und wälzte mich herum, dämmerte ab und zu ein, verbrachte aber die meiste Zeit in einem Halbschlaf, in dem alles nur schrecklich ist, wo man es aber nicht auf die Träume schieben kann, weil man weiß, daß man nicht wirklich schläft.

Als ich schließlich merkte, daß die Sonne voll auf die Fenster knallte, dachte ich mir, es hätte keinen Zweck noch länger liegenzubleiben. Ich wälzte mich aus dem Bett, ging zum Fenster und öffnete die Jalousien, einfach um etwas anderes zu sehen, als das deprimierend leere Zimmer.

Und stellte, als ich durch den Schacht nach oben schaute, fest, daß ein anderer Mann das gleiche tat, nämlich nackt am Fenster stand.

Ich wußte nicht, wessen Zimmer es war und wollte es auch gar nicht wissen. Skip starrte mich an, und ich starrte zurück, und keiner von uns machte dem anderen ein Zeichen. Kurz darauf schloß sich plötzlich seine Jalousie wie ein Auge. Ich schluckte eine unaussprechliche Sehnsucht hinunter, zog mir die Klamotten von gestern an und tappte zum Bad.

Ich war vielleicht nicht der erste, der wach wurde, aber ohne weiteres der erste, der aufstand. Trotz aller Putzerei letzte Nacht war der ganze Schuppen ein einziges Chaos und roch nach Rauch und verschüttetem Wein. Ich beschloß, noch weiterzuarbeiten, mir noch etwas zu verdienen – in der Hoffnung auf ein Trinkgeld, einen Bonus, etwas, auf das ich zurückgreifen konnte, wenn sie mich wieder auf die Straße jagen würden – und sammelte die Aschenbecher und Gläser, Dosen und dreckigen Teller ein. Ich warf weg, was ich konnte, und stapelte den Rest zum Spülen auf; frühstückte im Gehen und mampfte einen Toast aus einer Hand, während ich mit der anderen Verschüttetes aufsaugte, um dann wieder in die Küche zu gehen und die Spüle mit Seifenwasser zu füllen.

Ich war gerade mit dem Geschirr fertig, als der erste Partygast nach unten kam. Es war Mr. Farrant, also machte ich ihm natürlich Kaffee und Speck mit Eiern, holte die Marmelade für seinen Toast und war nur froh, daß ich den Riemen nicht mehr trug, was er hätte mißverstehen können.

Und als der nächste Mann auftauchte, machte ich natürlich mit dem Kochen weiter. Es war mir lieb, beschäftigt zu sein, und ich wußte, daß ich gut war im Frühstückmachen.

Ich hatte noch nie Frühstück für zwei Dutzend Personen gemacht, die Hälfte davon mit einem Kater, der Gebackenes und zwar 'ne Menge brauchte, während die andere Hälfte nur leise stöhnend nach immer mehr Kaffee und flehend nach Aspirin verlangte. Es war hart, aber eigentlich machte es Spaß. Ich fütterte unterschiedslos Gäste und Bewohner und Boys ab, die hier übernachtet hatten – naja, das mußte ich auch, weil ich mir nicht sicher war, wer was war, und auch nicht wußte, wie ich sie unterscheiden sollte – und für über eine Stunde oder noch länger war das einzige, worum ich mir Sorgen machte, ob mir die Eier oder das Brot ausgehen würden, bevor ihnen der Appetit ausging.

Und ich hatte aus Angst, mein Glück zu riskieren, nicht einmal gewagt, daran zu denken, war aber nicht allzu überrascht, als Mr. Farrant sagte: »Danny, was hast du eigentlich vor?«

»Ich hab eigentlich nichts vor, Sir ...«

»Dachte ich mir. Also, du kannst eine Weile bleiben, denke ich. Wenn dir das paßt.« Seine Lippen zuckten etwas spöttisch, um zu zeigen, daß er sehr wohl wußte, wie mir das passen würde. Sogar um anzudeuten, daß ich vielleicht darauf spekuliert hatte, was ehrlich nicht stimmte. Nicht an diesem Morgen. Kein Plan, nicht einmal die Hoffnung, ohne so etwas Positives wie Hoffnung auch nur zu wagen ... »Ich glaube, wir können dich gebrauchen«, sagte er, wischte seinen Teller mit einer Kruste aus und gab ihn mir für noch eine Portion. »Wenn Skipper nichts dagegen hat, natürlich.«

Skip saß am andern Ende des langen Tischs, wo er an einem Kaffee nippte. Trotzdem glaubte ich nicht, daß er einen Kater hatte, sondern nahm an, daß er heute morgen nur schweigsam war, wie er es letzte Nacht gewesen war. Er blickte auf und schaute mich ganz neutral an. »Ich hab nichts dagegen. Wieso auch? Er ist willkommen.«

Ich hatte mich selten weniger willkommen gefühlt, als seine strahlenden Augen mich musterten, trotzdem bedankte ich mich bei ihm und Mr. Farrant. Vielen Dank, sagte ich, sehr gern.

Die Jamies jubelten, Luigi machte ein finsteres Gesicht, ich drehte mich wieder zum Herd.

ZEHNTES KAPITEL

In den nächsten Tagen verstand ich allmählich, wie die Mühle funktionierte. Eigentlich war das nicht schwer, aber es war so ganz anders als alles, was ich bisher gekannt hatte, daß ich eine Weile brauchte, um mir sicher zu sein, daß es so war.

Erstens war Skip echt berühmt. Wenn man irgendwas von moderner Kunst wußte, dann kannte man seinen Namen, und man erkannte seinen Stil auf den ersten Blick. So hieß es. Ich wußte natürlich gar nichts, obwohl ich vielleicht schon in den Zimmern von anderen Studenten im College Poster von seinen Werken gesehen hatte: Ich erinnerte mich immer noch nicht an seinen Namen, und zwischen den gedruckten Postern und den Gemälden selbst, diesen großen Leinwänden, die mich zum erstenmal und seitdem immer wieder so umgehauen hatten, bestand ein Riesenunterschied. Aus diesem Grund hatte Skip am ersten Abend auch meine Meinung so interessiert: weil ich nichts von ihm und seinem Ruf wußte, weil ich nur ein Banause war, wie die Leute, für die er eigentlich malte. Er kümmerte sich einen Furz um Kritiker oder das Kunstestablishment. Er lud sie zu seinen Partys ein, er benutzte sie, um seine

Werke zu verkaufen, aber es scherte ihn überhaupt nicht, was sie dachten.

Skip verdiente also das ganze Geld – ich war von den Socken, als die Jamies mir sagten, was die Ausstellung wert war: Hunderttausende von Pfund, sagten sie, und das war nur der Preis für die Originale, ganz zu schweigen von den Katalogen und den Postern und Postkarten und allem – Skip verdiente das Geld, und alle anderen halfen ihm, es auszugeben.

»Wir sind alle Schmarotzer«, sagten die Jamies ganz munter. »Es gibt nur verschiedene Grade davon. Malcolm und Alan Farrant«, – sie nannten ihn nicht Mr. Farrant wie ich, und ganz gewiß nicht Sir, aber sie hatten viel mehr Respekt vor ihm als vor Malcolm, wie jeder – »das sind die offiziellen Schmarotzer, die kriegen Prozente. Aber sie arbeiten auch verdammt hart dafür. Alle andern hier, wir kratzen nur die Krümel auf, die wir kriegen.«

»Macht das Skip nichts aus?« fragte ich. Ich nahm an, ich sei selbst ein Schmarotzer, obwohl ich entschlossen war, so hart wie die anderen für mein Bleiberecht zu arbeiten.

»Der doch nicht. Der liebt das. Das gibt ihm das Gefühl, gebraucht zu werden. Er hat 'n dicken Daddykomplex, und wir sind seine Ersatzfamilie …«

Das sagte der eine Jamie; und einmal stimmte ihm der andere nicht zu. Mit einem widersprechenden Stoß nach seinem Freund sagte er: »Er hat uns gerne um sich, das ist alles. Er ist nicht gerne allein, also füllt er das Haus mit Leuten. Wir helfen ihm, sich zu konzentrieren, sagt er. Je mehr Farbe und Lärm um ihn ist, je mehr abgeht, desto wohler fühlt er sich.«

Tatsächlich wohnte etwa ein Dutzend Männer in der Mühle. Mehr oder weniger. Es war unmöglich, genau zu zählen, es gab zu viel Abwechslung. Wohnte Mr. Farrant hier? Er hatte ein Zimmer mit Klamotten und anderem Zeug; aber er hatte auch ein Haus und schlief unvorhersehbar hier oder da.

Zu meinem Erstaunen waren nicht alle Abhänger schöne junge Männer wie die Jamies. Ein paar von ihnen waren Rentner, und ich erfuhr, daß Skip den Löwenanteil ihrer Rente bezahlte. Aber er gab ihnen ihre Zimmer in der Mühle nicht aus Mitleid. Es gab einen Maler und einen Bildhauer, die beide noch arbeiteten. Eigentlich wollte Skip kreative Energie um sich haben, und es kümmerte ihn nicht, ob sie von einem Jungen oder einem alten Knacker kam.

Sobald ich angefangen hatte, mich mit eigenen Augen und Gedanken umzusehen, nahm ich mir vor, mich nie auf das zu verlassen, was die Jamies mir erzählten. Keiner der Kerle war wirklich ein Schmarotzer. Einige von ihnen verdienten ihren Lebensunterhalt selbst, obwohl ihre Werke nie Preise wie die von Skip erzielten; alle betätigten sich. Sogar die Jamies arbeiteten, obwohl ich das erst aus einem Gespräch mit Skip erfuhr.

Wie die Mühle geführt wurde, begriff ich vielleicht, aber Skip begriff ich immer noch nicht. Alle redeten über ihn, alle sagten, er sei der lockerste Typ der Welt und einer der nettesten; aber ich kam nicht an ihn ran. Wörtlich, körperlich. Er schien mir aus dem Weg zu gehen. Zuerst dachte ich, ich sei nur paranoid, aber zu oft sah ich ihn aus dem Augenwinkel in einer Tür, und wenn ich mich umdrehte, um ihn zu grüßen, war er weg. Er hatte mich gesehen und wollte nicht reinkommen ...

Das Atelier war die meiste Zeit über abgeschlossen. Jetzt, da ich wußte, was die Bilder wert waren, wunderte mich das nicht. Aber es enttäuschte mich; wenn ich schon nicht ihren Maler bewundern durfte, hätten sie einen guten Ersatz abgegeben.

Eines Tages saugte ich überall im Haus herum, als ich sah,

daß die Ateliertür offenstand. Ich schlich mich hinein und fand es leer vor. Das Herz klopfte mir bis zum Hals; es war uns nicht ausdrücklich verboten, reinzugehen, aber ich dachte, es könnte trotzdem Ärger geben, wenn ich erwischt wurde. Von Mr. Farrant, sagen wir mal …

Die Gemälde hatten hypnotische Wirkung; ein Blick, und ich vergaß alle Bedenken und stand fasziniert da.

Ich hörte nicht einmal die Schritte hinter mir, spürte nicht, daß ich nicht alleine war, bis direkt hinter mir Skips Stimme ertönte.

»Das ist eigentlich off limits, Danny. Ich dachte, du wüßtest das.«

Ich wäre vor Schreck fast aus der Haut gefahren. Ich fuhr herum und sah erleichtert, daß er alleine war – kein Mr. Farrant, der es mir früher oder später heimzahlen würde – und fing an loszuplappern.

»Ich weiß, wirklich, aber die Tür war nicht abgeschlossen, und ich mag die Bilder so sehr, ich mußte reinkommen, tut mir leid …«

»Schon gut, Dan, Bleib.« Er streckte den Arm aus, um mich aufzuhalten, als ich mich zur Tür umdrehte, er berührte mich tatsächlich; ich mußte einen leisen begehrlichen Schauer unterdrücken, als sich seine Hand um meine Schulter schloß. Ich dachte, er müsse es gespürt und als einen Schauer der Abneigung mißverstanden haben, denn er zog die Hand viel zu schnell zurück.

»Ich bin selber schuld«, fuhr er fort. »Ich hätte die Tür nicht auflassen sollen. Aber es macht mir nichts aus, wenn du sie betrachten willst. Dazu sind sie ja da, ich schließe sie nicht gerne weg. Die Versicherung besteht darauf. Die wollen doch wirklich, daß ich sie bis zur Ausstellung in die Bank bringe, aber das tu ich nicht. Ich laß meine Werke nicht in einem Banksafe verstauben; sie brauchen Licht und Platz und

Leute, die sie betrachten. Gemälde sterben im Dunkeln. Schau, in meinem Büro gibt's immer einen Schlüssel, du kannst jederzeit reinkommen, wenn du den Mund hältst und danach immer abschließt. Okay?«

»Äh, klar. Toll. Danke, Skip, vielen Dank ...«

»Schon gut, Kleiner.« Er lachte über meine Begeisterung, aber das machte mir nichts aus. Nichts machte mir was aus, solange er mit mir redete. Ich verstand überhaupt nicht, wie er manchmal so nett und dann wieder so kühl sein konnte; ich wollte es ihm immer nur recht machen und wußte nicht wie.

»Fühlst du dich wohl hier, Danny?« fragte er jetzt. »Ich weiß, du brauchst einen Platz, bis du auf eigenen Füßen stehst, und du bist in der Mühle immer willkommen; ich bin sogar echt froh, dich hierzuhaben. Sonst macht sich doch keiner hier die Mühe, Staub zu saugen. Aber das ist doch kein Leben für einen Jugendlichen, hinter den andern herzuputzen. Du solltest vielleicht an deine Zukunft denken; dich nach einem Job oder nach einem Collegekurs umsehen, etwas, wo du Freunde in deinem Alter kennenlernen kannst ...«

Wollte er mich etwa loswerden? Ich war mir nicht sicher. »Nein, wirklich. Ich bin gerne hier«, sagte ich eilig. »Ich find's toll. Es macht mir nichts aus, sauberzumachen, ehrlich. Ich tu gern was Nützliches. Und ich habe Freunde, die Jamies sind unheimlich nett zu mir. Aber, Skip, was machen die eigentlich ...?« Sie hatten über alles mögliche geredet aber darüber nichts sagen wollen, und ich hatte sie nie etwas anderes als herumspielen sehen.

Skip lachte wieder. »Sie sind Künstler natürlich, was hast du denn gedacht? In ein paar Jahren sind sie berühmt, es ist mir eine Ehre, ihnen jetzt zu helfen. Sie machen die tollsten Installationen, Mutimedia-Events wie sie es nennen, 'ne Art komplizierte Spiele mit Computern und Skulpturen, die mit dem Publikum interagieren. Das Atelier steht gewöhnlich voll mit ihrem Zeug, ich muß mich in eine Ecke verdrücken; nur für das hier mußten sie es eine Weile wegpacken.« Mit dem Arm schweifte er über die Bilder. »Wenn der Raum wieder verfügbar ist, kannst du's sehen. Fein, wie gesagt, komm rein, wann immer du willst, der Schlüssel ist in der obersten Schreibtischschublade; und denk ernsthaft drüber nach, was du willst, Danny, verschwende nicht deine Zeit. Du bist noch jung, aber das dauert nicht ewig.«

Dann wandte er sich ab, wobei er zum Abschied halb wieder eine Hand zu meiner Schulter hob, sie dann aber wieder zurückzog. Ich kapierte und machte mich wieder ans Saugen. Saugen ist gut, man kann gleichzeitig arbeiten und träumen; aber ich träumte nur von Skip, und das war Zeitverschwendung. Er würde mich eindeutig nicht das machen lassen, was ich wollte, und das war, jeden Tag hinter ihm herputzen und jede Nacht heiß und verschwitzt in seinen Armen liegen und ihn so glücklich machen wie es nur ging.

Außer, daß ich inzwischen selbst daran zweifelte. Soweit ich wußte, hatte er, seit ich hier war, mit keinem geschlafen, weder am Partyabend, noch an einem anderen. Ob er Männer gar nicht mochte ...?

Das war unwahrscheinlich angesichts der Meute, mit der er sein Haus anfüllte. Dennoch war ich mir unsicher – mich mußte er ja nicht mögen, aber *irgendeinen* auf der Party mußte er doch gemocht haben – und so fragte ich die Jamies.

Der eine lächelte, der andere seufzte. Ich bemühte mich nicht mehr, sie auseinanderzuhalten, es schien wirklich egal zu sein. Sie waren und taten alles immer gemeinsam, was sollte es also?

»Nein, Skip mag Jungs schon«, sagten sie, wobei sie sich mit Antworten abwechselten und die Sätze des anderen beendeten. »Früher wenigstens. Wir glauben, er hat's nicht mehr mit Sex, er hat seit Monaten keinen mehr mit ins Bett genommen. Schade, der ist ‘ne tolle Nummer. Echt phantasievoll …«

Sie brachen ab und kicherten, offenbar über eine private Erinnerung, die sie nicht teilen wollten. »Er sagt, es sei nur, weil er so hart arbeitet, aber wir denken, es ist umgekehrt, er benutzt die Arbeit als Ausrede. Früher hat er jeden gebumst, der durch die Tür kam, wir waren manchmal echt eifersüchtig.« Ich glaubte das keine Sekunde; Eifersucht paßte nicht in die Mühle, und denen würden nie die Partner ausgehen, wenn sie mal jemand anderes wollten. »Wir glauben, daß irgendwas passiert ist«, vertrauten sie mir an, »und er hat einfach beschlossen, eine Weile damit aufzuhören. Das kann ihm nicht gut tun. Und er redet nicht drüber, wir haben's versucht, und er hat nur gesagt, wir sollen uns um unseren eigenen Scheiß kümmern. Und zwar ziemlich grob …«

Danach beobachtete ich Skip genauer, wenn ich ihn beim Essen oder in der Höhle sah, glaubte aber immer noch, daß er mir aus dem Weg ginge. Mit anderen ging er ziemlich körperlich um und umarmte sie, wenn sie vorbeikamen, oder faßte ihnen zwischen die Beine wie jeder Mann, der von willigen Schönheiten umgeben ist. Es stimmte, daß er mit niemandem schlief, trotzdem glaubte ich, daß die Jamies mir es auf schonende Art hatten beibringen wollen. Sie mußten gemerkt haben, wie sehr ich auf Skip abfuhr; vielleicht war ihnen auch aufgefallen, daß ich der einzige war, den er nie berührte.

Fast nie. Nur in Momenten, wenn seine Wachsamkeit nachzulassen schien, wenn er vergaß; und die waren alle im Atelier gewesen, wenn ich mir seine Bilder betrachtete. Das war seine andere Seite, dachte ich – es sei denn, es war umgekehrt, und er sah und reagierte auf eine andere Seite von mir …

Komisch: Ich war so damit beschäftigt, man könnte sagen, besessen, die ständig wechselnden Verhältnisse in der Mühle zu beobachten, fasziniert von dem Sexualleben aller anderen und nachgrübelnd über Skips Mangel daran, daß ich ein paar Tage – oder Nächte – brauchte, um festzustellen, daß ich auch keines hatte.

Seit der Party hatte niemand mich angemacht. Ich hatte vermutlich auch nicht dazu aufgefordert, aber die Mühle war kein Ort, an dem man sich ein Schild um den Hals hängen mußte, um angemacht zu werden. Außerdem hatte ich eins gelernt, seit ich von zu Hause weg war, es gab jede Menge Männer, die einen Blick auf mein Gesicht oder meinen Körper warfen und denen das Aufforderung genug war. Wie sonst wäre ich hier gelandet?

Alleine zu schlafen war ich gewöhnt; und mich nach Unerreichbarem zu sehnen und mit nichts auszukommen auch. In der Mühle schlief niemand alleine, außer Skip und mir, und niemand sehnte sich, niemand mußte ohne auskommen; gewöhnlich holte man sich, was man wollte, oder man zuckte lachend die Achseln und nahm etwas oder jemanden anderes. Ich brauchte eine Weile, um zu erkennen, daß das, was ich machte, das normale Verhalten eines liebeskranken Teenagers, hier höchst ungewöhnlich war und wirklich nicht hierher paßte.

Aber schließlich paßte ich auch wirklich nicht hierher. Alle anderen waren irgendwie Künstler; ich war wirklich ein Schmarotzer, auch wenn Skip und die anderen sagten, ich sei nützlich. Sie brauchten keinen Hausboy, vorher hatten sie es auch hingekriegt. Ich gehörte nicht zu ihnen, das wußte ich und sie vermutlich auch. Also hielt ich den Mund, kochte und putzte und blieb im Hintergrund, fragte nicht, ob einer mit mir ins Bett kommen wollte, und versuchte nicht, mich in das eines andern reinzudrängen oder reinzuschleimen.

Ich weiß nicht, wieso es allein schlafen heißt. Wenn man's mal gemerkt hat, wenn der Groschen gefallen ist, hört es sofort auf; plötzlich liegt man dann allein wach. Dreht und wälzt sich auf einer zu großen Fläche, als suche man nach dem verlorenen Lover, der irgendwo sein muß, nur daß er einem eine Sekunde, bevor man ihn gefunden hat, durch die ausgestreckten Finger schlüpft.

Und das machte ich dann ausgiebig. Es schien keine Rolle zu spielen, wie hart ich meinen Körper tagsüber beanspruchte, wie müde ich wurde oder wie lange ich aufblieb; kaum war ich ins Bett gekrochen, veflüchtigte sich jede Hoffnung auf Schlaf durchs Fenster. Zusammen mit meinen Gedanken und Phantasien, die durchs Fenster einen Stock aufwärts wanderten, wo sie hängenblieben und vergeblich gegen die kalten Scheiben und geschlossenen Jalousien von Skips Zimmer hämmerten ...

Natürlich dachte ich daran, mich in ein anderes Zimmer zu schleichen, um mich vorübergehend mit starken Armen und einem schweren Körper zu trösten; ständig dachte ich daran. Aber es gab niemanden in der Mühle, den ich wirklich gewollt hätte, außer dem einen Mann, der mich nicht wollte; und mich wollte offenbar auch niemand, sonst hätte er es inzwischen gesagt. Die Jamies würden mich nicht von der Bettkante stoßen, dachte ich; aber man wußte nie, in welchem Zimmer sie gerade schliefen oder wer ihnen schon Gesellschaft leistete. Die Gefahr bestand, daß ich knallrot Entschuldigungen stottern, vor Peinlichkeit am liebsten sterben und mich dann, wenn ich allein wieder in mein Bett trottete, noch einsamer fühlen würde ...

Meistens wanderte dann meine Hand als kümmerlicher Ersatz zwischen meine Beine, und ich holte mir langsam und traurig einen runter, um irgendwann in wirre, unglückliche Träume zu versinken.

Eines nachts aber, als ich gerade so weit war und mir den Schwanz steifwichste – froh, daß mein Unglück nicht so weit ging, mir auch noch diese Befriedigung zu verwehren – hörte ich etwas, das ich am letzten erwartet hätte; das Geräusch meiner sich öffnenden Tür auf dem Teppich.

Es war kein Licht zu sehen, als ich die Augen aufschlug, was komisch war; niemand dachte je daran, das Licht auf dem Flur auszuschalten. Außer, anscheinend, heute nacht.

»Wer ist da?« murmelte ich, neugierig aber nicht ängstlich und nicht zuletzt hoffnungsvoll.

»Psst ...«

Es war ein Mann – wer hätte das gedacht – aber eindeutig ein Mann, kein Junge, dachte ich, während ich seinen undeutlichen Schatten anblinzelte – schwarz in schwarz. Jedenfalls breiter als die Jamies; und es war nur einer, und der kicherte nicht. Eindeutig keiner von den Jamies also.

Er kicherte eindeutig nicht. Der Kerl, wer immer er war, meinte es ernst. Als ich mich auf den Ellbogen stützte, legte sich seine Hand fest und stark auf meine Schulter, um mich wieder runterzudrücken.

»Was–?«

Diesmal legte sich seine Hand warnend auf meinen Mund. Gerade rechtzeitig, um mich daran zu hindern, mich unsterblich zu blamieren. Ich weiß ehrlich nicht, wie die Frage geendet hätte, ob es einfach nur war *Was willst du?* oder *Was soll ich machen?* Ich schätze, davon muß jeder Junge schon geträumt haben, ein Schatten aus dem Nirgendwo, der sagt, wo's langgeht und total das Kommando übernimmt. Ich fürchtete mich, klar, aber auf eine Weise, bei der mir der Atem in der Kehle kratzte und meine Haut vor Erwartung bebte. Ich war lange genug in der Mühle, um mich völlig sicher dabei zu fühlen, sogar einem namenlosen Fremden zu vertrauen; und ein Fremder war es sowieso nicht, es gab keinen, den ich bei Licht nicht beim Namen nennen konnte. Machte nichts, daß er seine Spiele im Dunkeln spielen wollte, wenigstens hatte er mich dafür ausgesucht. Mein Herz bebte vor Ungewißheit, vor Verlangen, vor Hoffnung …

Ich küßte die Handfläche, die über meinem Mund lag, und spürte, wie er kurz erstarrte und langsam einatmete. Ich streckte aufs Geratewohl die Hand aus und berührte weichen Stoff, einen Bademantel; aber als ich versuchte, darunterzufassen, packte er fest mein Handgelenk. Mit der anderen Hand schlug er die Decke zurück und warf sie beiseite, so daß ich nackt und bloß dalag; wenn er im Dunkeln sehen konnte, würde er sehen, daß ihm mein Schwanz steif und verzweifelt entgegenragte.

Er berührte ihn noch nicht. Er drehte mich mühelos auf den Bauch, und dann waren seine Hände kurz weg; ich hörte, wie der Bademantel von seinem Körper glitt, und seufzte leise in mein Kissen und wartete auf das Gewicht, das sich auf mich legen, und den Schwanz, der sich in mich bohren würde …

Wieder noch nicht. Er hatte Raffinierteres im Sinn. Seine Hände fanden meine Handgelenke, diesmal beide, und drehte sie mir auf den Rücken, wo er sie mit dem Gürtel des Bademantels zusammenband.

Ich japste; und japste noch einmal, als er mir etwas über den Kopf zog. Ein weicher Stoff, eine Art Kappe mit Bändern, die er unter meinem Kinn verschnürte. Sie bedeckte meine Augen völlig, ließ aber Nase und Mund frei. Nicht schwer zu erraten, warum: er wollte, daß ich frei atmen konnte, und würde meinen Mund vielleicht noch für etwas anderes brauchen. Aber nicht zum Reden, dachte ich. Ich stellte keine Fragen; nicht mal *Wer bist du?*

Dann ließ er mich liegen, und ich hörte leise Schritte in Richtung Tür. Fast hätte ich aufgeschrien. *Geh nicht, bitte, geh nicht* – aber das war nicht nötig. Ein Klicken, und selbst unter der dichten Maske konnte ich am Nasenrand ein schwaches Licht sehen.

Er konnte mich deutlich sehen, natürlich. Er kam wieder zum Bett, und jetzt berührte er mich richtig; er legte beide Hände an meine Rippen und drückte sie fest nach unten, während seine Daumen meiner Wirbelsäule folgten und seine Finger sich über meine Arschbacken breiteten. Eine Weile tat er nur das; bearbeitete nur meine Haut unter seinen Fingerspitzen; ich wand mich hilflos, und er schlug mich.

Dann legte er etwas auf meinen Rücken, knapp unter meinen wehrlosen Händen: etwas, das an beiden Seiten herunterhing, biegsam wie ein Seil, aber dort, wo es mich berührte, kalt und hart. Er rollte es mir über die Arschbacken, ich spürte, wie ein Teil dazwischenrutschte, eine glitschige Kugel mit einem Stück Schnur an beiden Enden. Jetzt wußte ich, was es war, und konnte ahnen, wer es in der Hand hielt.

Der *tenjuku*, Mr. Farrants Spielzeug, das er mir in der Partynacht gezeigt hatte, aber mit dem ich nicht hatte spielen dürfen. Ich erinnerte mich an die Größe von dem Ding, noch der kleinsten Kugel, und konnte einen Schauder nicht unterdrücken. Jetzt wurde ich wirklich ängstlich.

Und echt geil. Ich wollte immer noch nicht, daß er ging.

Nicht daß dazu die Chance bestanden hätte. Er ließ den *tenjuku* auf meinen Oberschenkeln liegen, während seine Hände mit einer Tube Gleitcreme an meinen Arsch zurückkamen. Jetzt war er ganz ungeduldig, oder er behandelte Jungs immer so roh; er stieß mir zwei glitschige Finger durchs Loch und bohrte sie tief hinein, während ich aufs Kissen biß, um nicht zu schreien.

Die Finger wichen ein Stück zurück, und ich spürte das Ende des *tenjuku*, die erste Kugel kalt an meinem offenen Schließmuskel. Er hielt sie in der Hand und zwängte sie dann durch die glitschige Öffnung. Eine Sekunde lang glaubte ich, sie würde mich zerreißen, aber dann rutschte sie durch, und ich stöhnte leise, als sie mich ausfüllte, stöhnte erneut, als er sie tiefer hineinschob.

Kurz spürte ich die Seidenschnur an meinem Loch, und dann kam die nächste Kugel. Sie war größer, aber nur ein bißchen, und schien nun, da mein Schließmuskel gedehnt war, leichter durchzupassen.

Dann die dritte, und mehr glaubte ich nicht aufnehmen zu können; aber die vierte Kugel folgte und die fünfte. Inzwischen bäumte ich mich unter ihm auf, und er brauchte sein ganzes Gewicht, um mich niederzuhalten. Ich konnte nicht fassen, was ich empfand. Da war kein Schmerz, nur eine stetig sich steigernde Spannung. Ich schluchzte, schwitzte, rang nach Atem; glaubte zu platzen; ich hielt es nicht für möglich, daß meine Haut so viel von mir aufnehmen konnte.

Er drehte mich um, legte sich neben mir hin und streckte seinen langen, kräftigen Körper an meinem aus. Seine Hände spielten mit meinen Eiern, streichelten meinen ächzenden Schwanz; kurz legte sich sein Daumen warnend auf die Spitze, *komm noch nicht.* Ich stöhnte in meine Maske, zu mehr hatte ich keine Luft.

Seine Hände glitten zwischen meine Beine; als er das Ende des *tenjuku* faßte, spürte ich es bis tief ins Herz.

Dann mußte er die beiden letzten Kugeln gegeneinander verdreht haben, wie er es mir gezeigt hatte. Plötzlich war alles in mir starr, und ich schrie.

Er war, als würde man von einem Riesen, einem Gott, gefickt; auch alle meine Nervenenden schrien auf, meine Haut war elektrisch, die reine Berührung durch ihn überstieg alles, was ich je gefühlt hatte. Er schmiegte sich an mich, und ich konnte nichts dagegen tun, ich kam und spritzte mir, wie es schien, völlig aufgelöst die Seele aus dem Leib.

Erschöpft lag ich in seinen Armen, und die Maske an meinem Gesicht war naß von Tränen. »Entschuldigung«, flüsterte ich, und spürte, wie er kicherte. Er legte mir die Hände auf die Schultern und drückte mich nach unten, bis mein Mund an seinem Schwanz lag und meine Nase sich mit seinem heißen, stählernen Schweißgeruch füllte. Er war steif und bereit; ich hatte kaum die Spitze zwischen die Zähne genommen, als der rauchig-salzige Batzen seines Spermas meine Kehle traf. Unwillkürlich schluckte ich, wobei ich versuchte, so viel zu schmecken, wie ich konnte, bevor es weg war.

Ich behielt seinen Schwanz im Mund und spielte leicht mit der Zunge daran, bis er ganz schlaff war. Dann zog er ihn heraus, seine Hände rollten mich wieder auf den Bauch und langsam und vorsichtig zog er den *tenjuku* aus meinem Arsch.

Er band mir auch die Hände los, legte aber auch warnend eine Hand auf den Rücken, damit ich stillhielt.

Das Bett schwankte, als er aufstand. Ich blieb reglos, erschöpft, erschlagen liegen; nur meine Ohren arbeiteten und horchten auf jeden leisen Laut, als er den Bademantel anzog und den Gürtel zuschnürte, als er durchs Zimmer ging und das Licht wieder ausknipste.

Geh nicht, bitte, geh nicht …

Diesmal erhörte er mich nicht. Er kam zurück, aber nur, um mir die Kappe vom Kopf zu ziehen. Seine Finger berührten kurz meine Lippen wie ein Kuß; bevor ich sie zurückküssen konnte, berührten sie mein schweißnasses Haar und waren verschwunden.

Das Klicken der Tür sagte mir, daß er ganz weg war, nicht nur seine Finger.

Ich hatte keine Kraft mehr, um auch nur nach der Decke zu greifen. Ich konnte mich nur nackt auf dem Laken ausstrecken, und nicht mehr als atmen, bis die Dunkelheit verschwamm und ich einschlief.

ELFTES KAPITEL

Als ich am nächsten Morgen runterkam – viel zu spät, um für irgend jemand Frühstück zu machen – saß Mr. Farrant mit einer Tasse Kaffee am Küchentisch. Er musterte mich mit mehr Interesse als gewöhnlich, mir schien, ich konnte spüren, wie seine Augen mich durch den Raum verfolgten, aber er sagte nichts.

Und ich wagte nichts zu sagen. Ich machte mir meinen Becher Instantkaffee und setzte mich ans andere Ende, so weit von ihm weg, wie es ging; ich wollte nicht, daß er dachte, ich würde mir Freiheiten herausnehmen oder etwas andeuten.

Ich konnte mich allerdings nicht zurückhalten, immer wieder zurückzustarren; immer wenn ich es tat, sah ich, daß er mich beobachtete. Nicht lauernd oder forschend wie ich oder starrend; er taxierte mich schweigend und blieb ganz gelassen, wenn ich ihn dabei ertappte. Ich war es, der den Blick abwendete, knallrot wurde und irgendwas anderes im Zimmer fixierte; und immer ich, der spürte, wie meine Augen eine Minute später wieder zu ihm wanderten, und alles fing von vorne an.

Ich war echt erleichtert, als Skip dann die Küche kam, obwohl ich wieder rot wurde, aus ganz anderen Gründen.

»Danny, gut, daß du auf bist.«

»Äh, ja. Tut mir leid, Skip, ich weiß nicht, wieso ich heut morgen so spät dran bin …«

Ich glaubte, ein leises Schnauben vom andern Ende des Tischs zu hören, von einem Mann, der genau wußte, weshalb ich heute morgen so spät dran war. Ich saß starr auf meinem Stuhl und wagte nicht, in seine Richtung zu schauen. Aber Skip lächelte nur und, Wunder über Wunder, griff nach meiner Schulter.

»Danny, du mußt dich nicht dauernd für alles entschuldigen. Es ist egal, wann du aufstehst, es gibt hier keine Regeln. Für keinen, egal ob er im Haus hilft oder nur abhängt; und du hilfst mehr als die meisten. Ich hoffte nur, du würdest bald aufkreuzen, weil ich heute was vorhabe und mir dachte, du würdest gern mitmachen. Lust auf'n bißchen Ausspannen? Du hast's dir verdient ...«

Ganz egal. Wenn Skip meine Existenz wahrnahm, gehörte der Tag mir; und jetzt bot er mir ein kleines Stück vom Himmel an, und – und meine Augen schweiften wieder zu Mr. Farrant, ich konnte es nicht verhindern.

Sein Gesicht zeigte den üblichen neutralen Ausdruck, aber er wedelte ungeduldig mit der Hand. »Ach, na los, Junge, um Himmels Willen. Du brauchst meine Erlaubnis nicht, hier herrscht alle Freiheit, hast du das nicht gemerkt?«

So schickte mich also ein Mann zum andern, und ich wußte nicht, wer von ihnen was wußte, von mir oder voneinander, und alles erschien mir als ein einziges Chaos. Ich folgte Skip nach draußen und schloß die Augen, als mir die Sonne aufs Gesicht fiel, und beschloß, alles zu vergessen oder es wenigstens zu versuchen und mich auf das zu konzentrieren, was wichtig war: daß Skip und ich zusammen ausgingen und der ganze Tag vor uns lag ...

»Ich hasse es«, sagte er, als er mich nach hinten führte, wo die Autos standen, »aber heute muß ich Eindruck auf ein paar Leute schinden, und da nehmen wir besser den Jaguar.«

Ich versteckte ein höfliches Lächeln hinter einem breiten Grinsen. Das Grinsen galt dem Auto, einem knallroten E-Type; ich hatte ihn schon gewaschen und gewienert, hatte aber nie Gelegenheit gehabt, darin mitzufahren; das Lächeln galt Skips angeblicher Abneigung, ihn zu fahren. Er war kein Angeber – selbst seine schicken Klamotten waren dezent, und meistens trug er den ganzen Tag mit Farbe bekleckerte Overalls, auch wenn er nie in die Nähe des Ateliers kam – aber mit dem Auto hatte er sich einen Herzenswunsch erfüllt, und er liebte es heiß. Und diese Liebe versuchte er zu verstecken, was sie nur noch heißer machte. Im Heucheln war er nicht gut; dazu war er viel zu direkt, aufrichtig und offen.

Einfach zu toll war Skip. Egal, was Mr. Farrant mit mir gemacht hatte, ich wußte, zu wessen Füßen ich sitzen, wessen Schwanz und Lippen ich küssen wollte. Wenn er mich nur gelassen hätte.

Angeschnallt und bereit, den Motor anzulassen, schaute Skip mich fast auffordernd an, als sollte ich etwas sagen. Als ich einfach nur zurückblickte, fragte er: »Willst du nicht mal wissen, wohin wir fahren?«

Eigentlich nicht, nein. Meinetwegen hätte es die Hölle sein können, wenn wir nur zusammen waren und er mich weiterhin so schelmisch und sanft und amüsiert anlächelte.

»Ach ja. Wo soll's denn hingehen, Skip?« fragte ich, um ihm den Gefallen zu tun.

»Wir fahren zu Hoffman's, der Galerie, in der meine Ausstellung stattfindet. Ich dachte mir, da du sie ja mitentworfen hast, würdest du dir den Laden gerne ansehen.«

»Skip, ich hab doch nicht …«

Er seufzte und schüttelte den Kopf. »Danny, die Welt ist hart und grausam; wenn du überleben willst, mußt du lernen, zu erkennen, wann du veralbert wirst. Okay?«

»Klar. Tut mir leid …«

»Und hör auf, dich zu entschuldigen. Du machst deine Sache doch gut. Aber vielleicht hast du Lust, mir nächste Woche beim Aufhängen zu helfen. Danach essen wir mit ein paar Leuten zu Mittag, und dann gehen wir Shopping. Ich hab deine Klamotten jetzt schon dreimal gesehen und bin sie leid.«

»Die sind alle sauber«, murrte ich. »Ich wasch sie dauernd.« Die Klamotten in die Waschmaschine zu stecken, war eine weitere meiner Aufgaben; ich wusch alle, auch die von Skip. Ich suchte immer noch nach einem Weg, Ölflecken aus Jeansstoff zu kriegen. »Und Mr. Farrant hat mir die gekauft», sagte ich und berührte meine 501. »Du mußt mir keine ...«

»Einer muß es tun. Da du dich selber nicht drum kümmerst.«

»Ich kann nicht, Skip, ich hab kein Geld–«

»Herrje, Danny! Du kannst dir Geld nehmen, du weißt, wo es ist.« Klar, es war in der Teedose: ein großes Bündel Zehner und Zwanziger, von dem sich die Leute einfach nahmen. Wenn sie leer war, füllte Skip sie wieder auf. Ganz einfach.

Nur, »Das kann ich nicht. Nicht für mich.« Ich kaufte für den Haushalt ein, Essen und Putzzeug und so, aber mehr nicht.

»Wieso nicht, verdammt?« Er fluchte nicht oft; ich hatte den Eindruck, er meine es ernst; er machte keine Witze mehr. »Du verdienst's dir. Du arbeitest mehr als alle anderen. Werte dich nicht selbst ab, Danny – und mach dich nicht klein, hörst du? Dafür ist Geld doch da, du kleiner Spinner.«

»Skip, du gibst mir zu essen und ein Dach über dem Kopf. Das reicht. Ich brauch kein Geld.« *Ich nehm kein Geld, nicht von dir.* »Und neue Klamotten brauch ich auch nicht.«

» Doch, brauchst du, wenn du mit mir gesehen wirst, Kleiner. Wenn du nicht dankbar sein kannst, dann sei still.«

Und dann ließ er den Motor an, und ich mußte still sein, weil wir nichts mehr hörten. Die Wucht warf mich in den Sitz zurück; ich saß mit einem blöden Grinsen im Gesicht da, schaute, wie London an mir vorbeiflitzte, ohne etwas zu sehen, wobei mir nur die wenigen Worte im Kopf herumgingen, *Du wirst mit mir gesehen, Kleiner …*

Wenn ich je glücklicher war, erinnerte ich mich nicht, wann.

Ich weiß nicht, ob wir einen kürzeren Weg als damals mit dem Taxi fuhren oder ob Skip einen längeren Weg nahm, um mit seinem Auto anzugeben. Ich weiß nur, daß ich mich kaum an die Strecke erinnerte, die wir, soweit ich sehen konnte, in Gegenrichtung fuhren; aber wir landeten fast genau an der Stelle, von der ich abgefahren war. Skip stellte das Auto in einem unterirdischen Parkhaus ab und führte mich zu Fuß zu einer Tür in der Nähe des Clubs in Soho, wo Mr. Farrant mich für die Party angeheuert hatte.

Die Galerie macht von außen nicht viel mehr her als der Club; nur eine Rauchglastür und ein geschwärztes Fenster, außer einer Ankündigung, daß hier ab nächster Woche Martin Carrs Sammlung *New Work* gezeigt würde. Ich blinzelte; erst nach einer Weile erinnerte ich mich, daß das Skips richtiger Name war.

Die Tür war abgeschlossen, aber am Türpfosten befand sich ein diskreter kleiner Klingelknopf. Skip drückte und wartete ab, geduldiger als es die meisten Prominenten getan hätten, dachte ich.

Kurz darauf öffnete sich die Tür, und ein fetter Mann mit grauen Locken und einem fröhlichen Lächeln ließ uns ein.

»Skip! Toll, dich zu sehen, komm rein …« Er schüttelte Skip stürmisch die Hand und schaute dann sehr fragend von ihm zu mir.

»Abe, das ist Danny, er hat mir geholfen, die Ausstellung vorzubereiten. Danny, das ist Abe Hoffman. Schüttel ihm nicht die Hand, der behält gleich die Hälfte deiner Finger.«

Ich grinste schüchtern und streckte trotzdem die Hand aus. »Hallo, Mr. Hoffman«

»Abe, nenn mich Abe.« Mit seinem Griff brach er einem die Knochen, sein Lächeln wirkte echt, und was ich wirklich an ihm mochte, war, daß er nicht mit der Wimper gezuckt hatte, als Skip gesagt hatte, ich hätte geholfen. Ein berühmter Künstler mit einem hübschen Jungen im Schlepp, die meisten hätten sich sofort gedacht, um welche Art Hilfe es sich dabei handelte; wenn Abe Hoffman das auch tat, besaß er wenigstens die Höflichkeit, es sich nicht anmerken zu lassen.

Aber wenn er Skip so gut kannte, mußte er wissen, wie es in der Mühle zuging. Vielleicht hatte er es so verstanden, wie Skip es gemeint hatte …

Egal, ich hielt ihn für einen netten Mann. Kein bißchen sexy, aber das spielte keine Rolle. Mein Sexualleben war sowieso schon komplizierter, als mir lieb war; und außerdem war ich mit Skip zusammen. Der schönste Mann der Welt hätte heute nicht sexy auf mich gewirkt.

Ich war echt durcheinander, als ich den beiden Männern in die Galerie folgte. Sie war viel zu klein, um alle Gemälde von Skip aufzunehmen, selbst wenn wir sie alle eng zusammenpferchten und sie zu zweit oder zu dritt übereinander aufhängten. Sie bestand nur aus einem langen, schmalen weißen Raum mit einem Empfangstresen, der vorne die Hälfte des Platzes einnahm, einem Stapel Pappkartons, an dem wir uns vorbeiquetschen mußten, und einer Treppe nach unten am anderen Ende.

Abe öffnete einen Karton und holte ein dickes gebundenes Buch mit Hochglanzeinband heraus.

»Die Kataloge sind da«, sagte er. »Alle dreihundert der limitierten Ausgabe und tausend Paperbacks. Schau ihn dir an, er wird dir gefallen.«

Skip nahm das Buch; ich linste über seine Schulter. Der

Einband trug in dicken Lettern seinen Namen und die Reproduktion eines meiner Lieblingsbilder, das Porträt einer älteren Dame mit einem wundervollen Blumenhut.

»Das ist meine Mutter«, erklärte er mir. »Du wirst sie nächste Woche kennenlernen, sie kommt zur Eröffnung. Sie hat den miesesten Kleidergeschmack im Land, du wirst sie lieben ...«

Er schlug den Katalog auf und blätterte darin. Am Anfang stand eine lange Abhandlung, gefolgt von allen Bildern; er strich über das Papier, nickte anerkennend und legte das Buch dann auf den Stapel, um wieder zur Titelseite zurückzublättern.

Er nahm einen Kugelschreiber aus der Tasche, schrieb etwas, unterschrieb großspurig und gab ihn mir.

»Nimm, Danny. Heb ihn gut auf, der wird mal viel wert sein. Obwohl ich sehr böse wäre, wenn du ihn verkaufen würdest ...«

Für Danny, hatte er geschrieben, *in Liebe und Dankbarkeit für all seine Hilfe*.

Ich schnappte nach Luft, schluckte, gelobte stotternd, daß ich ihn immer behalten würde; er lachte, wuschelte mir durch die Haare und wandte sich wieder Abe zu.

»Sind die Deutschen da?«

»Ja, sie sind unten. Komm, und sag hallo ...«

Den Katalog an die Brust gepreßt, folgte ich ihnen nach hinten und die Treppe hinunter; und dann begriff ich endlich, denn wir kamen in einen riesigen, offenen Raum, der ursprünglich die Keller der halben Straße beherbergt haben mußte. Er war völlig leer, nur ein dunkler Holzfußboden und weißgestrichene Backsteinwände und an der ganzen Decke helle Lampen. Drei Männer warteten auf uns; Malcolm und zwei Fremde in nüchternen Anzügen. Abe stellte sie als Morgen und Klaus vor.

Morgen betrieb eine Galerie in Berlin, wo die Ausstellung hingehen sollte, wenn sie in London zuende war; Klaus war Verleger. Da beide übers Geschäft reden wollten, hörte ich nach einer Minute weg und blätterte einfach in meinem Buch, wobei ich immer wieder zur ersten Seite zurückblätterte, und, aus Angst, sie verwischen zu können, die Widmung mit den Fingern nur streifte, um sie durch meine Haut zu absorbieren, besonders das eine kleine Wort ›Liebe‹ …

Von der Galerie gingen wir in ein Restaurant in der nächsten Straße. Kaum waren wir durch die Tür, fühlte ich mich falsch gekleidet und schrecklich fehl am Platz; der Oberkellner begrüßte Skip mit Namen – das heißt, er nannte ihn ›Mr. Carr‹ – und verbeugte sich höflich vor den anderen Männern, um mich dann anzuschauen, als sei ich etwas, das sie an ihren Schuhen mit hereingebracht hätten.

Ich hätte mich am liebsten umgedreht und Skip gesagt, ich würde draußen warten, aber er lächelte, als wüßte er genau, was mir durch den Kopf ging, packte mich am Ellbogen und schob mich weiter.

»Kümmer dich nicht um Etienne«, flüsterte er. »Der schlimmste Snob der Welt. Du siehst okay aus. Die halbe Klientel hier wird dich anhimmeln.«

Damit hatte er nicht unrecht; noch bevor wir uns setzten, spürte ich die Blicke auf mir. Ich wagte nicht, mich umzusehen, um sie zu erwidern oder niederzustarren; das Gefühl, am falschen Platz zu sein, kam mit voller Wucht zurück.

Zum Glück brauchte ich es auch nicht; ich war nicht zum Anschaffen hier; ich hatte Skip, der sich um mich kümmerte. Er war richtig süß. Es war so ein Gegensatz zu vorher, daß ich ihn fast gefragt hätte. Wären wir allein gewesen, hätte ich es vielleicht getan, aber nicht in Gesellschaft. Schon gar nicht in dieser Gesellschaft. Malcolm glotzte selbst schon;

ich dachte mir, er sei neugierig, was mit Skip und mir war. Ich konnte seinen Blick allerdings nicht erwidern. Ich erinnerte mich dauernd daran, was er mit mir gemacht hatte und hatte eine Heidenangst, kichern zu müssen.

Etienne brachte die Karten und fragte nach den Getränken; die Männer bestellten Gin oder Wodka, und Skip bestellte ein Bier für mich. Ich schenkte ihm ein strahlendes Lächeln und vergrub mein Gesicht in der Karte.

Alles war in Französisch, und in Sprachen war ich noch nie gut gewesen. So bald es ging, fing ich Skips Blick auf und formte mit dem Mund ›Hilfe …!‹

Er beugte sich zu mir und fuhr mit dem Finger über die Speisen. »Sollen mich doch alle hassen«, flüsterte er. »Die denken sowieso alle, du bist mein neuster Fang. Magst du Hühnerleber?«

»Weiß nicht«, murmelte ich. »Leber mag ich …«

»Okay, gut. zuerst Hühnerleber und dann Steak. Medium, denke ich; du brauchst Protein, um deine Muskeln fit zu halten. Wir suchen dir am besten ein Sportstudio, wenn du bleibst. Hausarbeit ist bei weitem nicht genug Training, und du willst doch deine Form nicht verlieren. Keine Sorge, ich bestell für dich.«

Im Augenblick machte ich mir um nichts Sorgen. *Wenn du bleibst*, hatte er gesagt, als sei das abgemacht. Mein Herz jubelte.

Während des Essens sagte einer der Deutschen – Klaus, glaube ich, obwohl sie so schwer auseinanderzuhalten waren wie die Jamies: beides große Männer, strohblond, breit und seriös – es wäre doch schön, wenn Skip ein paar Tage nach Berlin kommen könnte. ›Das wäre reizend‹, hatte er eigentlich gesagt; beide sprachen wirklich gut Englisch, aber manche ihrer Sätze stammten direkt aus den Sechzigern.

»Klar, wieso nicht?« stimmte Malcolm zu. »Ihr könntet alle zusammen heute abend hinfliegen. Die Fahnen für die deutsche Ausgabe des Katalogs kontrollieren. Ich weiß, wie pingelig du bist, du wirst sie selbst sehen wollen. Und du könntest Morgens Galerie sehen, da gibt es das Problem mit den Nischen; und noch ‘ne Runde Interviews geben. Ich arrangiere das; das steigert das Interesse vor der Ausstellung.«

»Hört sich gut an«, sagte Skip leicht zweifelnd, »aber ich muß noch die Bilder zum Transport einpacken. Das geht nicht an einem Nachmittag.«

»Das mußt du doch nicht selber machen«, widersprach Malcolm. »Dafür gibt's doch genug Leute in der Mühle. Danny hier könnte es machen. Nicht wahr, Kleiner?«

»Ich weiß nicht«, brummelte ich. »Wenn's mir jemand zeigt, denk ich schon ...«

»Ich zeig's dir«, sagte Skip, der sich plötzlich für die Idee erwärmte. »Es ist nicht schwer, du mußt nur vorsichtig sein. Ich weiß, daß du's bist.«

Natürlich würde ich vorsichtig sein. Und ich würde was echt Nützliches machen, was Wichtigeres als Geschirrspülen und Wäschewaschen; und am besten war, ich würde Skip helfen und mir seine Dankbarkeit verdienen ...

Ich nickte stumm, und er tätschelte mir das Bein, eine harmlose kleine Geste, die mich fast zum Weinen brachte, so viel bedeutete sie mir.

Nach dem Hauptgang wollte Malcolm vor dem Pudding eine Zigarrettenpause; da ich pissen mußte, murmelte ich ein unbestimmtes ›Entschuldigung‹ und ging dieToilette suchen.

Als ich sie fand – geleitet von Etienne, der mich jetzt noch weniger mochte als zuvor – war sie leer bis auf einen jungen Schwarzen in Restaurantuniform, der neben einem kleinen

Tisch mit einem Stapel Papierhandtücher und einer mit Münzen gefüllten Untertasse stand. Ich vermute, ich starrte ihn an; er lächelte und wies mit einem kleinen Nicken auf die Pinkelbecken.

Wenigstens war er nicht Malcolm und glotzte mir beim Pissen nicht über die Schulter. Als ich aber fertig war und mir die Hände wusch, reichte er mir mit lachender Feierlichkeit einen Packen Handtücher und zeigte mir, wo ich sie danach hinwerfen sollte.

Ich blickte auf die Untertasse und spürte, daß ich rot wurde. »Tut mir leid, ich hab überhaupt kein Geld ...«

»Macht nichts, Süßer. Hast'e 'ne Minute Zeit?«

»Also, ja, glaub schon ...«

»Gut. Komm ...«

Er nahm meine Hand und zog mich sanft in eine der Kabinen. Bevor ich mich versah, hatte er die Tür verriegelt und öffnete meinen Gürtel, meinen Schlitz und schob mir die Jeans auf die Knöchel.

»Nichts drunter, wußt ich's doch. Weiß ich immer. Und so ein hübscher Schwanz ...«

Er sank auf die Knie und nahm lutschend und saugend meinen Schwanz in den Mund. Seine Finger zupften an meinen Hoden, kitzelten und streichelten meine Eier; ich war innerhalb von Sekunden steif.

Er wanderte mit der Zunge von der Schwanzwurzel bis zur Spitze, während eine Hand zwischen meine Beine und in meine Spalte glitt; ein einzelner Finger preßte sich spielerisch gegen mein Loch; und pötzlich kam ich, und sein Mund nahm es auf, während er mich jetzt mit beiden Händen wichste und meinen Schwanz rhythmisch zusammenpreßte und ich zuckte und japste.

Ein letztes kleines Züngeln, und er riß eine Handvoll Klopapier von der Rolle, um mich abzuwischen, schmiß es ins

Klo, spülte es hinunter, zog mir die Jeans wieder hoch und stieß meine Hände fort, als ich zitternd versuchte sie zuzuknöpfen. Er machte es selbst, stand auf und küßte mich zart; ich glaubte, mein Sperma in seinem Atem riechen und sogar auf seiner Zunge schmecken zu können.

»Machst du das für jeden hier?«

»Nur für die Süßen. Wenn sie mir sonst nichts geben können ...«

Damit entriegelte er die Tür und stolzierte hinaus. Ich trottete hinter ihm her, ging in Richtung Tür und hatte sie gerade erreicht, als Skip hereinkam.

»Alles klar, Kleiner? Du warst so lange–«

Seine Stimme brach abrupt ab, als er mein rotes Gesicht, das unschuldige Lächeln des Schwarzen und das Geräusch des nachfließenden Wassers in der Kabine wahrnahm. Sein Mund spannte sich kurz, aber er sagte nur, »Ich hab dir eine Schokoladenmarquise kommen lassen, die ist jetzt da. Wenn du Sahne willst, mußt du dir welche bestellen.«

Er ging zum Pinkelbecken; ich kroch förmlich zu meinem Platz zurück und spürte auf dem ganzen Weg dahin Malcolms Augen auf mir.

ZWÖLFTES KAPITEL

Skip zeigte mir, wie die Gemälde zu verpacken waren, aber er hatte all seine Wärme verloren; den ganzen Nachmittag kam kein einziges Zeichen von Zuneigung oder auch nur Freundlichkeit von ihm. Kurz dachte ich sogar, er wolle mir sein Buch wieder wegnehmen, als er gesehen hatte, wie schützend ich es hielt, als wir das Restaurant verließen.

Ich verstand gar nichts mehr. Okay, er wußte also, daß ich mit dem Toilettenmann rumgemacht hatte; was kümmerte ihn das? Er wußte, daß ich in seinem Haus mit Männern gefickt hatte, seit ich angekommen war, dafür war ich angeheuert worden. Ich verstand nicht, was sich seither geändert hatte. Ich blieb auf seine eigene Einladung hin; er fickte nicht selbst mit mir, wieso sollte es ihn also scheren, mit wem ich sonst etwas machte? Selbst wenn jemand in der Mühle eifersüchtig wurde oder Ansprüche erhob, was nicht der Fall war.

Vielleicht beaufsichtigte er mich für seinen Freund, dachte ich, wollte mich für Mr. Farrant aufheben; aber das glaubte ich eigentlich auch nicht. Mr. Farrant hatte mich als heiße Nummer zu der Party gebracht und mich selber genommen, gleich nachdem Malcolm mit mir fertig gewesen war; den würde es nicht kümmern, wer mich sonst noch anfaßte.

Wie dem auch sei, Skip war kühl und distanziert, als er die ersten Bilder von der Wand nahm und mir zeigte, wie sie behandelt werden mußten. Zuerst kamen sie in eine Hülle aus Styropor, die extra in der richtigen Größe bestellt worden war; dann Unmengen Klebeband, um sie geschlossen zu halten, und dann baute er ein Gestell drumherum. Dieses zimmerte er ziemlich grob und sehr schnell aus Holz und Brettern zurecht, baute es aber direkt um das verschnürte Gemälde, so daß es genau paßte.

»So geht's, siehst du«, sagte er, als er fertig war. »Jetzt mach du eins, und ich schau zu.«

Das erste gefiel ihm nicht, ich hatte die Verstrebungen nicht stark genug gemacht; er ließ mich noch eins und dann ein drittes bauen. Dann nickte er und schaute auf die Uhr.

»Gut genug. Ich muß jetzt los. Die anderen mußt du in zwei Tagen bauen, Abe hat den Transporter schon bestellt; wenn du nicht schnell genug vorankommst, muß jemand dir helfen. Bei den großen laß dir sowieso helfen; riskier bloß keinen Unfall, verstanden?«

Ich nickte eifrig. Auf keinen Fall. Lieber würde ich sterben, als eins seiner Bilder zu beschädigen. Das sagte ich nicht, aber ich dachte, da er hätte mir wahrscheinlich zugestimmt; so wie er mich anschaute, wäre es ihm viel lieber gewesen, wenn ich gestorben wäre, als wenn sie einen Kratzer abbekommen hätten.

In der Dämmerung fuhr er in einem Taxi, nicht im Jaguar, ab: die Zeit für Spiele war vorbei. Da es vorne keine Fenster gab, konnte ich ihn nicht abfahren sehen; aber wenn man ohne Licht im Atelier stand und den Kopf an der großen Glaswand verdrehte, konnte man gerade noch sehen, wo die Straße vom

Industrieviertel die doppelspurige Fahrbahn kreuzte. Das tat ich, und sah die Scheinwerfer des Taxis auf dem Asphalt, wo die Straßenlaternen noch nicht an waren; und ich sah sie verschwimmen und mit dem Verkehr auf der Autobahn verschmelzen, und dann sah ich sie nicht mehr.

Ich legte den Kopf an das kalte Glas und schloß in einem Anfall von Elend und Sehnsucht die Augen – und dann riß ich mich los und versuchte, es hinter mir zu lassen wie einen Fleck auf dem hohen Fenster. Ich würde ihn vermissen, klar; aber wenn er nicht hier war, würde es vielleicht nicht so wehtun, wenn ich ihn nicht sah, mit ihm sprach und ihm den ganzen Tag über den Weg lief. Und wenigstens hatte ich etwas zu tun, worauf ich mich konzentrieren konnte: etwas, mit dem ich fertig werden konnte, bevor es nötig war, und zwar perfekt, so daß der nette Abe Hoffman ihm bei seiner Rückkehr erzählen würde, wie gut ich in seiner Abwesenheit gearbeitet hatte. Dann würde er mir vielleicht verzeihen, was immer mir verziehen werden mußte, vielleicht würde er wieder so nett zu mir sein wie vor dem Essen, *Liebe und Dankbarkeit*, und vielleicht irgendwann mehr, Küsse und Kuscheln und das Geheimnis seines Pimmels, seines versteckten Körpers, der jetzt in Enthaltsamkeit lebte, aber bestimmt nicht für immer und vielleicht für mich aufgespart wurde …

Ich träumte natürlich, aber ich hatte die Chance, daß wenigstens ein Teil davon wahr wurde. Mit dem Arm schaltete ich alle Atelierlampen auf einmal ein, schnappte mir Schraubenzieher und Hammer, Säge und Nägel und Klebeband; baute getrennte Stapel aus Latten und Brettern und den Styroporhüllen mitten auf dem Fußboden und macht mich an die Arbeit. Vergiß das Essen, vergiß alle anderen Aufgaben; das hier war *wichtig* …

In dieser Nacht kam ich spät ins Bett, kaputt und alleine.

Die anderen waren noch in der Höhle und redeten und tranken und lachten laut; ich war dazu zu müde, und wußte zu genau, wieviel Arbeit morgen noch zu tun war. Und außerdem war ich deprimiert: ich dachte, wenn ich da reinginge, würden sie entweder herablassend mit mir reden oder mich ignorieren, ich würde alleine in einer Ecke sitzen und nicht wissen, um was es ging. Viel besser, ins Bett zu gehen und zu hoffen, schlafen zu können und nicht über Skip oder meine Zukunft oder sonst alles nachzugrübeln …

Schlafen konnte ich nicht; keiner kam in dieser Nacht zu mir, und wenn ich von Skip oder sonst jemandem träumte, wußte ich es am Morgen nicht mehr.

Ich wachte steif und mit einem Muskelkater auf, aber mit meinen Träumen war mein ganzer Kummer verflogen; ich freute mich sogar auf den Tag harter Arbeit, an dem ich im Dienst von Skip ackern würde, bis mir alles wehtat und noch länger. Heute nacht konnte ich fertig sein, vorausgesetzt, ich fand jemanden, der mit bei den Riesenleinwänden half.

Es waren aber immer noch etwa zwanzig der kleineren übrig, und an die wollte ich mich zuerst machen. Ich wollte sie fertighaben, bevor jemand das Atelier betrat; ich wollte, daß sie es Skip erzählten. *Nein, wir haben nur bei den großen geholfen, die andern hat er ganz alleine gemacht …*

Also wälzte ich mich stöhnend aus dem Bett; mit einer heißen Dusche mußte ich meinen steifen Rücken und dann mit einer kalten meinen steifen Schwanz bekämpfen, denn natürlich hatte ich beim Einseifen an die Hände anderer Männer, an die Hände eines einzigen Mannes, gedacht. Trocken und angezogen ging ich nach unten, um festzustellen, daß keiner sonst auf war und ich das ganze Haus für mich hatte.

Erstaunlich war das nicht. Ich warf einen Blick in die Höhle, zählte die leeren Flaschen und dreckigen Gläser und die

Aschenbecher voller Kippen und Joints und dachte mir, das solle heute ein anderer machen. Oder eher morgen ich. Jetzt galt es vor allem, Skips Gemälde zu verpacken.

Kaffee und Toast in aller Eile im Stehen; dann schnappte ich mir das Radio aus der Küche, schloß das Atelier auf und machte mich wie gestern ans Sägen und Hämmern, nur daß ich es heute im Takt zu Musik machte.

Außerdem übertönte die Musik auch alle anderen Geräusche, oder ich war so in die Bilder oder die Arbeit vertieft, in beides, darin, die unglaublichen Porträts in ihr Styropornest zu legen und sie einzuwickeln, einen Schild zum Schutz gegen die Welt für sie zu bauen …

Woran es auch lag, ich hörte Luigi nicht kommen. Ich weiß nur, daß ich mich gerade nach dem kleinen Topf umschaute, in den die Schrauben kamen, wenn ein Bild von der Wand genommen wurde, und da war er – lehnte in der Tür zum Flur und beobachtete mich mit den Händen in den Taschen und einem rätselhafte Ausdruck im Gesicht.

»Hallo«, sagte ich schüchtern, weil ich nicht wußte, woran ich inzwischen mit ihm dran war. Ich glaubte, nein, war mir sicher, daß er sich wünschte, was ich bekommen hatte; ein leichtes Leben, wie er es nannte, Bett und Essen und Geld, wann immer ich es mir nehmen wollte, wenn ich's je getan hätte. Er hatte ja auch recht, für einen jungen Stricher hatte ich total Schwein gehabt. Sofern er sich nicht an den Mann an der Spitze verliebte und dieser Mann nicht unberechenbar mal heiß, mal kalt war und dem armen Jungen das Herz brach …

»Hi.« Wenn Luigi irgendwie neidisch auf mich war, hatte er beschlossen, es nicht zu zeigen; er lächelte, löste sich vom Türpfosten und kam auf mich zu. »Malcolm sagte, du könntest vielleicht Hilfe beim Einpacken brauchen, und hat mich hergeschickt …«

»Oh, klar. Ich wollte eigentlich erst später fragen, aber–«

»Ist sonst niemand da«, unterbrach er mich. »Sieht aus, als wären die alle für heute abgehauen, alle Autos sind weg.«

»Echt?« Ich schaute aus dem großen Fenster und sah, daß er recht hatte. Draußen stand kein einziges Auto. Ich mußte alles überhört haben, das Aufstehen, Frühstücken, Plänemachen und Abfahren.

»Schätze, die wußten was Besseres«, sagte er grinsend. »Oder die Arbeit macht ihnen keinen Spaß, und sie wollten sie dir überlassen. Komm, ich helf dir. Also,was gibt's zu tun?«

Wenigstens fragte er mich nicht nach Geld; ich dachte mir, Malcolm müsse ihn bezahlt haben, da ich nicht glaubte, daß er es aus Gutmütigkeit tat. Er stand da und schaute zu, als ich ein Gerüst um das Bild baute und es zu dem Stapel legte, dann machte er sich bereitwillig ans nächste.

Zu zweit ging die Arbeit deutlich schneller voran. Wir waren rasch mit den kleinen Porträts fertig, beschlossen, wir seien hungrig, und machten eine Pause; dann, als keiner zurückzukommen schien, gingen wir wieder ins Atelier und fingen mit den großen männlichen Akten an.

Dafür brauchten wir den größten Teil des Nachmittags, da sie viel vorsichtiger behandelt werden mußten. Endlich jedoch schlugen wir den letzten Nagel ein, stellten das letzte Gerüst für den Transport am nächsten Morgen gegen die Wand und schauten uns triumphierend an.

»Das wär's dann«, sagte Luigi. »Lust, was zu rauchen, Kleiner?«

Diesmal wußte ich, was er meinte, und dachte mir, ich hätte es mir verdient, wir beide. »Ja, klar.«

»Gut.« Er ging zu der Stelle, wo die Atelierwand durch das große Holztor unterbrochen wurde und riegelte die kleine, eingelassene Tür auf. »Komm, wir setzen uns in die Sonne.

Hier draußen ist's schön warm, und Dope schmeckt immer besser an der frischen Luft.«

Er drehte den Knauf, und die Sonne fiel herein. Ich widersprach nicht; »Wart 'ne Sekunde«, sagte ich nur und rannte in die Küche, wo ich ein paar Biere aus dem Kühlschrank befreite.

»'n Guten, Danny.«

Er saß schon auf der Schwelle und drehte. Ich ließ mich neben ihn fallen, streckte die Beine auf dem Asphalt aus, nahm einen Schluck und seufzte tief und zufrieden. Ich hatte alles getan, damit Skip zufrieden mit mir war. Morgen abend würde er zurück sein; ich hoffte, Luigi würde da sein, um ihm alles zu erzählen, denn ich würde es nicht tun. Es sei denn, er fragte.

Inzwischen konnte ich mich entspannen, und das tat ich. Das Bier half und der Joint noch mehr; der zweite Joint war das Sahnehäubchen, legte einen goldenen Schleier über den Fluß, ließ mir den Kopf schwirren und verscheuchte all meine Sorgen. Alles, was Luigi sagte, war komisch, alles, was ich sagte, noch komischer; wir rangen nach Luft vor Kichern, bevor er den ausgerauchten Joint in die Luft schnippte und dieser wie eine Rakete Funken in das dämmrige Licht versprühte.

»Komm«, sagte er, »da drüben auf der Hauptstraße gibt's 'n Pub. Laß uns hier 'n bißchen raus.«

»Bier ist im Kühlschrank«, sagte ich, womit ich meinte, *Hier ist's umsonst.*

»Im Pub gibt's 'n Billard.«

Gewiß, das war eine Versuchung; aber, »Ich hab kein Geld«, gestand ich.

»Ich hab. Komm hoch, Danny. Wenn du gewinnst, geht's auf mich, wenn du verlierst, bezahlst du das nächste Mal.«

Malcolm mußte ihn bezahlt haben. Aber es war ein faires

Angebot; ich rappelte mich ein bißchen wacklig und nur noch mehr kichernd auf. Er knallte die kleine Tür hinter uns zu, und wir schwankten die Straße entlang.

Im Pub erwartete uns mehr als Bier und Billard; wir wurden abgeschleppt. Ob Luigi darauf spekuliert hatte, weiß ich nicht. Vielleicht war der Schuppen bekannt dafür, oder vielleicht lag es an uns, und wir hatten einfach Glück. Vielleicht war der Anblick von zwei knackigen Ärschen, die sich nacheinander über einen Billardtisch beugten, zuviel für einen Mann nach dem Arbeitstag mit Bier im Bauch, der alles andere als gleich nach Hause gehen wollte …

Egal, wir wollten gerade unser drittes Spiel beginnen – ich wurde total fertiggemacht und kümmerte mich 'n Scheiß drum, ich kicherte immer noch, und das Bier brachte mich rauf, während das Dope anfing, mich runterzuziehen – als zwei Kerle rüberkamen. Dicke, stämmige Männer, Ende dreißig oder Anfang vierzig, mit Stoppelkinn und Wänsten unter den schmierigen T-Shirts. Ich konnte den Schweiß an ihnen riechen, als sie näherkamen – aber schließlich konnten sie wahrscheinlich auch den Schweiß an uns riechen nach dem Tag im Atelier, Schweiß gemischt mit zu viel Aftershave. Schweiß war okay, das machte mir nichts aus. Im Moment machte mir gar nichts etwas aus.

»Na, was kostet's denn, Jungs?« fragte einer der beiden.

»Fünfzig Pence das Spiel«, sagte ich mit dummem Grinsen.

Sie glotzten mich an; Luigi versetzte mir einen Tritt.

»Blasen dreißig«, sagte er hastig, »ficken fünfzig.«

»Wir wollen 'n Fick. Und bei dem Preis hoffe ich, daß ihr's wert seid.«

»Oh, das bin ich«, sagte er und leckte sich die Lippen. Also, ich glaubte ihm.

»Ja, aber ich will den Blonden«, sagte der andere, »und ich

glaub nicht, daß der vom Ficken 'ne Ahnung hat. Dem geb ich nicht mehr als vierzig.«

Klang ziemlich fair für mich. Ich hätt's genommen, keine Frage; aber Luigi packte mich am Arm, schüttelte den Kopf und sagte: »Fünfzig jeder, oder gar nichts.«

»Ach, Scheiße. Lohnt sich doch nicht, um 'n Zehner zu streiten. Aber ich will was für mein Geld.«

»Oh, das kriegst du«, versicherte Luigi ihm, als sei er der Agent eines Stars. »Er ist nicht besonders schlau, aber 'ne scharfe Nummer.«

Der Kerl schnaufte zweifelnd, nickte aber trotzdem. Luigi reichte ihm das Queue, mit dem er gespielt hatte. »Laß ihn gewinnen«, flüsterte er mir zu. »Und sieh zu, daß er das nächste Spiel bezahlt, falls ich nicht zurück bin.« Dann verschwand er durch die Tür, an der ›Toiletten‹ stand. Nach einer Weile folgte ihm der andere Mann.

Meiner schaute mich an. »Wer ist dran?« fragte er.

»Äh, du«, obwohl das nicht stimmte.

»Schon was eingelocht?«

Höchstens in Luigi, aber besser, ich wurde nicht hysterisch; ich biß mir auf die Zunge und schüttelte den Kopf. Ich beobachtete, wie er zu einem Stoß ansetzte und spielte, sah eine Kugel in ein Loch rollen und dachte mir, es würde nicht schwer sein, ihn gewinnen zu lassen: ich konnte nicht mehr gradeaus gucken, geschweige denn geradeaus stoßen.

Ich fragte mich, ob ich mit ihm reden sollte, während wir warteten, ihn fragen, was er machte oder sowas, wo er wohnte. Aber er brauchte keine Anmache; der Deal war perfekt; und was sollte er schon sagen? *Ich bin Fahrer, ich wohn in Chingford, ich hab 'ne Frau und drei Kinder, und ich fick gerne Jungs, wenn ich sie kriege …*

Nein, ich hielt den Mund, spielte Billard und verlor. Er stellte ein neues Spiel auf, und ich verlor wieder und dachte schon, er würde wieder anfangen, an meinen Qualitäten zu zweifeln, als ob alle Stricher, die gut in ihrem Spiel waren, auch gut bei diesem Spiel sein müßten.

Luigi kam allerdings rechtzeitig zurück, um mich vor einer weiteren Demütigung zu bewahren; er nahm mein Queue und nickte mit dem Kopf in Richtung Klo.

Der andere Mann kam gerade raus, als ich reinging; er machte sich noch den Gürtel zu und sah aus, als sei er zufrieden mit dem, was er für seine fünfzig Mäuse gekriegt hatte.

Ich stand wartend auf dem Linoleum und spürte, wie der Rausch von Dope und Alkohol zusehends nachließ, von Nervosität und Spannung weggebrannt wurde. Ich wußte nicht, ob ich den Erwartungen, die Luigi geweckt hatte, gerecht werden konnte. An Nummern wie diese war ich nicht gewöhnt, ich wußte auch nicht, was der Mann von mir wollen würde …

Was der Mann wollte, wurde sehr schnell klar. Das ganze Geschwätz, ich würde mich nicht auskennen, sei den Preis nicht wert, war nur Verhandlungstaktik gewesen – er hatte es nicht auf raffinierte Techniken abgesehen, nur auf einen sauberen Fick in ein knackiges, williges Arschloch.

Er trampelte in die Toilette und steckte sich eine Zigarette an. Das Streichholz warf er in ein Pißbecken, schnippte mit den Fingern und betrat eine Kabine. Ich folgte ihm schüchtern; er knallte die Tür hinter uns zu, dann drehte er mich um und stieß mich gegen die Rückwand.

Er war so dick, daß kaum Platz für uns beide war; ich mußte über dem Becken stehen und mich mit den Händen an der Wand abstützen, während sein Wanst sich gegen meinen Rücken preßte.

Rauhe, starke Hände fummelten an meiner Jeans, zerrten sie mir auf die Knie, soweit es die Kloschüssel unter mir zuließ; ich hörte, wie er seinen Reißverschluß öffnete und sich auf die Finger spuckte.

Er verrieb die Spucke zuerst auf seinem Schwanz, dann spuckte er wieder und machte sich über mich her. Nach dem *tenjuku* gingen selbst zwei Wurstfinger leicht rein. Ich knurrte, wartete, bis er tiefer drin war, und spannte dann den Schließmuskel fest um seine Knöchel, als wollte ich ihm versprechen, *Das kann ich mit deinem Schwanz auch, fühlt sich toll an …*

Ich glaube wirklich nicht, daß es ihn scherte, er wollte nur seinen Fick. Er zog die Finger heraus, packte mit beiden Händen schmerzhaft meine Arschbacken und zog sie auseinander, während sein Schwanz blind zustieß.

Er fand mein Loch, glitschte durch und fing an, hart zuzustoßen, rein und raus, ohne zu zögern, als hätten wir nur eine Minute Zeit. Stimmte vielleicht, vielleicht hatte er Angst, ein anderer Macker könnte uns dabei erwischen. Ein Macho wie er würde sterben vor Scham, wenn seine Kollegen es herausfanden. Oder seine Frau …

Er nahm sich nicht mal die Zeit, mich anzufassen, mit meinen Brustwarzen oder meinem Schwanz oder sonstwas zu spielen. Ich schätze, er war nur an meinem Arsch interessiert. Er packte mich einfach an den Hüften und pumpte los, während ich mich fest an der Wand abstützte, um ihm einen gewissen Widerstand zu bieten, etwas, gegen das er sich werfen konnte.

Vielleicht hatte mich der *tenjuku* verdorben, was Größe betraf, aber sein Schwanz fühlte sich nicht allzu groß an, nicht im Vergleich zu seinem übrigen Körper. Kürzer als seine Finger, dachte ich, obwohl er fett genug für zwei war, fett genug für mich jedenfalls. Ich schloß die Augen, zog den Kopf zwischen die Schultern und konzentrierte mich darauf, meine Bewegungen mit seinen abzustimmen, um ihm so viel

Lust zu verschaffen, wie ich konnte oder wie er von mir zu nehmen bereit war. Es fühlte sich an, als würde man von einer Maschine gefickt, immergleiche Bewegungen und ohne jede Seele, jedes Interesse, nur die Bewegung zählte. Ich dachte mir, ein fettiges Stück Auspuffrohr hätte es auch für ihn getan, nur billiger. Trotzdem, er war der Kunde, er war bereit, dafür zu zahlen – hoffte ich wenigstens: vielleicht hätte ich das Geld vorher verlangen sollen? Ich hätte gewettet, daß Luigi es getan hatte – also war das mindeste, was ich tun konnte, mein Bestes zu geben.

Sobald ich spürte, daß er gleich kommen würde, spannte ich meinen Schließmuskel so eng ich konnte um seine Schwanzwurzel; er zuckte in mir, und ich spürte den Krampf sogar in seinem Bauch, wo er sich an meine Wirbelsäule preßte.

Er hielt mich noch ein paar Sekunden lang fest, dann zog er den Schwanz heraus. Da zum Umdrehen kein Platz war, blieb ich einfach stehen und spürte, wie sein Sperma aus mir heraustropfte, während er sich den Schlitz zuzog.

Dann hörte ich das Rascheln von steifem Papier und schluckte einen erleichterten Seufzer hinunter; er wollte zahlen; ich würde nicht drum bitten oder streiten müssen …

Die Erleichterung verwandelte sich jedoch in Wut, als er kicherte und mir den Finger, um den etwas Trockenes gewickelt war, wieder in den feuchten Arsch steckte.

»Hier ist dein Fünfziger, Kleiner«, sagte er, über seinen Witz prustend.

Ich sagte kein Wort, rührte mich nicht. Knallend verließ er die Kabine und das Klo, zweifellos, um seinem Kumpel zu berichten, was er gemacht hatte, und seinen Scherz herumzuerzählen.

Ich griff nach hinten und zog die Rolle Zehner aus mir heraus, riß ein paar Blätter Klopapier von der Rolle, um die

Sauerei aus Spucke und Sperma von den Scheinen zu wischen und mich dann selbst sauberzumachen. Ich warf sie in die Schüssel, drückte ab, zog die Jeans hoch und machte mich auf den Weg zurück zu Luigi.

Er wartete alleine am Billardtisch, bot mir aber kein neues Spiel an.

»Ich muß jetzt los, Danny«, sagte er unvermittelt. »Da draußen ist gleich 'ne Bushaltestelle, von der aus ich in die Stadt komme. Bis dann, klar?«

»Ja, klar. Danke für deine Hilfe heute ...«

»Alles klar, Kumpel.« Er grinste und winkte und war weg.

Ich hatte noch das halbe Glas voll Bier; alleine trinken macht keinen Spaß, aber ich wollte es nicht verschwenden. Ich stürzte es rasch runter und ging zurück zur Mühle.

Wo ich feststellte, daß die Ateliertür offenstand und Licht herausschien. Und Gestalten, Männer bewegten sich im Licht; und schlimmer noch, auf dem Asphalt parkten zwei Streifenwagen mit blinkendem Blaulicht.

Das bedeutete Ärger, das war klar. Und am schlimmsten war, daß ich, bevor ich noch hinkam, bevor ich noch wußte, was los war, mir irgendwie sicher war, daß es Ärger für mich bedeutete ...

DREIZEHNTES KAPITEL

Da ist er ja endlich«, sagte jemand, als ich eins der mutigsten Dinge tat, die ich je getan hatte, und ohne zu zögern auf die Streifenwagen zuging. Eine Hälfte in mir wollte die Fliege machen, das bißchen Zeug, das ich in der Mühle hatte, einfach im Stich lassen, abhauen, mich still verdrücken und nie wiederkommen. Ich hatte keine Ahnung, was es für einen Ärger gab, ich hatte nichts Schlimmeres auf dem Gewissen, als ein bißchen Dope geraucht und 'ne Nummer auf dem Klo geschoben zu haben, und das hätte beides keinen solchen Aufruhr gerechtfertigt. Aber trotzdem war die Versuchung groß, ich wußte hier drohte mein Verhängnis; ich denke, vielleicht wäre ich abgehauen, wenn es Skip nicht gegeben hätte. Egal was passierte, ich wollte nicht, daß er das Schlechteste von mir dachte …

Alle drehten sich um und starrten mich an. Gleißende, blinkende Lichter warfen schwere Schatten; ich mußte die Augen zusammenkneifen, um zu sehen wer wer war, und bei jedem Gesicht, das ich erkannte, wurde mir flauer. Fast alle aus der Mühle waren da, sie mußten in der letzten Stunde en masse zurückgekommen sein; und Malcolm war auch da und Mr. Farrant ebenso. Die beiden bewiesen, daß ich recht hatte, daß das hier ernst war; die Art wie sie blickten, wie sie mich anblickten, bewies, daß ich auch damit recht hatte. Egal was es war, alle gaben mir die Schuld.

»Was ist denn los?« fragte ich und schaute mich verzweifelt nach einem freundlichen Gesicht um. Sogar die Jamies wirkten abweisend und finster, ohne die Spur eines Lächelns.

»Sind Sie Danny Marshall?« fragte mich jemand. Ein Fremder, Mitte dreißig, in einem billigen Anzug mit einem Notizblock in der Hand: Polizei oder Presse, und ich dachte mir schon, was.

»Ja, Sir.«

»Inspektor Pascoe, CID.« Er zeigte mir zum Beweis seinen Ausweis, obwohl ich in dem komischen Licht nichts lesen konnte mit meinem schwirrenden Kopf. »Würden Sie mir bitte sagen, wo Sie gewesen sind?«

»Nur im Pub, die Straße da runter ...«

»Alleine?«

»Nein, mit einem Kumpel. Luigi. Er ist jetzt weg.«

»Das Personal wird das doch bestätigen können, oder Danny?«

»Ich denke doch, ja. Wir haben Billard gespielt ...« Und mit anderen Kunden gebumst, aber das sagte ich nicht. »Wieso, was soll das, was ist denn passiert?«

»Jemand ist ins Atelier eingebrochen«, sagte Malcolm sanft und anklagend in meinem Rücken, »und zwei der Porträts fehlen.«

Es war meine Schuld, keine Frage. Das machten mir alle sehr klar.

Sie brachten mich ins Atelier und zeigten mir die Stelle, wo zwei unserer liebevoll gebauten Verpackungen aufgerissen, die Styroporhülle weggeschnitten und die Bilder gestohlen worden waren; dann drehten sie mich um und zeigten mir die kleine Tür, durch die wir gekommen waren, und an der das Sicherheitsschloß nur noch an einer Schraube hing.

»Ein ordentlicher Tritt«, sagte Inspektor Pascoe, »mehr hat es nicht gebraucht. Die ganzen Riegel an der Tür«, – seine Hand zeigte auf den schimmernden Stahl – »und du machst einfach nur zu. So ist es mit der Hälfte der Einbrüche, zu denen wir gerufen werden. Nicht abgeschlossen, Alarm nicht eingeschaltet ... Weiß Gott, was die Versicherung dazu sagen wird. Wieviel, sagten Sie, waren die beiden Gemälde wert?«

»Ich sagte gar nichts.« Mr. Farrants Stimme klang kalt, hart, erbittert, und seine Augen waren auf mich fixiert. »Da müssen sie Mr. Carrs Agenten fragen; ich kümmere mich um sein Geld«, – *und seine Leute*, sagten seine Augen – »nicht um seine Werke. Ich sagte allerdings, daß sich ihr Wert gerade verdoppelt hat. Zumindest auf dem Schwarzmarkt. Zwei neue, noch nicht gezeigte Bilder, die das Herzstück von Mr. Carrs neuer Ausstellung hätten bilden sollen? Mit dieser Geschichte sind sie fast unbezahlbar.«

»Welche«, krächzte ich, hustcte und setzte mit einem ängstlichen Flüstern neu an, »welche beiden waren es?«

»Wenn deine Aufschriften stimmen«, sagte Mr. Farrant abschätzig, als könne ein Junge, der nicht ordentlich abschließen kann, vermutlich gar nichts richtig machen, »sind es das Porträt seines ältesten Freundes und das seiner Mutter. Natürlich werden wir alle Verpackungen öffnen müssen, um nachzusehen.«

Natürlich. Obwohl die Beschriftungen stimmten, das wußte ich. Ich wußte es, und wäre am liebsten gestorben. Von allen Bildern, die sie hätten mitnehmen können, würde der Verlust dieser beiden Skip am härtesten treffen.

»Ich brauche eine unterschriebene Aussage von dir,

Daniel«, sagte der Inspektor. »Wann du hier weggegangen bist, wer bei dir war, wieso du weggegangen bist. Am besten auf dem Revier, denke ich. Dort können wir es auch gleich aufnehmen.«

Ich nickte schluckend. Ich konnte hören, was er nicht sagte, was alle dachten: daß ich damit zu tun haben könnte, daß ich vielleicht absichtlich alle aus der Mühle gelockt hatte, damit die Diebe einfach reinkommen konnten, ein ordentlicher Tritt, und sie standen direkt in der Schatzkammer …

»Wieso haben sie nur zwei mitgenommen?« platzte ich heraus, fast ehe es mir bewußt war.

»Vielleicht hatten sie nicht mehr Platz, falls sie in einem Auto gekommen sind. Oder sie waren bei ihnen bestellt worden; die meisten Kunsträuber arbeiten auf Kommission, sie nehmen mit, was ihre Kunden wollen und wofür sie zahlen können. Das finden wir heraus. Vielleicht. Jetzt komm, Junge.« Seine Hand auf meiner Schulter dirigierte mich wieder nach draußen. »Ich setz dich in ein Auto, und wir sehen uns in Kürze auf dem Revier, okay?«

Sie ließen mich ein paar Stunden warten; ich saß auf einem harten Stuhl in einem kalten Flur und sah Männer in Uniform kommen und gehen und auch ängstliche oder besorgte oder wütende Zivilpersonen. Ich saß da und beobachtete alles und empfand nichts als Kälte und Verzweiflung. Ich war sofort wieder total nüchtern geworden; ich wußte genau, wie tief ich im Schlamassel steckte, und dieses Verhör bei der Polizei war noch das wenigste.

Hoffte ich zumindest. Da man mir nicht mehr zur Last legen konnte als Dummheit und Fahrlässigkeit, hatten sie keinen Beweis, um mich zu beschuldigen. Nur einen Verdacht, und sie konnten die Schuld nicht alleine auf mich abwälzen. Es sei denn, sie brauchten so nötig eine Verhaftung, daß sie es mir in die Schuhe schieben würden. Vielleicht sollte ich um einen Anwalt bitten; aber im Fernsehen war das so gut wie ein Geständnis. Außerdem hatte ich keinen Anwalt. Und nach dem hier auch keine Freunde mehr, dachte ich. Und kein Zuhause und keine Hoffnung …

Endlich erschien Inspektor Pascoe und bat mich ins Vernehmungszimmer. Ich nehme an, er war ein ehrlicher Bulle; jedenfalls nahm er alles auf, was ich sagte, machte ein paar Notizen, stellte ein paar Fragen, nickte schließlich und stellte den Recorder ab.

»Na schön, mein Sohn. Wir lassen das als Aussage abtippen und bitten dich, zu unterschreiben, und dann sind wir mit dir fertig. Der Barmann im Pub hat sich übrigens an dich erinnert, mach dir darüber also keine Sorgen.«

Ein Alibi bedeutete allerdings nicht, daß ich nichts damit zu tun hatte. Das konnte sogar ich mir denken. Er hatte den Barmann wahrscheinlich gefragt, ob ich irgendwelche Anrufe gemacht hatte, vielleicht bei meinen Komplizen, um zu sagen, daß die Mühle jetzt leer sei; zum erstenmal war ich dankbar dafür, daß ich alleine war und niemanden hatte, den ich hätte anrufen wollen.

Nach einer weiteren Stunde brachten sie mir ein Protokoll zum Unterschreiben. Die ganze Zeit hatten sie mich im Vernehmungszimmer schmoren lassen, und ich glaubte immer noch, sie wollten mich so lange wie möglich festhalten, falls noch jemand mit einem Beweis gegen mich auftauchen sollte. Ein junger Kerl in London – sie wußten, daß es ihnen schwerfallen würde, mich später wieder aufzufinden; wenn ich wollte, konnte ich einfach verschwinden, kein Problem. Es könnte mir Ärger bringen, später vielleicht noch größeren Ärger, aber jetzt gleich zu verschwinden, ja, das ginge.

Ich hätte es nie gemacht, wenn ich die Wahl gehabt hätte, aber ich dachte, es vielleicht trotzdem tun zu müssen, ich könnte dazu gezwungen sein. Ich dachte, vielleicht würden mich meine Füße nie wieder zurück zur Mühle tragen. Nicht vor dem Gesetz würde ich abhauen; aber Skip würde so wütend sein, daß ich nicht glaubte, mich ihm stellen zu können. Besonders, wo er ja recht hatte, es gab kein Wort der Entschuldigung, das ich hätte sagen können. Die Polizei glaubte, ich könnte in den Raub verwickelt sein, und das stimmte nicht; aber trotzdem war ich verantwortlich. Skip hatte mir vertraut und ich hatte ihn schmählich im Stich gelassen, und plötzlich hatte der feigste Teil von mir die Kontrolle und sagte, daß ich Skip nie, nie wieder würde sehen wollen …

Ich glaube nicht, daß die Polizei das so genau nachvollzog, obwohl sie sich hätten denken können, daß ein junger Mann nur widerwillig in ein Haus zurückkehren würde, wo er so viele Schwierigkeiten heraufbeschworen hatte. Vor allem, glaube ich, wollten sie einfach sicher sein, wo sie mich finden konnten, wenigstens diese Nacht.

Als sie endlich mit mir fertig waren, sagte Inspektor Pascoe jedenfalls: »Und jetzt raus, Junge. Da wartet ein Auto auf dich, das dich nach Hause bringt.«

Nach Hause? Das war wohl ein Witz. Bestimmt. Ich konnte mir nicht vorstellen, welcher Empfang mir dort bevorstand, nur daß es kein Begrüßungskomitee sein würde.

Er ließ jedoch mir keine Chance, nein zu sagen oder mich durch einen Seitenausgang zu verdrücken; er führte mich selbst hinaus und übergab mich einem streng aussehenden jungen Beamten, in dessen Hand Autoschlüssel klirrten.

So wie mein Leben verlief, erwartete ich fast, daß der Beamte auf halbem Weg haltmachen und mir die Hand in die Jeans stecken würde. Ich fing an, Sex mit Katastrophen zu assoziieren, so viel kriegte ich von beidem ab.

Es geschah nicht, aber während ich ihn beim Fahren beobachtete, stellte ich es mir vor, in der Hoffnung mich in meiner Phantasie zu verlieren; das war so viel besser, als die Alternative, nämlich zu grübeln, was passieren würde, wenn ich zur Mühle zurückkam.

Er fuhr in Hemdsärmeln; es war nicht schwer, ihn sich nackt vorzustellen. Seine breiten, starken Unterarme waren mit weichem blonden Flaum bedeckt, der zu seinen Haaren paßte; so würde auch sein übriger Körper sein, dachte ich, muskulös und überall leicht behaart, obwohl man nahe rankommen mußte, um es zu sehen. Er würde mich bestimmt nahe rankommen lassen. Vielleicht würden wir's nicht im Auto treiben; er würde nicht Gefahr laufen wollen, daß jemand uns sah, nicht in einem Polizeiauto, wo sein Job auf dem Spiel stand. Nein, er würde mich mit zu sich nehmen. Wir würden uns beide ausziehen, und ich würde ihn überall ablecken und knuddeln dürfen, bevor ich weiter runterginge, wo die Haare dichter zwischen seinen Beinen wachsen und sein Schwanz kühn herausragen und seine Eier verdeckt sein würden …

Aber das war nicht das, was ich wollte, er war nicht der Mann, nach dem ich mich sehnte, den ich bestimmt verloren hatte; ich versuchte es, aber der Traum funktionierte nicht einmal ein paar wenige Minuten. Die Realität nagte zu hart an mir. Ich starrte aus dem Fenster, betrachtete die Lichter der Stadt und erschauerte vor Kälte, als wir näher an den Fluß kamen.

Viel zu früh erreichte er den Pub und bog von der doppelspurigen Straße ins Industriegebiet ab; viel zu früh trat er auf die Bremse und parkte das Auto auf der Straße vor der Mühle.

Ich dankte ihm benommen für die Fahrt und stieg aus; er

blieb sitzen und beobachtete mich, bis ich zu dem großen dunklen Gebäude und hinten an das Tor gekommen war. Dann hörte ich, daß er losfuhr, und hätte immer noch abhauen können; aber ich wußte nicht, wohin, und kannte keinen, an den ich mich hätte wenden können. *Besser den Teufel, den man kennt*, dachte ich. Schließlich hatte ich hier ein Bett, falls sie mich nicht gleich rauswarfen; und mein ganzes Zeug war auch hier. Nicht viel davon war mir etwas wert, nur das Buch, das Skip mir gewidmet hatte, aber das wollte ich wirklich nicht verlieren. Er hatte gesagt, es sei viel wert, vermutlich hätte ich es schon deshalb behalten sollen, obwohl ich den Gedanken, es zu verkaufen, nicht ertragen konnte …

Wie dem auch sei, ich lief nicht weg. Ich ging ängstlich ans Tor und zögerte nur ganz kurz, ehrlich, nicht länger als eine Minute, oder vielleicht zwei, aber nicht mehr, nicht viel mehr, allerhöchstens fünf – bevor ich sie aufstieß und hineinging.

* * *

Der Flur war leer, aber in der Höhle konnte ich Stimmen hören. Links war eine Treppe, die ich hochschleichen konnte, um direkt auf mein Zimmer, ins Bett zu gehen; sie würden nicht einmal wissen, daß ich gekommen war. Noch eine Nacht trocken und warm unter Skips Dach schlafen – oder eher wachliegen, schwitzen und grübeln und versuchen, mich in den Schlaf zu weinen, und nicht mal das schaffen – und am frühen Morgen mich fortstehlen, bevor jemand auf war; sie würden es erst merken, wenn jemand mein Zimmer kontrollierte und feststellte, daß meine Sachen weg waren.

Ich hätte es tun können, tat es aber nicht. Irgendwie hatte ich beim Hereinkommen meinen Mut wiedergefunden; ich ging durch den Flur auf die Tür der Höhle zu.

Da hörte ich jemanden in der Küche, klappernde Becher; und vielleicht war ich doch nicht so mutig, denn ich ging doch diesen Weg. Ich dachte mir, es sei leichter, einer Person gegenüberzutreten als allen auf einmal. Und wenigstens würde es nicht Mr. Farrant sein. Der machte keinen Kaffee, der ließ sich Kaffee machen …

In Wirklichkeit war jedoch nicht eine Person in der Küche, es waren zwei; beide Jamies, die sonderbar still waren, bevor sie sich umdrehten und mich sahen.

Eine oder zwei Sekunden lang starrten wir uns an; ich weiß nicht, wonach sie suchten, aber ich, ich suchte nach einem Zeichen, irgendeinem Zeichen von Freundschaft – und konnte keines sehen.

»Äh, hi«, murmelte ich schließlich. Einer von uns mußte etwas sagen. »Ich bin wieder da …«

Sie nickten wie zwei Marionetten an einem Faden; dann zeigte einer auf den Kessel und die Becher, die daneben standen. »'n Kaffee?«

»Ja. Bitte. Das wär toll …« Bei der Polizei hatte ich etwas, Tee oder Kaffee, in einem Plastikbecher bekommen, hatte aber nichts trinken können.

»Hast du schon gegessen?« fragte mich der andere Jamie.

»Nein.«

»Willst du? Solltest du. Ich könnte rasch was machen …«

»Nein. Danke, aber ich könnt jetzt nicht.« Die Polizei hatte mir auch was angeboten, und ich hatte die gleiche Antwort gegeben. Ich hätte kotzen müssen, glaube ich, wenn ich versucht hätte, etwas zu schlucken.

Jamie akzeptierte das mit einem weiteren Nicken und holte noch einen Becher aus dem Schrank. Ich stand da und sah zu, wie sie den Kaffee machten und die Becher füllten, dann erntete ich von beiden ein knappes Lächeln, als ich vortrat, um beim Tragen zu helfen.

Raus aus der Küche, durch den Flur in die Höhle: mir schwirrte der Kopf, meine Beine zitterten, ich starrte in die dampfende Flüssigkeit in den Bechern und konzentrierte mich krampfhaft darauf, nichts zu verschütten und nicht auf der Stelle umzukippen.

Ich hob den Kopf erst, als ich die Becher vorsichtig auf dem Tisch in der Mitte des großen Zimmers abgestellt hatte. Das Gespräch war abgebrochen, als ich hereingekommen war; ich richtete mich in der schrecklichen Stille auf und schaute mich um.

Alle waren da. Einige schauten mich an, andere demonstrativ nicht. Mr. Farrant stand mit einem Glas Whisky am anderen Ende des Zimmers; er schaute. Er hatte darauf gewartet, glaube ich, daß ich ihn anschaute.

»Ich bin froh, daß du zurückgekommen bist, Danny«, sagte er leise.

»Sie, sie sind …«

»Oh, ja. Ich glaube Skip wird mit dir reden wollen; ich bin dessen sicher. Er wäre enttäuscht gewesen, wenn er dich nicht gefunden hätte. Obwohl ich glaube, daß ich dich rechtzeitig gefunden hätte.«

So etwas hatte er schon einmal gesagt; ich hatte beim erstenmal geglaubt, Angst bekommen zu haben. Diesmal muß ich sichtbar gezittert haben. Er lächelte nur, nippte an seinem Whisky und streckte die andere Hand nach einem Kaffee aus.

Danach sagte keiner mehr viel, weder zu mir, noch überhaupt. Man ging ins Bett, einzeln oder zu zweit. Ich saß zusammengekrümmt in einer Ecke, wollte nichts wie raus hier und war zu ängstlich, um mich zu rühren, voller Schrecken, ich könnte Mr. Farrants Aufmerksamkeit erregen oder die eines andern.

Schließlich retteten mich die Jamies; sie kamen herüber,

und der eine berührte mich an der Schulter, und der andere nahm meine Hand. »Komm, Süßer«, murmelten sie. »Das ist hier kein Platz für dich zum Rumhängen.«

Unter Mr. Farrants stummem aber teuflischen Starren führten sie mich hinaus. Schon dafür war ich ihnen dankbar, aber sie ließen mich draußen nicht los; statt dessen zogen sie mich leise über die Treppe ganz nach oben in ihr Schlafzimmer.

Es war ein einziges Chaos, alle Sorten von Abfall über den Boden verteilt, Neonröhren und ausgeweidete Computer und Gott weiß was sonst. Aber es gab einen schmalen Pfad zum Bett, und dahin brachten sie mich.

»Wir wollen uns ja nicht aufdrängen«, sagten sie, »aber du solltest heute nicht allein schlafen. Das ist das letzte, was du brauchen kannst. Wir kuscheln nur, du kannst das Fleisch auf unserem Sandwich sein, und mit 'n bißchen Glück kriegst du so 'n Auge voll Schlaf.«

Es ist unsere letzte Chance, das sagten sie nicht, *also machen wir das Beste draus, hm?*

Na schön, wieso nicht? Ich war ganz froh, etwas Gesellschaft zu haben. Sie hatten recht, alleine hätte ich kein Auge zugemacht.

Wir zogen uns rasch aus, heute nacht spielte keiner irgendwelche Spielchen; dann kuschelten wir uns zusammen in das breite Bett. Von beiden Seiten preßte sich ein warmer Körper an mich, um meinen Hals lag ein Arm und an jeder Schulter ein Kopf, schlaffe Hände auf meiner Brust und meinen Schenkeln: einen Monat früher hätte ich gedacht, ich sei im Himmel. Jetzt war es ähnlich wie die Hölle, nur mit Zuckerguß; der Morgen würde fürchterlich werden und mein ganzes Leben danach auch, aber jetzt im Augenblick war es erträglich …

Und so ertrug ich es, Moment für Moment, bis ich einschlief.

Nachts wachte ich ein paarmal auf, nahm mühsam eine neue Position ein und spürte, wie sie sich um mich her bewegten und im Halbschlaf murmelten. Beim drittenmal war ich nur halb wach: ich nahm das wunderbarste Gefühl der Welt wahr, kühle Finger, die meinen steifen Schwanz drückten, und als ich mich erinnerte, wie schrecklich alles war, wurden die Finger durch einen warmen Mund ersetzt, und es war zu spät, sich alles durch eine Depression verderben zu lassen.

Wir trieben es langsam und still miteinander, bewegten uns kaum, nur seine Lippen und die Zunge waren träge am Werk, während meine Finger in seinen Haaren wuschelten. Es ist erstaunlich, wie lange man so weitermachen kann, ohne Hast, ohne Drang nach Abspritzen. Es machte mich glücklich, ich fühlte mich wohl, und selbst die Uhr schien stillzustehen, so daß die Zeit nicht so langsam verging, während er mich nur um Haaresbreite vor dem Kommen hielt. Ich wünschte mir, er würde mich ewig so halten.

Schließlich erledigte seine Hand die Sache, die mir die Eier streichelte und an der zarten Haut dahinter kitzelten, während sich der Daumen tief an der Schwanzwurzel hineinbohrte; ich kam in einem Schwall, mit einem Luftschnappen und einem Seufzer der Enttäuschung.

Der andere Jamie hatte sich nicht gerührt, ich glaube, er war gar nicht aufgewacht.

Ich schlief wieder ein und wachte wieder auf; und diesmal bei strahlendem Licht in dem Schacht und in Gewißheit der Katastrophe.

Es hatte keinen Sinn, sich länger im Bett zu verstecken, und heute früh würde ich die Jamies nicht bitten, mich zu beschützen wie letzte Nacht. Ich rutschte zwischen ihnen hervor, blies ihnen einen Kuß zu, den sie sich teilen konnten, und quälte mich in meine Klamotten.

Ich dachte, am besten wäre es, in mein Zimmer zu gehen und zu packen, bevor ich nach unten ging; aber das tat ich nicht. Ob ich mich an einen letzten Strohhalm der Hoffnung klammerte oder nur die letzte Anerkennung des Unausweichlichen verweigerte, wußte ich nicht und weiß es bis heute nicht. Ich weiß nur, daß ich den ganzen Weg hinunterstolperte, in die Küche ging und auf Skip stieß, der auf mich wartete.

Mr. Farrant war bei ihm, sagte aber kein Wort. Das war auch nicht nötig; Skip sagte alles.

»Danny, machen wir's kurz, ja?« sagte er. »Das ist leichter für uns beide. Ich hab dir vertraut, und du hast mich bitter enttäuscht. Und nicht nur mich, sondern auch eine Menge anderer Leute. Ich habe die Ausstellung abgesagt; ich will keine derart unvollständige Sammlung zeigen. Das kostet uns alle mehr Geld, als du dir vorstellen kannst, aber das Geld ist nicht das Wichtigste. Wichtiger ist, daß meine Mutter und mein Freund ihre Porträts jetzt wahrscheinlich nie zu sehen bekommen werden; was mir am wichtigsten ist, ist, daß meine Werke ein Teil von mir sind, ich lege meine Seele in das, was ich male, und deinet- und deiner kriminellen Fahrlässigkeit wegen wurde mir ein Teil meiner Seele geraubt. Wenn du willst, kannst du die Schuld auf die Diebe schieben, aber ich werfe es dir vor, ganz allein.«

Er hatte unrecht. Am wichtigsten war der Zorn in seiner Stimme und die Kälte in seinen Augen. Ich wäre lieber gestorben, als so von ihm angeblickt zu werden.

»Willst du–« Meine Stimme brach; ich schluckte gegen eine trockene, schmerzende Kehle an und versuchte es erneut. »Willst du, daß ich gehe?«

»Ja, Danny«, sagte er. »Ich will, daß du gehst. Und ich will nie wieder etwas von dir sehen oder hören, ist das klar?«

Es war glasklar, klar wie die zerbrochenen Stücke meines

Glasherzens. Ich stieg hinauf in das Zimmer, das meines gewesen war, und schlug das Buch in meine Kleider, um es zu schützen; dann schleppte ich meine Tasche nach unten und ging, ohne noch einmal in die Küche zu schauen, um mich zu verabschieden. Ich nahm an, das wäre ihm recht so, und ich wollte immer noch tun, was er wollte, mehr denn je.

Ich trat aus der Mühle, ohne zurückzuschauen; ich hätte ohnehin nichts sehen können, wegen der bitteren Tränen, die jetzt endlich flossen und mich für alles außer der Straße unter meinen Füßen und die leere, hoffnungslose Zukunft, die vor mir lag, blind machten.

VIERZEHNTES KAPITEL

Als zwanzig Minuten später der Bus kam, schniefte ich immer noch. Ich muß fürchterlich ausgesehen haben, ungewaschen, in den Klamotten von gestern, mit roten Augen und tränenverschmiertem Gesicht; der Kerl musterte mich genau, bevor er mein Geld nahm, und ich glaubte schon fast, er würde mich rauswerfen.

Ich verkroch mich aber rasch in eine Ecke, und er ließ mich in Ruhe. Vielleicht war er es gewohnt, schluchzende Jungs hier aufzunehmen, vielleicht hatte Skip noch andere Herzen gebrochen. Das glaubte ich aber nicht. Niemand hatte sich je so elend gefühlt wie ich. Wenn er unfair oder ungerecht gewesen wäre, wäre es vielleicht etwas anderes gewesen, ein Funke Ärger oder Abneigung hätte mich angefeuert; aber an allem war ich selbst schuld, ich hatte meine Chance selbst verpatzt, meine einzige Chance auf Glück, wie es mir schien, und ich war untröstlich.

Als die Straßen draußen mir allmählich bekannt vorkamen, stieg ich an der nächsten Haltestelle aus. Ich war mir nicht sicher, ob ich da war, wofür ich bezahlt hatte – Stadtmitte hatte ich verlangt, mehr wußte ich nicht – aber es würde schon gehen. War sowieso egal. Wenn man nicht weiß, wo man hin soll, was spielt es da für eine Rolle, wo man ist? Eine Straße war so gut wie die andere, und alle Straßen führten in die Hölle …

Doch ich wußte ziemlich genau, wo ich war. Da drüben war Soho, und da hinten der King's Cross Bahnhof; es waren meine einzigen Erkennungszeichen in London, und im Moment nützten sie mir gar nichts. King's Cross bedeutete nur, wieder nach Hause zu fahren – oder eher wieder ins Haus meines Vaters, denn ein Zuhause hatte ich nicht mehr. Aber das kam nicht in Frage, selbst wenn ich mir die Fahrkarte hätte leisten können. Und Soho war vielleicht die Boje für gestrandete Jungs wie mich, aber da konnte ich jetzt nicht hin. Beim ersten Mal war ich ins Spinnennetz der Träume und Enttäuschungen der Mühle gezogen worden; ich hatte in den letzten Tagen so viel gesehen und verloren, und wieder durch die engen, bevölkerten Straßen zu wandern, würde nur Salz in die Wunden meiner blutenden Seele streuen.

Außerdem bestand ständig die Gefahr, Luigi in die Arme zu laufen oder einem anderen der dutzend Jungs, die ich auf der Party kennengelernt hatte; oder noch schlimmer, ich könnte Abe Hoffman sehen, der nicht in seiner Galerie sein würde, weil es keine Ausstellung mehr gab. Alles meine Schuld. Ich könnte sogar Skip sehen; er würde sicher mit Abe sprechen müssen, wahrscheinlich beim Mittagessen. Und sollte ich zufällig Skip sehen, konnte ich mich auch direkt vor das nächste Taxi werfen, bevor ich vor Elend wieder in Tränen zerfließen würde …

Also nein. Nicht Soho.

So daß es nur einen Weg gab: ich schulterte meine Tasche und machte mich in die ungefähre Richtung zu King's Cross auf.

Nicht, um in einen Zug zu steigen, das war das letzte, was ich vorhatte. Ich war absolut am Ende, gefangen in einer

Stadt, die ich plötzlich haßte, obwohl sie mir vor Tagen noch so golden erschienen war. Nein, ich ging zu jemandem, mit dem ich schon einmal geredet hatte. Letztes Mal, als ich ihn um einen Rat gebeten hatte, hatte er mich beschimpft; aber selbst das war nützlich gewesen, es hatte meine Träume von einer gemütlichen Gemeinschaft von Strichern zerstört, in der jeder sich um den andern kümmert und immer bereit ist, einem Neuling zu helfen. Ich hatte also Hilfe gebraucht, um die Welt so zu sehen, wie sie wirklich war; jetzt brauchte ich wieder Hilfe und wußte nicht, an wen ich mich sonst wenden sollte.

Ich kam zum Bahnhof und stapfte ohne zu zögern die Stufen zur Toilette hinunter. Ich war mir keineswegs sicher, wie er mich empfangen würde, ob er mir ins Gesicht spucken oder mich schlagen oder vom Wärter rauswerfen lassen würde; aber nach diesem Morgen, als Skips Augen mich angespuckt, seine Kälte mich geschlagen und seine Stimme mich rausgeworfen hatten, war das auch egal. Jetzt war ich auf alles gefaßt; das Schlimmste war mir passiert, und ich hatte es überlebt, irgendwie. Danach mußte ich doch wohl immun sein?

Am Drehkreuz bezahlte ich meine zwanzig Pence und dachte mir, für einen guten Rat sei das billig, wenn ich denn einen bekommen würde. Die anderen Möglichkeiten – na, was soll's. Auf jeden Fall würde ich etwas lernen, und solange ich Geld hatte, machte es mir nichts aus, für meine Ausbildung zu zahlen.

Natürlich gab es immer noch die Möglichkeit, daß der Junge gar nicht da war, daß er so früh nicht arbeitete – aber da war er. Nicht mit einem Kunden, sondern er lehnte an der offenen Tür zur Wärterkabine und quatschte mit dem Kerl darin.

Als ich hereinkam, blickte er automatisch auf, um zu

checken, ob ich nur pissen wollte oder auf Action aus war; dann klingelte es bei ihm, wer ich war, und er richtete sich auf, erstarrte und beobachtete mich mißtrauisch. Ich konnte ihm seine Gedanken vom Gesicht ablesen: ich hatte meine Tasche wieder auf dem Rücken, vielleicht wollte ich ja die Stadt verlassen und mußte nur noch mal pinkeln. So sah ich allerdings nicht aus, das wußte ich; ich sah aus wie ein Junge, der in Schwierigkeiten steckt; und als ich nicht zu den Pinkelbecken ging oder in eine Kabine zum Kacken, kam er auf mich zu.

»Was zum Teufel machst du hier? Ich hab dir doch gesagt, du sollst dich verpissen.«

»Ich weiß. Tut mir leid, ich will keinen Ärger. Ich – ich brauch nur was, wo ich hinkann, und ich weiß nicht, wo.«

»Was, und da meinst du, ich würd dir helfen?« Er starrte mich ungläubig an, was ich ihm nicht vorwerfen konnte.

»Bitte! Ich kenn sonst keinen ...« Zu mir war sowieso keiner mehr nett.

»Du hast ja keine Ahnung, Kleiner.« Aber sein Gesicht veränderte sich, verlor seine Feindseligkeit; vielleicht gefiel es ihm, oben zu sein und angebettelt zu werden. Das passierte sicher nicht oft. »Hast'e Geld?«

»Ein bißchen, ja.« Dank Mr. Farrant, der mich nach der Party ausgezahlt, und Luigi, der mich gestern in den Pub mitgenommen hatte. Das war es allerdings, und ich sah keine Chance, etwas dazuzuverdienen. Soho war der einzige Ort, an dem ich vielleicht einen Freier abschleppen konnte, und dahin konnte ich nicht zurück.

»Dann sag ich dir was. Ich kenn da so 'n Macker, der gibt dir 'n Bett für 'n Zehner die Nacht. Haste 'n Stift?«

Er nannte mir eine Adresse, die ich auf den Handrücken schrieb. »Das war's dann aber. Komm bloß nicht wieder. Ich bin nicht für dich verantwortlich, kapiert?«

»Ja, klar.« Niemand war für mich verantwortlich außer mir selber; und darin hatte ich total versagt. »Danke …«

Er nickte kurz und wandte sich ab.

Als ich im Stadtplan nachschaute, lag die Straße am Südufer und weit im Osten. Mit der U-Bahn und dann dem Bus kam ich hin; es war eine echt verlotterte Gegend mit zugenagelten und mit Graffiti besprühten Schaufenstern, und nur noch ein paar Läden hatten geöffnet.

Die Nummer, die er mir genannt hatte, gehörte zu einer großen viktorianischen Villa, die einmal ziemlich elegant gewesen sein mußte, aber das war lange vorbei. Der kleine Vorgarten war jetzt ein Dschungel, und von der großen Eingangstür blätterte die Farbe ab; ein paar Fenster waren mit Pappe vernagelt, und durch die anderen konnte man vor Dreck kaum hindurchsehen.

Ich drückte die Klingel, konnte sie nicht hören und suchte vergeblich nach einem Klopfer, worauf ich schließlich mit den Fäusten hämmerte.

Kurz darauf hörte ich Schritte, und die Tür ging auf.

Der Kerl, der vor mir stand, war groß und dürr und hatte sich seit Tagen nicht rasiert. Seine Haare waren lang und strähnig, mit 'ner Platte oben, und hatten graue Strähnen; er mußte gegen fünfzig oder sogar noch zehn Jahre älter sein.

Er schaute mich von oben bis unten an und lächelte. Seine Zähne sahen so grauenvoll aus wie der übrige Kerl; ich mochte nicht daran denken, wie sein Atem riechen würde.

»Mr. Kelly?«

»Stimmt. Willst'e 'n Zimmer, Kleiner?«

Nein, aber ich war verzweifelt. »Äh, ja«, brachte ich heraus und versuchte, zurückzulächeln. »Bitte. Wenn Sie eins haben …«

»Komm rein.«

Er führte mich über mehrere Absätze einer quietschenden Treppe ohne Belag hinauf, um dann eine Tür aufzustoßen, die keinerlei Klinke hatte.

Es war ein kleines, stickiges Zimmer; bis auf drei zusammengerückte Betten und ein Stück eingerissenen Linoleums auf dem Boden war es leer. Ich trat ein und ließ meine Tasche auf das nächste Bett fallen, sah, wie dreckig die Matratze war, und hoffte nur, daß der Geruch von nichts Schlimmerem als von aufsteigendem Dampf kam.

»Macht zehn Mäuse fürs Bett«, sagte Mr. Kelly und streckte die Hand aus. »Du hast Glück, vielleicht hast du das Zimmer für dich, wenn heut abend keiner mehr kommt.«

»Äh, was ist mit 'ner Decke und 'nem Kissen?« Nach Laken zu fragen, hatte wohl keinen Sinn.

»Das macht noch mal fünf.«

Ich seufzte und stritt nicht herum. Ich gab ihm einfach das Geld. Morgen würde ich nach etwas anderem suchen; für heute hatte ich zuviel Liebeskummer.

Plötzlich knurrte mir der Magen und erweckte einen schmerzhaften, drängenden Hunger zum Leben; mein letztes Essen war das vorgezogene Mittagessen gestern mit Luigi gewesen.

»Gibt's hier irgendwas, wo ich was zu essen kriege?«

»'n Fisch und Chips, die Straße runter«, sagte er, »aber bring ja nichts mit rein. Ich will hier keine Sauerei oder Gestank.«

Angesichts des Zustands des Hauses war das ein Witz, aber ich nickte nur. Ich würde sowieso lieber an der frischen Luft essen.

Meine Tasche nahm ich mit. Ich hatte nicht vor, ihn mit seinen verschwitzten Fingern in meinen Sachen wühlen und Flecken auf Skips Buch, den einzigen Schatz, der mir geblieben war, machen zu lassen.

Ich fand den Imbiß und dann einen kleinen Park, in dem ich mich auf eine Bank setzte und aß und das fettige Essen mit einer warmen Dose Cola runterspülte. Als ich fertig war, legte ich mich in der warmen Sonne in das spärliche Gras, schloß die Augen und erinnerte mich an das letzte Mal, als ich so etwas getan hatte, in dem Park in Soho, wo alles angefangen hatte. H*ey, Kleiner. Hey, du, Blonder. Du mit dem Apfel …*

Gott, alles schien so lange her. Damals war mir auch elend gewesen, aber es war seitdem so viel mit mir passiert; ich war aus dem Elend erlöst worden, hatte einen Blick in den Himmel werfen dürfen, um dann wieder grausam fallengelassen zu werden, und diesmal so viel tiefer. Jetzt würde mir niemand mehr einen Ausweg zeigen, Wunder geschahen nicht zweimal.

In meine geschlossenen Augen traten Tränen, und ich wäre am liebsten gestorben. Ich haßte mein Leben, haßte mich dafür, verpfuscht zu haben, was so schön hätte werden können; wenn der Fluß in der Nähe gewesen wäre, wäre ich, glaube ich, hingegangen und reingesprungen.

Statt dessen rappelte ich mich auf und machte einen Spaziergang durch die Straßen. Als mir die Füße wehtaten, fand ich einen Pub mit Satellitenfernsehen und verbrachte den Rest des Tages damit, in einer Ecke zu sitzen, ein paar Bier zu süffeln, langsam, damit sie länger hielten, und abwesend in der Glotze Sport, Gameshows, Nachrichten und alles andere zu schauen, was mich vom Denken abhalten konnte.

Nach Lokalschluß ging ich zum Haus zurück. Ich war nicht betrunken, nur ein bißchen beschwipst; mit etwas Glück würde mir das beim Einschlafen helfen.

Die Haustür stand offen, und da waren Stimme und das Geräusch einer Glotze aus einem Zimmer im Erdgeschoß.

Ich wollte niemanden sehen, und außerdem würde Mr. Kelly für Fernsehgucken bestimmt extra berechnen. Ich ging direkt auf mein Zimmer.

Auf einem der Betten lagen ein dünnes Kissen und ein paar abgewetzte Decken, aber die beiden anderen waren noch leer. Ich seufzte erleichtert, verstaute meine Tasche und entschied mich gegen Waschen; wenn das Bad so aussah wie das übrige Haus, war es wahrscheinlich dreckiger als ich. Ich zog mich nur aus, breitete die Decken aus, drehte das Licht ab und stieg ins Bett.

Alles war so grauenvoll, so ganz anders als das, was ich kurz gehabt hatte; ich war entschlossen, nicht wieder zu weinen, aber trotzdem kamen die Schluchzer. Ich zog mir eine Decke über den Kopf, vergrub ihn im Kissen und versank in Verzweiflung.

* * *

Ich war immer noch wach und verzweifelt, als ich eine Stunde später hörte, daß die Tür aufging. Einen Moment, einen blinden, dummen Moment lang, wagte ich zu hoffen, es sei nur ein verlorener Junge wie ich, der spät auf Mr. Kellys Schwelle gelandet war; aber das konnte ich nicht einmal mir vormachen. Das, dachte ich mir, würde der andere Teil meiner Miete sein: der Aufpreis dafür, ein Zimmer für mich zu haben.

»Junge? Bist du wach, Junge?«

»Ja«, knurrte ich.

»Gut.« Er blieb am Fuß des Betts stehen und starrte auf mich herab. Für ihn konnte ich nicht mehr als ein Umriß und ein Schatten sein, aber ich sah ihn deutlich im Licht, das von dem gardinenlosen Fenster hereinfiel.

Er wußte es auch. Langsam glitten seine Hände zum Hals,

und seine langen, knochigen Finger fingen an, die Knöpfe seines Hemds zu öffnen. Eine Sekunde lang dachte ich an Malcolm, wie er auf dem Bett gelegen, mir beim Ausziehen zugeschaut hatte; aber nicht eine Sekunde lang glaubte ich daran, daß Mr. Kelly sich zu meinem Vergnügen einen runterholen würde.

»Du weißt, was ich will, Junge, oder?« Seine Stimme war ein rauhes, krächzendes Flüstern, während er das Hemd beiseite warf und nach seinem Gürtel griff.

»Ja«, sagte ich seufzend. Mich wollte er natürlich; jeder Mann wollte mich, außer dem einen, den ich wollte.

Ihn wollte ich nicht, er war das letzte, was ich heute nacht wollte, aber ich hatte keine Wahl. Ihn einfach zu bitten, mich in Ruhe zu lassen, wäre Luftverschwendung gewesen, das war klar. Er hatte den Gürtel aus der Hose gezogen und spielte damit herum; nur ein Zeichen des Widerwillens, und ich würde das geschmeidige Leder auf meiner Haut spüren. Vielleicht hätte ich ihn abwehren können, obwohl in seinen langen, drahtigen Armen eine Menge Kraft zu stecken schien; aber ich konnte mich weder auf eine Rauferei einlassen, noch darauf, aus dem Haus zu fliegen und die Nacht auf der Straße verbringen zu müssen.

Er ließ die Hose und dann die Unterhose fallen. Ich sah seinen Schwanz, lang und schlank wie er selbst, hervorstehen und an der Spitze schon glitzern. Wenigstens würde es nicht lange dauern, dachte ich und war froh über die Decke, die den Schauer verbarg, der mich bei dem Gedanken an seinen über mir zappelnden Körper überlief. Er sah aus, als würde er auf eine einzige Berührung hin kommen.

Soviel Glück hatte ich aber nicht. Er riß die Decke weg und betrachtete meinen nackten Leib. Selbst jetzt, sogar bei ihm und trotz meiner Niedergeschlagenheit, wurde mein Schwanz steif und zeigte verräterisch auf seinen.

Das interessierte ihn allerdings nicht. Seine Hand spielte eine Weile mit seinem steifen, dürren Schwengel, dann streckte er die Hand aus, packte mich am Knöchel und drehte mich auf dem schmalen Bett um. Noch immer hielt er diesen Gürtel locker in der Hand; ich leistete keinen Widerstand.

Trotzdem gab es plötzlich ein hohes, zischendes Geräusch, und auf meinen Backen brannte es wie Feuer. Ich schrie, mehr vor Schreck als vor Schmerz, obwohl es wehtat; und dann hörte ich ihn feucht kichern und wieder ein Zischen.

Diesmal krampfte ich die Backen zusammen, aber das machte es nur schlimmer. Ich versuchte, mich zu entspannen, aber das war nicht einfach. Mein Leib ächzte vor Spannung und wartete auf das Pfeifen, wenn der Gürtel die Luft durchschnitt und der scharfe Schlag mich versengte.

Er schlug mich ein halbes Dutzend Mal, auf den Hintern und die Oberschenkel. Dann mußte er annehmen, mein Fleisch sei weich genug, denn ich hörte den Gürtel zu Boden fallen; dann quietschte und wackelte das Bett, als er hineinstieg und sich zwischen meine Beine kniete.

Seine harten Hände klatschten auf meinen wunden Arsch und ließen ihn wieder brennen. Dann grub er tief die Finger hinein und zog meine Backen auseinander. Er ließ Speichel in die Spalte rinnen und rieb ihn mit dem Daumen in mein Loch, um es feucht und offen für ihn zu machen; ich spürte seinen langen, scharfen Daumennagel in mir.

Ich gewöhnte mich allmählich daran, daß Männer mich ohne mehr Vorspiel als ein bißchen Spucke, die sie mir in den Arsch rieben, fickten. Woran ich mich nicht gewöhnt hatte, und mich, glaube ich, nie gewöhnen werde, ist das Gefühl, wenn sie in mich eindringen, so daß meine Innereien sich auflösen und ich nur noch will, daß sie sich immer tiefer in diese köstliche Dunkelheit bohren. Selbst wenn es jemand ist, mit dem ich freiwillig niemals schlafen würde, wirkt der Zauber; ich könnte vor purer Lust, einen Mann in mir zu haben, immer noch losheulen, egal, wer der Mann ist.

Selbst wenn es Mr. Kelly war, dessen Körper so abgestanden roch wie sein Haus; selbst wenn mein Herz vor Trauer zerbrochen war, und ich mich vor fünf Minuten noch zusammenrollen und vor schierem Kummer weinen wollte. Ich fühlte mich so voll von Schuld und Selbstekel, daß ich dachte, ich hätte es verdient, es sei eine Strafe; aber dennoch japste ich in echter Lust, als sein Schwanz tief in mich eindrang, wenngleich ich mich für dieses Gefühl noch mehr verachtete.

Er grunzte und stieß, zog sich zurück, bis ich glaubte, er sei draußen, bis nur noch die Eichel in meinem Schließmuskel steckte; und dann stieß er wieder. Und wieder und wieder, während ich seinen Rhythmus aufnahm und ihm den Arsch entgegenhob, in den er hineinhämmerte, und spürte, wie sein Sack bei jedem wilden Bocken an meinen klatschte.

Ich keuchte und schwitzte unter ihm; er drückte meine Schultern runter, reckte seinen Leib hoch über mich und kam mit einem heiseren Schrei. Dann setzte er sich auf die Fersen zurück und zog den Schwanz heraus. Ich stöhnte und fuhr mit der Hand unter meinen nassen Bauch, um meinen glitschigen Schwanz rasch fertigzuwichsen.

Als ich über die Schulter nach hinten blickte, war er wieder angezogen und auf dem Weg zur Tür. Sein Blick traf auf meinen, aber er sagte kein Wort, er nickte nicht einmal. Selbst im Dunkeln konnte ich seine Verachtung erkennen und dachte, ich verdiente sie; die kam nicht im Entferntesten an die Verachtung heran, die ich für mich selbst empfand.

FÜNFZEHNTES KAPITEL

Am nächsten Morgen konnte ich nicht lange schlafen, obwohl ich es versuchte und so tat. Ich hörte Leute herumrumoren, die schwerfällig im Bad aus- und eingingen und die Treppe rauf- und runterkamen; ich rollte mich nur noch fester ein, zog die Knie an die Brust und wünschte mich weg von hier ins Land der Träume.

Ich stand erst auf, als ich im ganzen Haus keine Schritte mehr hörte. Ich wollte allen aus dem Weg gehen, meinem Vermieter und seinen anderen Gästen; mir knurrte der Magen, aber Frühstück war hier vermutlich nicht inbegriffen, und Mr. Kellys Essen hätte ich auch nicht gegessen, wenn er es serviert hätte.

So leise ich konnte, zog ich mich an und schlich über den Flur ins Bad; ich pinkelte rasch, wobei ich wegen des Gestanks aus dem verkrusteten Becken durch den Mund atmete, und huschte zurück. Ich hängte mir die Tasche über die Schulter, schlich auf Zehenspitzen die Treppe hinunter und ging zur Haustür–

–und wurde von einer Stimme, Mr. Kellys Stimme, aufgehalten, die durch die offene Tür zum Wohnzimmer krächzte.

»Du, Junge. Komm her, wir haben auf dich gewartet.«

Meine Füße zögerten, aber Gehorsam, Unterwerfung waren mir zur Gewohnheit geworden; ich hatte noch nie gut nein sagen oder meinen eigenen Weg gehen können, immer brauchte ich jemanden, der mir sagte, was ich tun sollte. Eigentlich wollte ich das sogar, immer; nur nicht von Mr. Kelly.

Trotzdem drehte ich mich um und ging durch diese Tür, wobei ich mich fragte, was mich jetzt wieder erwartete. Nichts Gutes, da war ich sicher, nicht, wenn Mr. Kelly etwas damit zu tun hatte …

Da sieht man mal wieder, wie man sich irren kann. Ich betrat diesen Raum ohne Job und Hoffnung, und als ich eine halbe Stunde später wieder herauskam, hatte ich Arbeit, ich hatte etwas zum Schlafen, und ich hatte wieder einen Traum, und vielleicht sogar die Chance, ihn zu verwirklichen.

Mr. Kelly zog mich natürlich nicht aus Nettigkeit oder Mitleid aus der Misere; er verkaufte schlicht meinen Arsch, aber trotzdem war ich ihm dankbar.

Das Wohnzimmer hatte den ersten Teppich, den ich in dem Haus gesehen hatte; es war mit einem halben Dutzend alter, abgewetzter, schäbiger Sessel eingerichtet, die alle an den Wänden mit Blick auf die Glotze, die ich letzte nacht gehört hatte, aufgereiht standen.

Und alle mit Blick auf mich, als ich langsam in die Mitte des Zimmers trat, aber nur drei waren besetzt. Mr. Kelly war da, ganz nahe an der Tür, von wo er den Flur überblicken konnte und mich hereingerufen hatte; und noch zwei weitere Männer, brutal aussehende Männer in den Dreißigern mit schwarzen, glänzenden Haaren und Straßenklamotten, glattrasiert, aber mit Stoppeln ums Kinn. Sie hätten Brüder sein können, aber ich fragte nicht. Ich fragte überhaupt nichts, das war nicht nötig. Gleich von Anfang an machten sie alles glasklar, alles, was ich wissen mußte: was sie boten und was sie dafür erwarteten.

»Wie heißt du, Kleiner?«

»Danny. Sir«, fügte ich hinzu, als er eine Augenbraue hochzog. Manche Männer fordern einfach Respekt, wie Mr. Farrant, aber noch viel mehr erwarten ihn. Wenn sie in einer Position sind, in der sie ihn erzwingen können, wenn man ihn nicht freiwillig erweist, ist es dumm, es nicht zu tun. Kostet nichts, außer ein bißchen Stolz. Trotzdem komisch, Mr. Kelly hätte ich auch nicht ›Sir‹ genannt, wenn er mir eine Stunde lang den Arsch mit seinem Gürtel versohlt hätte. Ich glaube, jeder Junge hat seine Grenzen; manchmal kann man so viel Stolz einfach nicht opfern oder so tief sinken.

Dieser Kerl allerdings, beide – sie konnten Respekt von mir haben, sie konnten alles haben, was sie wollten. Mir war kein Eigensinn mehr geblieben, es brannte kein Feuer mehr.

»Bist du ausgerissen?«

Ich zögerte. »Nein, Sir.« *Ja, Sir* wäre ehrlicher gewesen, aber schließlich wurde ich nicht polizeilich gesucht. Niemand suchte mich, dachte ich und fühlte mich plötzlich beinahe traurig bis zum Selbstmord.

»Fein.« Es sah nicht aus, als würde er mir glauben, aber das spielte vermutlich sowieso keine Rolle. »Aber du brauchst was, wo du hingehörst, stimmt's? Einen Job und ein Bett, warm zu essen und etwas, wo du dich sicher fühlen kannst? Wie klingt das?«

Ich weiß, wie das klingt, sagten seine Augen. *Für jeden Jungen, der hier auftaucht, hört sich das an wie der Himmel …*

Ich war vorsichtig, ich glaubte nicht mehr an den Himmel, sagte aber trotzdem, was er von mir erwartete, was er hören wollte. »Das klingt wundervoll, Sir …«

»Gut. Ich mag Jungs, die 'n bißchen Begeisterung

aufbringen«, sagte er, als wüßte er nicht, daß es geschwindelt war, als hätte er das Mißtrauen in meiner Stimme oder in meinem schwachen Versuch eines Lächelns nicht wahrgenommen. »Also, hier ist der Deal. Wir« – er deutete auf seinen stummen Partner im Sessel neben ihm – »wir führen einen kleinen Privatclub. Sehr klein, sehr privat. Exklusiv, würde man ihn vermutlich nennen. Für Männer mit besonderen Neigungen, die das, was sie suchen, in Soho nicht finden. Wir suchen immer nach Jungen wie dir, hübschen Jungen.« *Verzweifelten Jungen*, meinte er wohl. »Jungen, die bieten können, was unsere Kunden wollen. Wie werden dich hart rannehmen, und du kriegst kein Geld. Solange du bei uns bleibst, gehörst du uns. Manche Sachen, die du tun mußt, werden dir nicht gefallen, und wahrscheinlich wird dir wehgetan werden; unsere Kundschaft ist nicht zart besaitet. Allerdings wirst du nicht dauerhaft geschädigt, und du wirst keine Narben davontragen; da sind wir sehr genau. Mr. Kelly hier sagt, daß du gegen 'ne Tracht nichts einzuwenden hast. Stimmt das?«

»Äh, ja, Sir …«

»Na fein. Wenn du ein braver Junge bist, wenn einer unserer Kunden auf dich abfährt, dann verkaufen wir dich an ihn; das passiert oft, sie mögen es, wenn sie einen eigenen Jungen haben, und unsere Jungs mögen's auch. Ihren eigenen Mann, ihren eigenen Meister, danach sind sie verrückt. Deshalb sind wir auch ständig auf der Suche nach Frischfleisch. Oder du kannst jederzeit gehen, einfach so. Wir sind keine wirklichen Sklavenhändler, es ist nur ein Spiel, obwohl manche unserer Kunden es sehr ernst nehmen. Verstehst du?«

»Ja, Sir.«

»Okay. Dann leg mal ab, und laß dich anschauen.«

Ich ließ die Tasche fallen, schnickte die Stiefel weg und

zog mich rasch aus, wobei ich nicht versuchte, einen Striptease hinzulegen; hier ging's nicht ums Aufgeilen, hier ging's ums Geschäft.

Ich stand nackt vor ihnen, während sie mich von oben bis unten musterten. Ich machte mir keine Sorgen, daß sie mich ablehnten; ich sah so gut aus wie jeder andere Junge, den sie von der Straße auflasen, und besser als die meisten.

Das wußte ich, und sie wußten es auch, sie hatten es vom ersten Augenblick an gewußt, als ich hereingekommen war. Wenn das ein Test war, mußte da noch mehr kommen als nur so ein beiläufiges Anschauen. Klar, sie hatten sehen wollen, daß ich nicht prüde war mit Ausziehen, und daß meine Haut einigermaßen rein war; ich hatte keine Pickel auf dem Rücken oder sonstige entstellende Muttermale; vielleicht wollten sie auch sehen, wie groß mein Schwanz war, obwohl die meisten ihrer Kunden das wohl nicht kümmern würde. Dennoch war ich mir sicher, daß da noch etwas kommen müsse. Es ging nicht nur darum, wie das Frischfleisch aussah …

Ich hatte recht. Ich drehte mich auf Befehl um, beugte mich vor und posierte wie ein gehorsamer Sklavenjunge; Mr. Kelly leckte sich die Lippen und wirkte beinahe traurig darüber, mich zu verlieren, obwohl er sicher gut dafür bezahlt wurde.

Der Mann, der die Verhandlungen geführt hatte, sagte: »Fein, Danny; aber es genügt nicht, hübsch zu sein, wir müssen auch wissen, ob du dich produzieren kannst. Zeig uns, wie du dir einen runterholst.«

Das war nicht so einfach wie ihnen meinen Körper zu zeigen. Ohne daß mich ein Mann anfaßte, vor Mr. Kelly, der in seinem Sessel sabberte, und den beiden, die mich kühl musterten, nahm ich meinen Pimmel in die Hand, der sich so klein und schlaff anfühlte wie ein Cocktailwürstchen. Aber wenigstens hatte ich einige Übung, ich hatte mir vor Malcolm einen runtergeholt; und es war jetzt mein Job, mein Leben, meinen Körper zu benutzen, um mich an Männer zu verkaufen.

Ich schloß die Augen und dachte an Skip, wie er nackt aussehen würde, wie seine Hände sich hart und zärtlich und fordernd auf meiner Haut anfühlen würden. Wie seine Haut, sein Schwanz sich in meinen Händen anfühlen würden, hart und zärtlich und fordernd. Daß ich, wenn ich ge- und verkauft werden würde, wenn ich jemandem gehören sollte, am liebsten ihm gehören wollte, als nacktes Eigentum unter seinen besitzergreifenden Augen .

Mein Schwanz wurde steif und hart. Aus Daumen und Zeigefinger bildete ich einen Ring, damit sie deutlich sehen konnten; ich rieb mich zu voller Erektion und vergaß beinahe, daß ich beobachtet wurde, als ich in meinem Traum versank und so tat, als würde nur Skip mich sehen.

Ich ließ meinen Schwanz los, faßte in meine Schamhaare und rieb mir die Eier, zwickte in die empfindsame Stelle dahinter, wo die dicke Ader verläuft; die andere Hand streckte ich nach hinten, steckte mir einen Finger in den Arsch und kam mit einem Schrei, nicht nach Skip, nicht ganz; und öffnete die Augen, um gerade noch die perlweißen Tropfen fliegen und in einem Bogen auf den Teppich fallen zu sehen.

»Sehr gut, Danny«, sagte der Mann ruhig. »Aber du hast Mr. Kellys Teppich versaut. Geh runter und leck es auf wie ein braver Junge.«

Glaubt mir, ich zögerte nicht. Ich war nicht mal erstaunt, es erschien mir wie ein natürlicher Teil der Vereinbarung; wie er angedeutet hatte, würde ich in seinem Club Schlimmeres tun müssen und noch so tun, als gefiele es mir. Ich ging auf alle Viere und kroch zu der Stelle, wo der Fleck war. Der Teppich unter meinen Händen war klebrig, aber ich senkte den Kopf und fing an, mein Sperma aufzulecken. Es war ein vertrauter, angenehmer Geschmack und stark genug, um zu überdecken, was meine Zunge sonst noch auf den abgewetzten Fasern fand – Staub und Haare und Spuren von dem, was seit Jahren hier verschüttet und eingetrocknet war, Bier und Kaffee und Gott weiß was noch für Dreck, an den ich nicht denken mochte.

Als ich so kroch und leckte, hörte ich Schritte hinter mir und dann jäh ein bekanntes Zischen. Unwillkürlich kniff ich die Backen zusammen, bevor Mr. Kellys Gürtel klatschend auf sie traf. Ich winselte vor Schmerz und Schreck und hörte ihn im gleichen Augenblick lachen, als ich das Brennen des Striemens spürte, bevor er immer weitere hinzufügte.

Es war nur ein Test, erinnerte ich mich verbissen; wenn ich ihn bestand, hatte ich wenigstens die Chance, das zu finden, was ich mir erhoffte. Nicht, was ich mir am meisten wünschte, nicht Skip; aber einen Mann, einen Mann für mich, den ich lieben und bedienen konnte, und vielleicht würde er mich ja auch lieben, wenn ich ein braver Junge war …

Also kroch und leckte ich und wimmerte, wenn mir der Riemen in die Haut schnitt, hob aber nicht ein einziges Mal den Kopf, bis der Teppich sauberer war als zuvor. Ich schluckte den ganzen Dreck und Mist, der sich auf meiner Zunge gesammelt hatte, bemüht, nicht zu würgen, als er runterrutschte; dann schaute ich auf. Nicht zu Mr. Kelly, sondern zu dem Mann, der mich testete.

Er nickte und seufzte erleichtert.

»Du kannst das, Dannyboy. Hol deine Sachen, und komm mit.«

»Ja, Sir. Danke, Sir …«

Sie hatten einen dicken schwarzen BMW mit abgedunkelten Scheiben und neuer Zulassung; ich vermutete, die

Mitgliedschaft in ihrem Club kostete eine ganze Stange. Eine Handbewegung schickte mich nach hinten; ich warf die Tasche auf den Rücksitz und setzte mich daneben, wobei ich mich vorsichtig auf meinen schmerzenden Arsch niederließ; selbst die Jeans hochzuziehen, hatte wehgetan, und Hinsetzen war eine Qual.

Wir fuhren etwa zwanzig Minuten; ich wußte nicht, wohin. Wir fuhren nicht über den Fluß aber durch einen langen, dunklen Tunnel, der möglicherweise darunter führte.

Endlich hielt das Auto vor einem zweistöckigen Gebäude an, das früher ein Lagerhaus gewesen sein mochte. Jetzt ließ sich nicht erkennen, was drinnen vorging; alle Fenster waren vermauert, und es gab nur eine einzige kleine versteckte Tür.

Die beiden Männer führten mich nach drinnen, und der Wechsel war frappierend. Dicke rote Teppiche, dunkle Wände, gedämpftes Licht, weiche Ledersessel und ein Empfangstresen mit Blumen in einer Vase. Es roch nach Zigarren und teurem Parfüm; kurz, es stank nach Geld.

Hinter dem Tresen saß ein junger Mann, Anfang zwanzig; sein aschblondes Haar war ordentlich kurzgeschnitten, und er trug einen eleganten schwarzen Anzug. Als wir eintraten, stand er ehrerbietig auf.

»Joe, das ist Danny. Zeig ihm alles, und mach den üblichen Rundgang, ja? Dann laß ihn bei den anderen Jungs, und komm zurück.«

»Ja. Mr. Capel.« Seine Stimme war leise, fast ein Flüstern, und er senkte unterwürfig den Kopf dabei. Seine Geste zu mir war jedoch keineswegs weich, ein scharfes, befehlendes Winken mit dem kleinen Finger. Es gab hier eine klare Hierarchie: Mr. Capel und sein Partner an der Spitze, ich am Ende, dieser Joe irgendwo dazwischen.

Ich folgte ihm auf dem Fuß durch eine Tür hinter dem Tresen. Wieder ein Wechsel: keine Teppiche mehr, keine Spur von Luxus, nur Linoleum und Ytongwände und nackte Birnen, die unseren Weg beleuchteten.

Er brachte mich in einen Umkleideraum mit Holzbänken und hohen Stahlspinden. Es hätte eine Schulturnhalle oder ein Kleinstadtbad sein können.

»Leg ab«, befahl er mir. Es war das zweite Mal heute, daß ich diese Worte hörte, und zum zweiten Mal tat ich wie geheißen, rasch und stumm.

»Steck's in die Tasche, solange du hier bist, brauchst du nichts. Die Tasche kommt in den Spind« – damit zog er eine Tür auf, wartete, bis die Tasche drin war, und knallte sie zu – »ich behalte den Schlüssel. Wenn du gehst, kriegst du alles zurück. Oder dein Meister, wenn wir dich verkaufen. Gewöhnlich sagen sie, wir sollen's verbrennen.«

Nicht mein Buch, wollte ich sagen, schreien, *mein Buch dürft ihr nicht verbrennen …*

Aber ich biß mir auf die Zunge und sagte nichts. Ich wollte nicht gleich am ersten Tag, in den ersten Minuten, Ärger machen. Und so pingelig mußte ich mit dem Buch auch nicht sein; Skip hatte ich jetzt nicht mehr und mußte einen anderen Mann finden, der sich um mich kümmerte. Vielleicht war es das beste, wenn das Buch verbrannt wurde, damit es mich nicht ständig daran erinnerte, was ich beinahe gehabt, wie viel ich verloren hatte …

Joe begutachtete meinen Arsch mit professionellem Interesse. »Gürtel, was?«

»Äh, ja, Sir. Woher wissen Sie das?«

»Ich bin Experte«, sagte er. »Ich bin seit fünf Jahren hier. Inzwischen beim Personal, mit Gehalt. Aber nenn mich nicht Sir. Einfach Joe. Komm.«

Aus dem Umkleideraum ging es durch den nackten Flur zu einer anderen Tür; jetzt, mit Plüschteppich unter den bloßen Füßen, und obwohl ich nackt war, war mir in der warmen, schweren Luft überhaupt nicht kalt. Ich fragte mich, ob ich am Ende des Rundgangs auch so einen scharfen Anzug bekommen würde wie Joe; irgendwie hatte ich meine Zweifel.

Er zeigte mir Zimmer um Zimmer, und bald kannte ich mich nicht mehr aus. Es war ein Irrgarten aus Fluren und Türen. Alle Zimmer waren leer; ich nahm an, der Club würde erst abends öffnen. Es gab Schlafzimmer mit angeschlossenen Bädern wie in einem Hotel, bis auf das Dekor: schwarze Laken auf den Betten mit Spiegeln darüber, Bilder von nackten Jungs an den Wänden. Im Erdgeschoß gab es ein Schwimmbecken und einen Whirlpool, eine Sauna, einen kleinen Fitnessraum; und es gab andere, seltsamere Räume mit Gerten und Peitschen und Ketten und Ledergeschirren, die zum Einsatz bereit an der Wand hingen. Folterkammern war der einzige Name, der mir dazu einfiel, aber das sagte ich nicht. Ich sagte überhaupt nichts.

Der Rundgang endete in einem langen Clubraum mit Ledersofas und niedrigen Tischen und einer Bar am anderen Ende; auf halbem Weg befand sich an einer Wand ein Verschlag mit Metallstäben, der höher war als ich. Einer dieser Käfige, in denen in zwielichtigen Discos Mädchen tanzen, nur länger, so daß man sich hinlegen konnte. Ich guckte im Vorbeigehen hinein und sah, daß der Boden wie ein Bad gekachelt war und an der Rückseite einen Abfluß hatte.

»Jetzt hier durch«, trieb Joe mich weiter; er bezog vielleicht Gehalt, war aber deutlich bestrebt, pünktlich zu Mr. Capel zurückzukommen. Ich vermutete, der Boss gestattete keine Freiheiten, auch nicht vom Personal.

Noch eine Tür, und wir waren wieder bei Linoleum und Ytong; und jetzt hörte ich Stimmen durch den Flur kommen. Am anderen Ende war noch ein langer Raum. Dieser hatte anstelle einer Bar eine Küchenzeile mit Herd und Mikrowelle, einen großen Kühlschrank und Gefriertruhe; es gab eine Menge billiger Stühle, die mich an den Gemeinschaftsraum im College erinnerten; und da waren vielleicht ein Dutzend Jungs, die Sandwiches mampften, Karten spielten und sich leise unterhielten.

Alle waren so nackt wie ich.

Keiner schien sich besonders für mich zu interessieren. Ich fing ein paar Blicke auf, aber die waren ebenso professionell wie der von Joe. *Ach, ein Neuer, mal seh'n was der zu bieten hat*. Die Kartenspieler drehten nicht mal den Kopf.

»Tony – hierher.«

Tony war einer der Kartenspieler, aber kaum hatte Joe seinen Namen gerufen, ließ er die Hände sinken und kam her. Hier herrschte überall Disziplin, wie ich sah, von oben bis unten. Und unten war ich. Ich war besser brav, dachte ich; jetzt, da ich gesehen hatte, was der Club zu bieten hatte, war mir nicht danach, herauszufinden, wie ungehorsame Jungs bestraft wurden …

»In deinem Zimmer ist doch noch ein leeres Bett, stimmt's?«

»Ja, Joe.« Tony stand vor Joe, wie dieser vor Mr. Capel gestanden hatte, Hände auf dem Rücken, Beine gespreizt, Kopf erhoben: wie ein Soldat beim Rühren, aber nicht so steif, nur wach und aufmerksam. Und natürlich völlig nackt, wehrlos und voller Vertrauen. Er hatte etwa mein Alter und meine Größe, war dünner und hatte auf Brust und Bauch eine Masse dunkler Haare und ein dickes Nest, das seine Eier völlig verbarg und aus dem sein Schwanz wie ein kleines rosiges Gesicht herauslugte.

»Gut. Das ist Danny. Laß ihn sich einrichten, zeig ihm, wo's langgeht, und hab in den nächsten paar Tagen ein Auge auf ihn, klar? Paß auf, daß er keine Dummheiten macht.«

»Ja, Joe.«

Joe nickte und ging, rannte fast. Ich schaute Tony an. »Tut mir leid wegen deinem Spiel.«

»Was? Ach – macht nichts. Ich war sowieso am Verlieren. Komm, da lang.«

In einem Zimmer standen vier Betten, aber das Zimmer war sauber, und es gab jede Menge frisches Bettzeug. Der Unterschied zu Mr. Kellys Bude konnte nicht größer sein; ich wäre echt dankbar gewesen, hier zu sein, wenn da nicht auf einem der Betten noch ein Junge gelegen hätte, der auf dem Bauch schlief und das Gesicht in den Armen vergraben hatte, wie man es tut, wenn man geweint hat. Er hatte nicht mal eine Decke über, und ich sah, wieso: sein Rücken und der Arsch und die Rückseite der Beine waren von leuchtend roten, lila und blauen Flecken bedeckt.

Tony machte mir Zeichen, still zu sein. Ich nickte, froh um meine bloßen Füße, und wir machten schweigend das Bett.

Wieder im Flur fragte ich: »Was zum Teufel ist denn mit dem passiert?«

»Och, der hat nur 'ne harte Nummer hinter sich, zwei Kunden mit einer Gerte, die ihn sich die ganze Nacht geteilt haben. Das kommt vor. Er muß heute nacht nicht arbeiten, und morgen tut's nur noch ein bißchen weh. Man gewöhnt sich dran, Kumpel. Kein Schmerz dauert ewig.«

Stimmt. Sogar mein Herz würde heilen, sagte ich mir. Entschlossen. Ich würde einen anderen Mann finden, einen der Kunden hier – einen, der seine Jungs nicht mit der Gerte zu Brei schlug – und ich würde lernen, mit ihm glücklich zu sein, natürlich …

»Lassen sie uns je hier raus?« fragte ich. »Nur für 'ne Stunde, meine ich, um Luft zu schnappen?« In dem Zimmer gab es nicht mal ein Fenster, nur einen Ventilator.

»Du willst so hier raus?« fragte er grinsend zurück.

»Was, die geben uns nicht mal Klamotten?«

»Wenn ein Kunde dich verkleiden will, kriegst du Klamotten. Sonst nicht, sie lassen uns nackt und eingesperrt. Wie sind Sklaven, Danny – wir sind hier zu ihrem Spaß, mehr nicht.«

Und ihr Spaß bedeutete manchmal unsere Schmerzen; ich schaute zu der Schlafzimmertür zurück und dachte an den Jungen, der dahinter schlief.

Aber ich war gewarnt worden. Ich würde es ertragen. Und ich verdiente es, erinnerte ich mich selbst, ich verdiente das alles und noch Schlimmeres …

SECHZEHNTES KAPITEL

Ich war erst seit ein paar Tagen in dem Club, aber ich lernte schnell. Das mußte man.

Ich hatte nicht viel vorne gemacht, wo die Kunden waren. Ich hatte im Clubraum Drinks serviert und hatte auf dem ganzen Hintern und den Oberschenkeln Blutergüsse; wenn einer der Männer zwickte, glaubte man, seine Finger und Daumen würden sich berühren. Einem Kerl hatte ich unter dem Tisch ausgiebig einen geblasen, während er über mir Poker gespielt hatte, und ein paarmal hatte mich einer der weniger anspruchsvollen Klienten für eine Stunde auf ein Zimmer mitgenommen, einfach um den neuen Jungen auszuprobieren.

Meistens hatte ich allerdings hinter der Szene gearbeitet. Es gab eine Menge zu tun, um das Gebäude und die Mitglieder am Laufen zu halten, und das wurde alles von uns Jungs erledigt. Mir war, als würde ich das meiste tun. Wieder kochen und saubermachen; die ganze Wäsche waschen und die Klos schrubben; Jobs für Neulinge, die die anderen Jungs mir mit Freuden aufhalsten. Und Bettenmachen und Saugen, sobald die letzten Gäste morgens gegangen waren, und mich selbst mußte ich auch sauberhalten, duschen und rasieren und gut riechen, wie Mr. Capel es mochte …

Daher hatte ich außer dem Dreck, den sie hinterließen noch nicht viel von den Kunden gesehen; aber eine Menge gelernt, nur dadurch, daß ich den Dreck wegmachte und den anderen Jungs zuhörte, wenn sie ihre Stories erzählten und ihre Blutergüsse zeigten und manchmal auch ihre Trinkgelder und Geschenke. Oder wenn sie in irgend 'ner Ecke weinten und ich ihnen auch zuhörte, weil sie reden wollten; oder ihnen auch nur ein Glas Wasser mit einer Schmerztablette brachte, Salben für die Peitschenstriemen und eine Decke, um sich gegen den Schüttelfrost und die unerwartete Scham hineinzukuscheln. Nackt zu sein, wenn alle sonst es auch waren, machte die meiste Zeit nichts aus; im Club draußen gewöhnlich auch nicht, denn das gehörte zum Job. Aber manchmal, das wußte ich, manchmal, wenn es einem draußen schlecht ergangen war, half es richtig, wenn man etwas hatte, das man um sich schlingen konnte.

Obwohl wir das Joe nicht sehen ließen, geschweige denn Mr. Capel. Joe mußte es wissen, er war selbst hier gewesen; aber trotzdem ließen wir es ihn nicht sehen. Regeln waren Regeln, und hier waren die Jungs nur nackt, immer und überall. Dumm, wie ich war, fragte ich Tony, ob es hier unseretwegen immer so warm war. Er lachte mich aus.

»Das ist für die Macker, Danny. Wenn sie schwitzen, trinken sie mehr. Hast du mal die Preise an der Bar gesehen?«

Aber auch so sorgte Mr. Capel gut für uns. Zwar nur aus Geschäftsgründen, wir waren seine Handelsware; aber er war klug, er wußte, weshalb seine Kunden zurückkamen. Es stimmte, was er mir am ersten Morgen gesagt hatte, daß sie uns nicht ernsthaft verletzen durften. Blutergüsse und Striemen waren okay, wir waren jung und heilten rasch, aber es gab nichts an Einrichtungen, die uns ernsthaft hätten Schaden zufügen können. Nichts zum Schneiden oder Knochenbrechen. Joe erzählte uns von Kunden, die in der ersten Zeit des Clubs zu weit gegangen waren, die einen Jungen blutend oder bewußtlos hatten liegen lassen; sie waren ohne Umstände rausgeschmissen worden, und ihre Mitgliedsbeiträge hatte der Junge bekommen. Tausend Mäuse, pro Fall. Tony sagte, das sei es fast wert ...

Es war Mr. Capel zu verdanken, daß ich in jenen ersten Tagen nicht oft nach draußen gerufen wurde. Einer anderen Hausregel zufolge sollten die Jungs allmählich eingeführt werden, Zeit bekommen, sich an die Arbeit und das, was von ihnen verlangt wurde, zu gewöhnen.

Das System funktionierte. Ich lernte, wo's langging, und Tony und meine anderen Zimmergenossen sorgten dafür, daß ich alles erfuhr, was von ihnen jede Nacht gefordert wurde. Manchmal demonstrierten sie es mir sogar, wenn wir morgens die Zimmer putzten. Es war echt zum Kichern, auf was manche dieser reichen Männer abfuhren; aber es war ein Kichern mit düsterem Unterton, denn ich wußte, die gleichen Sachen würden bald auch mit mir passieren.

Ich war also vorbereitet – oder glaubte, es zu sein – als Joe eines Abends in den Gemeinschaftsraum kam, wo ich gerade eine Ladung Gläser aus der Bar spülte. Er tippte mir auf die Schulter und sagte: »Ab in den Käfig, du und Tony. Er wartet auf dich.«

Er wartete genau an der Tür zum Clubraum. Wieder lag es an Mr. Capel, glaubte ich, daß Tony als mein Partner beim erstenmal ausgewählt worden war.

Er grinste mich leicht schräg an. »Denk dran, wir machen alles, was sie uns sagen und alles, was wir wollen – aber wir dürfen nicht kommen. Wir werden beide bestraft, wenn einer von uns kommt.« *Wenn du kommst*, meinte er. *Mach mir keinen Ärger* ... »Okay?«

Ich schluckte nervös und nickte. »Okay.«

»Gut, Dann los …«

Er nahm mich an der Hand und stieß die Tür auf. Joe folgte uns nach.

Wir tappten Hand in Hand zwischen den Tischen hindurch durch den Clubraum, wie zwei Jungs, die auf Spaß aus sind. Tony lächelte sogar; das kriegte ich nicht hin, nicht wenn alle uns anstarrten, aber ich versuchte, wenigstens nicht ängstlich auszusehen, egal wie ich mich fühlte.

Ein halbes Dutzend Männer in teuren Anzügen, Drinks und Zigarren in der Hand und mit lüsternen Blicken, war bereits um den Käfig versammelt. Die niedrige vergitterte Tür stand für uns offen, und wir brauchten Joe nicht; kaum waren wir durchgekrochen, knallte einer der Macker die Tür zu und legte das Vorhängeschloß vor.

Ich wußte, es würde erst abgenommen werden, wenn all diese Männer glücklich waren.

In einer Ecke stand ein kleiner Keramiktopf. Tony macht mir Zeichen, zu bleiben, wo ich war, nämlich mitten auf dem gekachelten Fußboden; er ging hin und nahm ihn, steckte die Finger hinein und zog sie von Öl tropfend heraus.

Leicht fuhr er mit der Hand über meine Brust. Das kühle Öl tröpfelte und rann herunter und kitzelte auf der Haut; als es sich erwärmte, roch ich es, würzig und erotisch. Tony griff wieder hinein, schöpfte eine Handvoll heraus und verschmierte sie mir auf dem Rücken; dann stellte er den Topf ab und fing an, mir das Öl tief in die Haut zu massieren.

Zuerst bearbeitete er meine Brust, preßte die Finger fest in die Muskeln und schnippte mit den Daumen an meinen Brustwarzen, bis sie brannten und steif wurden. Dann ging er nach unten, fiel auf die Knie und nahm noch mehr Öl, um mir den Bauch einzureiben.

Ich stand überhaupt nicht auf junge Kerle, zumindest nicht in meinen Träumen, aber trotz der durch die Stäbe starrenden Augen – obwohl ich wußte, daß es nur Schau war, nur zu ihrem Vergnügen – durchfuhren mich unter Tonys warmen, festen, erfahrenen Händen pulsierende Schauer der Erregung.

Als seine Finger meinen Schoß erreicht hatten, genügte die kleinste Berührung, um meinen Schwanz hochfedern zu lassen.

Von draußen kam ein beifälliges Knurren; Tony schaute auf und riskierte ein Zwinkern mit dem Auge, das sie nicht sehen konnten. Dann fuhr er mit den öligen Fingern über meinen Schwanz, senkte den Kopf und küßte die Eichel.

Das war alles; sein Blick warnte mich stumm, *Wir dürfen nicht kommen.*

Um sicherzugehen und es mir noch eine Weile leichter zu machen, berührte er meine Eier nicht. Er griff nach unten, um meine Beine einzuölen, wenngleich selbst diese Berührung genügte, damit ich stocksteif, scharf und bereit blieb; es fiel mir schwer, nur dazustehen und nichts zu tun. Ich biß mir auf die Lippe und starrte ins Leere; dachte an Skip - *einen Mann, nicht einen Jungen, was hab ich von einem Jungen?* – und zwang mich dann an etwas zu denken, irgend etwas anderes, als mein Schwanz schon beim Gedanken an ihn zuckte.

Tony ging hinter mich, massierte mir Schultern, Rücken und Arschbacken, wobei seine Finger nur leicht über meine Blutergüsse strichen, als müsse er noch Schlimmeres vorführen, und ich dachte, daß auch ich das noch tun müßte, bevor die Nacht vorbei war.

Dann steckte er eine glitschige Hand dazwischen und zwängte erst einen, dann zwei und drei durch den Ring meines Schließmuskels, um ihn einzuölen und zu entspannen. Das war nicht für uns, wußte ich, nicht für die Show, obwohl es den Mackern gefiel; es war notwendig, um mich auf das vorzubereiten, was später kommen würde. Alles nur kleine Hilfen …

Ich stöhnte protestierend, als er die Finger herauszog, und damit war die Show gelaufen. Er lachte, gab mir einen stechenden Klaps, drehte mich um und reichte mir den Topf. Lächelnd, nackt und leicht schwitzend stand er da und streckte eine Hand aus, um ein bißchen mit meinem Schwanz zu spielen, nur soviel, damit ich geil blieb; ich griff in den Topf und ließ das Öl direkt vom Rand in die Matte auf seiner Brust fließen.

Noch mehr auf seinen Rücken, wobei ich darauf achtete, daß es an seiner Wirbelsäule herab zwischen seine Backen floß, damit ich mich bei ihm revanchieren und sichergehen konnte, daß er einen gut eingeölten Arsch haben würde. Den Rest des Öls schüttete ich auf meine Hand und rollte den leeren Topf zwischen den Käfigstäben durch. Die Männer draußen lachten und sprangen weg, um keine Ölflecken auf die Hosen zu bekommen; jemand fluchte, ein anderer applaudierte. Zum ersten Mal grinste ich.

Mit meinen freien Händen konnte ich nun Tonys Leib so bearbeiten wie er meinen. Das schwere, aromatische Öl hatte sich in seine Brusthaare gesaugt, so daß er unter meiner Hand glitschig wie ein Fisch war; und er zappelte auch wie ein Fisch, während ich stocksteif dagestanden hatte. Seine Hände streichelten meinen Rücken, legten sich auf meine Arschbacken, und seine Finger gruben sich so tief ein, daß ich seine Fingernägel spürte; ich schnappte nach Luft, als mein Schwanz sich fest in seinen Bauch bohrte, und er erkannte das Zeichen und wich ein kleines Stück zurück. Nicht weit; als ich den Kopf hob, um ihn warnend anzuschauen, küßte er mich.

Küßte mich langsam, tief, und seine Zunge drang tief in

meinen Mund, um zu sagen *Wir müssen ihnen eine Show liefern.*

Okay. Was er konnte, konnte ich auch. Schließlich war er nur ein Junge, sein Körper zu rank und schlank und willig, nicht fordernd; seine Berührung konnte mein Blut nicht zum Kochen bringen und meine Knochen nicht in Wachs verwandeln. Ich küßte ihn fest zurück; als wir beide keine Luft mehr hatten, war er es, der abbrach.

Ich senkte den Kopf, um an seiner Brustwarze zu lecken und zu knabbern, während er sich in meinem Griff wand; ging mit den Händen noch tiefer und fand seine festen Eier und seinen zuckenden Schwanz. Ich fiel auf die Knie, wie er es getan hatte, küßte seinen Schwanz und behielt hin eine Weile im Mund, um die Zunge herumzurollen, bis er sich losriß.

Ich schaute auf; er blickte auf mich herunter, vergrub seine öligen Finger in meinen Haaren und lächelte jetzt nicht mehr nur für die Macker. Es war für uns zum Spiel geworden, zur Herausforderung, um zu sehen, wie weit wir uns gegenseitig treiben konnten, wie nahe an die Katastrophe.

Ich drehte ihn gewaltsam um, und es war nicht mein Finger, der das tropfende Öl in sein Loch massierte, sondern meine Zunge. Ich zog seine Backen auseinander und leckte ihn tief, bis ich seine drahtigen Haare an den Lippen spürte. Das Öl schmeckte schwer, würzig, exotisch; wir keuchten beide, als ich aufstand, wobei ich den ganzen Weg mit der Zunge über seine Wirbelsäule fuhr, um ihn dann in den Nacken zu küssen.

Wir lieferten den Mackern eine Show, klar. Wir rangen uns zu Boden, rollten und zappelten, fuhren uns mit den Händen in die Haare und rutschten an öliger Haut ab. Wir pumpten und stießen, ohne je ganz in uns einzudringen, wir kitzelten unsere steifen Schwänze mit Zungen und Fingern und ließen immer rechtzeitig los, wir keuchten und schwitzten und machten es so gut, wie wir konnten.

Gut genug, jedenfalls. Schließlich rief eine Stimme: »Ich glaube, die Jungs werden zu scharf aufeinander, oder? Ich sag euch, die brauchen 'ne Abkühlung ...«

Allgemeine Zustimmung. Ich hatte nicht verstanden, wieso Tony mich davor gewarnt hatte; aber mit einem Mal brach von allen Seiten eine Flut eiskalten Wassers über uns herein, die uns durchnäßte und bis auf die Knochen zittern ließ.

Mit einem erstickten Schrei sprang ich von ihm, einen Moment lang zu erschrocken, um zu atmen. Als ich zu dem Kreis aus Männern um den Käfig aufschaute, hielt die Hälfte leere Eiskübel in den Händen.

Das Wasser wirbelte um uns, die wir flach auf dem Boden lagen, wirbelte und floß ab. Jetzt wußte ich, wozu der Abfluß hinten gut war.

»Auf die Füße, Jungs.«

Tropfnaß standen wir auf; Tony strich sich durch die Haare, um das Wasser herauszuquetschen, und ich machte das gleiche. Ich wollte doch nicht, daß Wasser auf den feinen Teppich draußen tröpfelte; das würde Mr. Capel sicher nicht gefallen.

»Wer will welchen? Oder losen wir?«

»Also, ich will den Neuen nicht. Ich teil mir den anderen mit dir, Jack, wie wär's?«

»Ist gut. Wer nimmt jetzt den anderen? Jemand muß doch einen Neuen wollen, ihm 'n paar Tricks beibringen...«

»Ja, ich nehm den neuen Jungen.«

Ich konnte nicht sehen, wer es gesagt hatte. Ich hatte Wasser in den Augen. Als ich sie ausgewischt hatte, hatten sie die Käfigtür aufgesperrt und aufgerissen. Tony stieg heraus und wurde mit einem Griff in den Nacken und einem Hieb auf den Arsch in Beschlag genommen; als ich folgte, wartete ein einzelner Mann auf mich, ein großer Mann mit dunklen Haaren und feistem Gesicht und einem feisten Körper unter dem teuren Anzug.

»Komm mit, Kleiner.«

Er führte mich aus dem Clubraum in einen Flur; vorbei an allen Schlafzimmern, zu dem, was Mr. Capel als die Spielzimmer und die Jungs als Verliese bezeichneten, und was ich immer noch die Folterkammern nannte.

In der, in die er mich brachte, hingen vier Ketten an Seilzügen von der Decke. Jede hatte am Ende eine Ledermanschette; als er sie mir eng um Handgelenke und Knöchel legte, stand ich zitternd da – mehr vor Spannung als Kälte, trotz des Wassers, das immer noch über meine Haut und im Nacken herunterrann.

In der Ecke stand ein Kleiderständer. Als er darauf zuging, fragte ich mich benommen, zu was der gut sei. Vermutlich hatte das Eiswasser auch mein Gehirn eingefroren, denn natürlich streifte er sich einfach das Jackett von den breiten Schultern und hängte es auf. Dann die Krawatte, das Hemd, die Schuhe und Socken: alles sehr langsam und demonstrativ, während seine Augen die ganze Zeit auf mich gerichtet blieben. Ich blickte ihn an, weil ich dachte, das wolle er, konnte mich aber nicht daran hindern, immer wieder zu dem zu schauen, was an der Wand hing, den Peitschen und Gerten und so Zeug.

Er sah, wo ich hinschaute, und lächelte.

»Die nicht, Kleiner«, sagte er fast freundlich. »Nicht bei mir.«

Dann zog er die Hose aus und hängte sie sorgfältig auf. Darunter trug er einen schwarzledernen Jockstrap; vor Überraschung mußte ich beinahe lächeln, schluckte es aber hinunter.

Er ging zur Wand und drückte mit dem Daumen auf einen dicken, roten Knopf. Ein Elektromotor heulte auf, die Ketten spannten sich, hoben mich langsam an und zogen meine Arme und Beine auseinander, bis ich weit gespreizt etwa einen Meter über dem Boden in der Luft pendelte.

Er ging zu einem Spind in der Ecke, steckte die Hand in einen großen Topf und schöpfte einen Batzen Schmiere. Die verteilte er sich auf dem Arm bis zum Ellbogen; dann kam er hinter mich, und ich konnte ihn nicht mehr sehen.

Ich spürte, wie seine glitschigen Finger eine Weile fast liebkosend an meinem Rücken auf- und abstrichen; ein Schauer durchfuhr meine Haut, und mein eingeschrumpfter Schwanz erwachte bei der ersten Berührung zum Leben.

Er legte mir beide Hände auf den Arsch und stieß mich an; die Ketten rasselten über meinem Kopf, und ich schwang hilflos von ihm weg. Als der Schwung mich zurücktrug, bohrten sich seine Finger zwischen meine Backen, und durch mein eigenes Gewicht wurden sie direkt durch meinen Schließmuskel getrieben.

Der sengende, zerreißende Schmerz ließ mich aufschreien, und mein ganzer Leib krümmte sich und kämpfte vergeblich gegen die Ketten an. Er lachte und stieß tiefer. Ich zappelte und schaukelte, aber inzwischen war seine ganze Hand in mir, ich kam nicht frei; meine Hände verkrampften sich, meine Beine zuckten, und heiße Tränen liefen mir aus den Augen.

Mein Schwanz schmerzte und sehnte sich danach, von seiner anderen Hand gepackt zu werden, aber dort faßte er mich nicht an. Überall sonst tat er es; sein knochenharter Griff rang mit meinem eingeölten, schwitzenden Leib, während er die Hand immer tiefer hineinstieß, bis ich glaubte, zu sterben, ich war einfach nicht groß genug, ihn so aufzunehmen …

Und dann, als ich schluchzte und japste und auf seinem

Arm aufgespießt war, ging die Tür auf, und noch jemand trat ein.

Dumpf und von weitem hörte ich eine Stimme. »Man sagte mir, du seist hier drin. Was dagegen, wenn ich zuschaue?«

»Nein«, sagte mein Mann schwer atmend. »Nichts dagegen. Mach's dir bequem.«

Ich hörte Schritte, meine verquollenen Augen sahen Füße vor mir; Finger krallten sich in meine Haare und zogen meinen baumelnden Kopf nach oben.

Ich blinzelte und sah, daß Malcolm auf mich niederstarrte.

Ich war platt; er wirkte mit einem Mal besorgt, obwohl ich mir nicht denken konnte, wieso.

Er ließ mich los, stolperte ein paar Schritte rückwärts und lehnte sich an die Wand. Sein Gesicht wurde aschfahl, und ich sah Schweiß auf seiner Stirn glitzern.

Dann zog der anderen Mann abrupt den Arm aus mir. Ein lauter Seufzer stieg aus meinem Bauch auf, und ich brach in den Ketten zusammen, so daß mein Körper schmerzhaft an den Manschetten zerrte, die mich hielten.

Nur einen Moment. Dann packte er mich mit beiden Händen an der Hüfte und zog mich nach hinten, und ich spürte, wie etwas anderes sich gegen mein Loch preßte und mühelos eindrang. Diesmal war es jedoch nur sein Schwanz; und wie groß er auch war – ich wußte es nicht, ich hatte ihn nicht gesehen – nach seinem Arm fühlte er sich an, als sei es nichts.

Ich vermute, er wußte das, denn er bohrte sich in mich, so fest er konnte, stieß unter schwerem Keuchen zu und zerrte mich jedesmal nach hinten, wenn ich an den Ketten nach vorn schwang. Aber selbst jetzt, zum ersten Mal, zum einzigen Mal in meinem Leben, konzentrierten sich meine Gedanken auf etwas anderes, während ich gefickt wurde. Ich konnte nichts dagegen tun; ich hob nur den Kopf und schaute Malcolm an.

Der schaute garantiert nirgendwohin und dachte an nichts anderes als an mich. Und es waren keine freundlichen Gedanken; obwohl er immer noch erschüttert wirkte, obwohl er nervös an seinen Nägeln kaute, beobachtete er mich so eindringlich wie ich ihn, und seine Augen glitzerten bösartig.

Ich verstand überhaupt nichts mehr; ich hatte ihm keinerlei Schaden zugefügt, weder mit Skip oder sonstwie, wie auch? Okay, ich hielt das, was ihn sexuell anturnte, für ziemlich traurig und komisch, aber ich hatte zu niemandem etwas darüber gesagt. Außer, daß es sowieso alle in der Mühle wußten; das war kein Ort für Geheimnisse.

Endlich spürte ich, daß der Kerl in mir kam. Er schob mich von sich, und ich pendelte in wirren Bögen, so daß ich kaum sehen konnte, wie er sich mit einem Handtuch abwischte. Malcolms Blicke waren immer noch auf mich fixiert.

Als ich wieder halbwegs ruhig hing, band der Mann gerade seine Krawatte um.

»Okay, er gehört dir«, sagte er zu Malcolm. »Aber laß ihn nicht die ganze Nacht da hängen. Das ruiniert seinen Rücken.«

»Den Rücken will ich ihm nicht ruinieren«, sagte Malcolm. Der Mann lachte, aber ich erschauerte; es hatte etwas echt Bedrohliches in der Stimme gelegen. *Laß mich nicht allein!*, hätte ich am liebsten geschrien, gejammert, gefleht; aber der Mann hätte nur wieder gelacht und wäre trotzdem gegangen.

Alleingelassen starrte ich Malcolm an und Malcolm mich.

Schließlich bewegte er sich unsicher nach vorn, packte mich wieder an den Haaren und zog gemein daran.

»Ich hätte es wissen müssen«, zischte er mich an. »Als es

hieß, Skip hätte dich rausgeworfen, hätte ich wissen müssen, daß es nur zum Schein war. Das hätte er dir nicht angetan, nicht dir, nicht seinem blauäugigen Jungen. Er hat's von Anfang an vermutet, oder? Er hat dich hergeschickt, um mir nachzuspionieren …«

Ich hatte keine Ahnung, wovon er redete, aber er ließ mir keine Chance, nein zu sagen.

»Na fein, ich laß dich nicht hier, damit du Bericht erstatten kannst. Ein Mann kann einen Jungen hier kaufen, wußtest du das? Einen kleinen Sklavenjungen zum persönlichen Gebrauch. Ich kauf mir den da.« Noch ein Zerren an meinen Haaren. »Und keiner kümmert sich drum, was ich mit ihm mache, die stellen keine Fragen. Das hättest du nicht gedacht, was? Keiner von euch. Ihr dachtet, du wärst sicher hier, wo sie sich so nett um ihre Jungs kümmern. Du wirst noch sehen, Danny, du wirst sehen …«

Er ging zu dem Spind in der Ecke, öffnete ihn und holte ein paar Sachen heraus. Ich konnte nicht sehen, was, da sein Körper seine Hände verdeckte, aber ich hörte das Klirren von Metall und das Rasseln einer schweren Kette.

Dann kam er zurück und legte alles vor mir auf den Boden.

Es war eine schwarze Lederkappe, ein Paar Handschellen, eine Hundeleine und noch etwas, etwas das er aufhob und spielerisch in die Luft schwang, ein Stück feinen Drahts mit einem hölzernen Griff am Ende.

»Das ist Käsedraht«, sagte er. »Schon mal beim Lebensmittelhändler gesehen, oder kaufst du deinen Käse nur in Plastik? Schneidet durch alles durch. Scharf wie 'n Rasiermesser. Nur ein kleiner Zug, und es schneidet …«

Er ging nach hinten, und ich spürte, wie mir die Eier zusammenschnurrten. Nicht weit genug; er schlang den gemeinen Draht um meinen Sack und zog ihn fest, bis es schmerzte. Dann steckte er mir den Griff in den Arsch wie einen Pfropf.

»Das sehen die nie«, sagte er im Plauderton. »Und wenn, dann denken sie, es wäre nur so ein Spiel, wie es jeder hier spielt. Aber du weißt's besser, Danny, stimmt's? Eine falsche Bewegung, ein kleines Zupfen von mir, und deine Eier liegen auf dem Boden. Hast du mich verstanden?«

Ich nickte hastig, obwohl ich in Wahrheit nichts verstand, nur, daß er irgendwie Angst vor mir hatte oder davor, was ich ihm antun konnte, aber ich hatte viel mehr Angst vor ihm oder vor dem, was er mir antun konnte.

»Gut. Ich binde dir jetzt die Beine los. Versuch nicht, aufzustehen. Knien ist okay.«

Er löste die Manschetten um meine Knöchel und ließ die Füße herausrutschen. Ich tat, was er gesagt hatte; mit den festgeketteten Händen konnte ich nicht weglaufen, und mich gegen ihn wehren konnte ich auch nicht, wenn er nur zurückzutreten brauchte. Außerdem war ich auch viel zu erschöpft dazu; und der Draht um meine Eier war wie ein ständiges schreckliches Flüstern in meinem Hinterkopf. *Mach um Himmels willen keinen Ärger, der meint's ernst …*

Meine Beine fielen zu Boden, und ich kniete mich gehorsam hin, während die Ketten meine Arme schmerzhaft über den Kopf zogen. Er ließ mich so und ging weg, trat zurück; ein Zischen schnitt durch die Luft, und ein halbes Dutzend Feuerschlangen tanzte über meinen Rücken. Ich stöhnte und riß an den Ketten; ich wollte schreien, aber die Peitsche hatte sämtliche Luft aus meinem Körper getrieben, ich hatte keinen Atem mehr dazu.

Er schlug mich wieder und wieder, während ich zappelte und schluchzte; dann löste er rasch meine Handgelenke und trat mich hart zwischen die Schultern. Ich fiel flach aufs Gesicht; er kniete mit seinem gesamten Gewicht auf meinem Rücken und zerrte meine Arme nach hinten.

Ich spürte, wie sich kaltes Metall um meine Handgelenke legte und zuschnappte.

Dann stand er auf und trat mich wieder, diesmal in die Seite.

»Ich bring dich jetzt raus«, sagte er. »Du läufst einfach los, wenn ich an der Leine ziehe, und bleibst stehen, wenn nicht. Wenn du was anderes machst, irgendwas, dann sind deine Eier ab. Kapiert?«

Ich nickte wild.

»Dann los.«

Er zog mir die Kappe über den Kopf, schnallte sie unter meinem Kinn fest, und ich stand völlig im Dunkeln. Verwirrt, verängstigt und absolut sein Eigentum, mit dem er machen konnte, was immer er wollte …

SIEBZEHNTES KAPITEL

Es war schwer, sich unter der irritierenden Haube zu orientieren – nicht wie unter dem weichen, seidigen Spielzeug, das mein anonymer Besucher in der Mühle in dieser wunderbaren, seelenaufwühlenden Nacht mitgebracht hatte; das hier war ein brutales, stinkiges Ding, das mir Sicht und Luft nahm, so daß ich kaum atmen konnte – aber ich hatte es ebenso gespürt wie gehört, als er die Leine in die Öse unter meinem Kinn eingehakt hatte.

Ein Ziehen, und ich stand auf; noch ein Ziehen, und ich ging, wo er mich hinzog. Mir war nicht nach Kämpfen zumute. Ich war körperlich erschöpft, erledigt von allem, was mir passiert war, als ich in den Ketten gehangen hatte, und bestürzt von dem, was danach geschehen war. Ich konnte an nichts anderes denken, als an den tödlichen Draht um meine Eier, den Griff, den er in Sekundenschnelle heraus- und zusammenziehen konnte, wenn ich den geringsten Ärger machte. Ob er es tun würde oder nicht, wußte ich nicht. Es konnte auch eine leere Drohung sein, damit ich mich benahm; aber sicher war, ich würde es nicht riskieren. Der irre Blick, den ich gesehen hatte, als er mich erkannte, ließ mich glauben, er sei verzweifelt genug zu allem. Und was würde er schon riskieren? In einem Club wie diesem würden sie nicht die Polizei rufen. Wenn ich vor Schmerz und Schock starb, würden sie meine Leiche in den Fluß werfen, Malcolms Mitgliedsausweis einziehen und es vergessen. Wieder mal ein Ausreißer verschwunden, wen würde das scheren? Wenn ich überlebte, würden sie sich mein Schweigen erkaufen, egal, was es kostete. Und Malcolm die Rechnung schicken, kein Zweifel, aber er konnte sie sich leisten. Tony meinte, es sei es wert, verletzt zu werden, wegen der Kohle; aber meine *Eier*? Nein, auf keinen Fall …

Ich war also brav und ruhig und stand sehr still da, als ich Stimmen hörte, die Malcolm und Mr. Capel gehören mußten, die den Deal abmachten, bei dem Malcolm mich mit Haut und Haaren und allem kaufte.

Angesichts der Spiele, die diese Männer gerne spielten, war es wahrscheinlich gar nicht so unüblich, daß er einen Jungen in Maske und Ketten wie mich verkaufte. Er fragte mich nicht direkt, aber ich stand so gehorsam und unterwürfig da, daß es klar für ihn sein mußte, daß ich gehen wollte. Außerdem wußte er, daß das alle seine Jungs wollten; ich hatte einfach Glück gehabt, so rasch einen neuen Meister zu finden.

Vielleicht hatte er einen Blick auf meinen Rücken geworfen, um sich zu vergewissern, daß ich nicht mit Schlägen dazu gezwungen worden war; aber außer ein paar Striemen war da nichts, vorübergehend schmerzhaft, gewiß, aber wieder nichts Ungewöhnliches, nichts was ein Junge nicht ertragen konnte, ohne gebrochen zu werden.

Ein Nicken also und ein Scheck – oder eine Kreditkarte vielleicht, vielleicht bezahlte er mich mit American Express – und ich war wieder einmal ge- und verkauft, und diesmal war ich überhaupt nicht dankbar, ich war entsetzt.

Barfuß stolperte ich auf Malcolms Ziehen hin über den

Teppich, trat dann auf eine Stufe aus Zement und lief plötzlich auf scharfen Kieseln, während ein kalter Wind in meine Haut biß. Keiner, der mich sah, wie ich da nackt an einer Leine geführt wurde, keiner, der mir zu Hilfe kam; der Club lag ebenso abgeschieden wie die Mühle.

Er brachte mich nicht weit weg, nur ein paar Schritte; dann wurde die Leine schlaff, und ich blieb stehen, wie er es mir befohlen hatte. Ich hörte das durchdringende Pfeifen eines Autoalarms, der abgestellt wurde; dann spürte ich seine Wurstfinger auf meinem maskierten Kopf, die mich nach vorn und nach unten stieß.

Ich hatte eine Autotür erwartet und einen Sitz. Aber meine Knie stießen an eine Stoßstange, und mein Kopf streifte den Rand des Kofferraumdeckels; da drin wollte er mich, und da hinein steckte er mich. Ich wehrte mich nicht, ich kletterte nur mühsam hinein und machte mich klein. Er quetschte noch etwas auf mich – groß, schlabbrig, Nylon; meine Tasche, erkannte ich in einem törichten Anfall von Erleichterung, daß Skips Buch noch bei mir war, selbst wenn wir nun beide Malcolm gehörten. Meine Ohren flogen zu, als er den Deckel herunterknallte und mich alleine ließ.

Mir war in einem Auto noch nie schlecht geworden, aber auf dieser Fahrt beinahe. Mit auf den Rücken gefesselten Händen in einen Kofferraum gequetscht, den Rücken voller Striemen von der Peitsche, der eisige Griff des Drahts an den Eiern und die Haut von kaltem Schweiß bedeckt, war mir schon vor Spannung übel; das letzte, was ich brauchte, war, daß Malcolm um Ecken raste und mich mit quietschenden Reifen hin- und herschleuderte. Ich biß die Zähne zusammen und schluckte verzweifelt und dachte, wenn ich im Kofferraum kotzen müßte, würde das nicht nur eklig, sondern tödlich sein. Ich würde an meiner eigenen Kotze ersticken und, obwohl ich brav war, im Fluß landen …

Endlich fuhr er langsamer und hielt an. Er ließ mich allerdings, wo ich war, in dem engen, kalten Kofferraum; ich weiß nicht, wie lange, ich hatte kein Zeitgefühl mehr, aber es kam mir vor wie Stunden, Tage.

Tage können es nicht gewesen sein, wahrscheinlich nicht mal Stunden, aber sicher war, daß es lange dauerte, bevor die Klappe sich öffnete und ich zwei Hände spürte, die mich packten und anhoben. Nicht Malcolms Hände; diese waren schlanker, aber stärker und unpersönlicher, und halfen mir so sehr heraus, wie sie mich zerrten.

Egal, wie lange es gedauert hatte, ich war zu lange zusammengekrümmt gewesen; meine Beine knickten ein, als ich zu stehen versuchte, und ich fiel zur Seite. Da ich mich mit den gefesselten Händen nicht abfangen konnte, landete ich rauh auf einem scharfkantigen Stück Asphalt. Malcolm hatte keine Geduld; ich hörte ihn fluchen, spürte seine Stiefel an den Rippen, und dann versuchte er, mich an der Leine, am Hals über den rauhen Belag zu zerren. Ich konnte mich nicht rühren; ich konnte nur nach Luft ringen und bei jedem neuen Schnitt oder Stoß zusammenzucken, während der Krampf meine Muskeln quälte. Am Ende schnappte mich der andere Kerl, um mich halb zu tragen, halb zu ziehen.

Als wir drinnen waren und ich wieder Wärme auf der Haut spürte, hörte ich, wie eine Tür zuknallte. Unter meinen Füßen spürte ich alten, abgewetzten Teppich und dann auch unter meinen Schultern und dem Arsch, als er mich ohne Vorwarnung mit einem Plumps fallen ließ, der mir die Luft nahm. Über mir, buchstäblich über meinem Kopf, hörte ich streitende Stimmen, obwohl ich nicht verstehen konnte, was sie sagten; dann knallte die Tür wieder. Finger – die von Malcolm diesmal – gruben sich in meinen Arm, zogen mich auf die Knie; endlich nahm er diese grauenvolle Maske ab, und ich konnte wieder atmen.

Und kurz darauf auch sehen, obwohl mich das Licht blendete. Ich blinzelte brennende Tränen weg, schaute um mich – und begriff plötzlich, ein bißchen wenigstens.

Ich war in einer Art Hütte oder Garage, kahle Mauern ohne Fenster, nur oben an einer Wand ein Ventilator. Aber es wohnte hier jemand, zumindest zeitweise; es gab eine Matratze und Bettzeug auf dem Fußboden, ein bequemer Sessel, Kleider und verstreut herumliegendes persönliches Zeug.

Und mitten in all dem Wirrwarr lehnten wenige Schritte von mir Skips Gemälde an der Wand, die beiden, die gestohlen worden waren: seine Mutter und sein ältester Freund, lebendig, leuchtend, kraftvoll. Und total fehl am Platz hier, was mich äußerst verwirrte …

»Malcolm …«

Seine Hand traf mich brennend auf den Mund, und fast wäre ich wieder umgefallen.

»Kein Wort«, zischte er, »wenn ich's nicht sage. Wag es nicht, mich beim Namen zu nennen. Hast du verstanden, du kleiner Spion?«

Ich machte den Mund auf, um *Ja, Sir* zu sagen, und konnte mich gerade noch beherrschen; sah seine Handbewegung, bereit mich wieder zu schlagen, und nickte nur einfach heftig.

»Schon besser.« Er schien mit einem Mal besserer Laune zu sein; mir schien, er fuhr echt darauf ab, mich nackt und ängstlich ganz in seiner Gewalt zu haben. Fein, ich würde mitspielen, wenn ihm das gefiel, wenn mich das gesund erhielt. *Wenn es mich am Leben erhielt*, wollte mein verräterischer Geist hinzufügen, aber ich war nicht bereit, an so etwas zu denken …

»Ich weiß auch so, was du fragen wolltest«, fuhr er fort. »Du wußtest, daß ich sie irgendwo hatte, stimmt's? Deshalb hat dich Skip ja geschickt, um herumzuschnüffeln. Wie hat's dir gefallen, zu erfahren, daß ihm seine kostbaren Gemälde mehr wert sind als du? Sag nichts, es ist mir egal.« Obwohl das stimmte, freute er sich hämisch. »Aber du willst wissen, wieso, stimmt's, Kleiner? Wieso ich sie Skip gestohlen habe?

Weil er sie mir schuldet«, fuhr er fort, ungeachtet der Tatsache, daß ich ihm hier kaum zustimmen würde. »Weißt du, was er mir bezahlt für die ganze Arbeit, die ich für ihn mache? Zehn Prozent, mehr nicht. Und davon kriegt die Regierung noch die Hälfte an Steuern. Der dreckige Alan Farrant, also *der* bekommt zwanzig Prozent; und dabei kümmert der sich nur um Skips Geld. Ich bin der, der's in erster Linie verdient, ich bin der, der raus muß, um die Ausstellungen zu organisieren, die Kunden anzuschleppen, die Preise festzusetzen und die Verkäufe zu erledigen. Die bescheuerten Galerien kriegen fünfzig Prozent für alles, was sie verkaufen, wußtest du das? Ich kriege zehn …

Ich hab mehr verdient, und jetzt krieg ich auch mehr. Die da geb ich ihm gegen Lösegeld zurück, wenn er so viel bezahlen kann; wenn nicht, kenne ich Sammler in Amerika, die alles bezahlen, was ich verlange. Das sind nicht nur Martin Carrs, die sind *berühmt*. Es sind dic verschwundenen Martin Carrs. Und für 'n Schwarzmarktdeal zahlt man keinen Steuern. Die sind meine Altersvorsorge …«

Sie waren seine Rache, dachte ich, seine gemeine Revanche gegen Skip und Alan für den Neid, der sich in Gott weiß wieviel Jahren in ihm angestaut hatte. Zehn Prozent von Skip waren für jeden genug, das war ein kleines Vermögen …

Meine Blicke wanderten wieder zu den Gemälden, aber er ließ sie mich nicht lange anschauen. Er trat nach mir und deutete nach oben; ich rappelte mich rasch auf und folgte ihm durch eine Tür in eine kleine Toilettenkabine.

Er schnippte mit den Fingern und deutete nach unten. Ich

ging gehorsam auf dem kalten Estrich in die Knie, eingequetscht zwischen Kloschüssel und Wand; er holte wieder die Hundeleine hervor, befestigte ein Ende am Abflußrohr, schlang dann das andere fest um meinen Hals und hakte den Clip ein. Mit freien Händen hätte mich das nicht eine Sekunde lang festhalten können; mit auf den Rücken gefesselten Händen war ich jetzt vollkommen wehrlos am Rohr angekettet.

Das genügte Malcolm aber anscheinend noch nicht. »Morgen bring ich was Stärkeres«, sagte er unzufrieden. »Bis dahin denk dran, daß die ganze Nacht über jemand nebenan sein wird. Ein Laut, und du kriegst wieder die Maske auf, und er gibt dir noch was mehr, um dich dran zu erinnern.« Er griff zwischen meine Beine und zupfte leicht an dem Draht um meine Eier, mehr Erinnerung brauchte ich nicht. Ich nickte hastig, um Ruhe zu geloben.

»Na fein. Mach alles, was ich sage, Dannyboy, gib dir Mühe, mich bei Laune zu halten, dann hast du vielleicht Glück.« Dann lockerte er den Draht, streifte ihn ab und zog mir den Griff aus dem Arsch, um mir zu zeigen, wie viel Glück ich haben konnte. »Vielleicht behalt ich dich bei mir. Und wenn du zickig bist, Ärger machst, abzuhauen versuchst …« Er ließ die tödliche Schlinge vor mir baumeln und tat, als wolle er sie mir über den Kopf schieben, »dann bist du im Nu einen Kopf kürzer. Um Kopfeslänge verloren.« Dann ließ er mich allein, wobei er den Draht zwischen den Fingern drehte und über seinen Witz kicherte.

Angekettet und in Handschellen konnte ich wenigsten auf die Knie gehen, um in die Schüssel zu pinkeln, wenn ich mußte und auch nachspülen, wenn ich den Griff mit den Zähnen packte. Mein Mund war vor Angst trocken; sehnsüchtig sah ich den Sturzbach sauberen Wassers, dann steckte ich den

Kopf hinein und nahm einen Mundvoll und noch einen, so viel ich konnte, bis der Strom zu einem Tröpfeln versiegte.

Meine Haare wurden natürlich naß dabei. Ich hockte mich wieder in meine Ecke und zitterte, während mir das kalte Wasser über die Haut lief, und ich leckte soviel wie ich konnte auf.

Es war die längste und grauenvollste Nacht meines Lebens. Malcolm hatte das Licht angelassen, eine nackte Birne, absichtlich, wie ich vermutete, um mich am Einschlafen zu hindern; aber das wäre gar nicht nötig gewesen, dazu war alles zu grausam und unbequem. Mein Arme schmerzten fürchterlich, und der Zement schnitt mir in die nackten Knie, die Fußsohlen und die Arschbacken, wenn ich mich rührte, um eine bequemere Position zu finden.

Eine Weile hörte ich im anderen Zimmer etwas rumoren, aber ich traute mich nicht, zu rufen. Als es schließlich still wurde und ich hoffte, er sei eingeschlafen, weinte ich, so still ich konnte, ein bißchen und leckte mir die Tränen ab, die mir über die Nase rannen.

Die längste Zeit saß ich aber nur da oder kniete, und litt körperlich und noch mehr im Kopf. Klar, Malcolm würde mich eine Weile am Leben lassen, solange er ein Spielzeug brauchte; und ja, ich würde alles tun, um ihn bei Laune zu halten. Am Ende jedoch, das wußte ich, würde er mich satt haben. Und dann würde er den Draht benutzen oder etwas anderes, das ihm gefiel. Er würde mich beseitigen, ich war jetzt zu gefährlich, um mich am Leben zu lassen. Er hatte mir zuviel gesagt und gezeigt. Und er wußte vermutlich, daß ich wußte, daß er mir die Bilder absichtlich gezeigt hatte. Obwohl er glaubte, daß ich schon gewußt hatte, daß Skip mich geschickt hatte, um ihm nachzuspionieren …

Mein Kopf drehte sich in wirren Kreisen, während die Minuten qualvoll verstrichen. Ich schloß die Augen und versuchte, zu schlafen, und schaffte auch das nicht. Ich saß in der Falle, war verloren, verdammt, wegen Malcolms Paranoia einen sinnlosen, dummen Tod zu sterben …

Die Zeit verging, aber es schien ewig zu dauern. Am Ende, als mein Körper Angst und Qual durchlitten und wie mein Kopf ein Stadium erschöpfter Betäubung erreicht hatte, hörte ich wieder eine Bewegung, leise Schritte in meine Richtung. Die Klotür öffnete sich, und vor mir stand eine Gestalt, die auf mich niederblickte.

Ich blinzelte zu ihm hoch und brauchte einen langen Moment, um sein Gesicht zu erkennen.

Luigi …

Luigi, nackt und das Haar vom Schlafen zerzaust. Ich machte den Mund auf, krächzte seinen Namen und verspürte kurz eine Woge von Hoffnung, als sei ich errettet worden.

Er schüttelte nur den Kopf. »Tut mir leid, Danny, ich kann nichts für dich tun«, sagte er und pißte in das Becken.

Er spülte und schaute mich wieder an. »Mach keinen Krach, ja? Ich müßte es ihm sagen.«

Dann drehte er sich um und ließ mich alleine.

Langsam fügte mein dummes Gehirn alle Stücke zusammen. Luigi, der mir beim Verpacken der Bilder geholfen hatte, geschickt von Malcolm, das hatte er mir sogar gesagt. Luigi, der dann dafür gesorgt hatte, daß ich stoned wurde, und mich in den Pub geschleppt hatte; Luigi, der die Ateliertür zugeknallt hatte, wohl wissend, wie erbärmlich das Schloß war, und daß ich nicht in der Lage war, an die Riegel zu denken. Luigi, der mich lange genug am Billardtisch festgehalten hatte, daß Malcolm an der leeren Mühle vorfahren, die Tür sprengen und die Gemälde klauen konnte. Die Männer, die uns noch länger im Pub aufgehalten hatten, vielleicht waren sogar die in die Sache verwickelt und von Malcolm bezahlt worden …

Jetzt begriff ich alles, viel zu spät. Das hier mußte Luigis Unterschlupf sein, oder einer davon. Wahrscheinlich hatte er noch andere. Von dem hier würde keiner wissen, soviel war sicher. Keiner außer Malcolm. Es war ein sicherer Ort, um die Bilder zu verstauen, und auch um mich zu verstauen, solange Malcolm mich behalten wollte. Luigi würde kein Wort sagen, er steckte zu tief drin, um den eigenen Hals zu riskieren, was immer Malcolm am Ende auch mit meinem machte.

Wieder verging die Zeit. Ich hörte Luigi weggehen und nutzte die Chance und zog die Toilettenspülung, um mehr gegen den rasenden, brennenden Hunger in meinem Bauch zu trinken und um zu versuchen, zu schreien. Ich brüllte mir die Seele aus dem Leib, solange ich konnte, aber niemand hörte mich, niemand kam.

Dann fuhr draußen ein Auto vor, und ich verstummte sofort. Ich hörte, wie die Tür aufgeschlossen wurde, dann schwerer Schritte; als Malcolm die Toilette betrat, fand er mich stumm und unterwürfig auf den Knien.

»Kopf hoch, Kleiner.«

Gehorsam hob ich den Kopf; er zog seinen Schlitz auf, holte seinen Schwanz heraus und fing an, zu pissen.

Nicht in die Schüssel, er pißte mir voll ins Gesicht. Ich würgte und riß den Kopf weg; er folgte mir mit dem Strahl und ohrfeigte mich.

»Schluck's, Kleiner.«

Widerwillig öffnete ich den Mund und schluckte soviel ich konnte, als der salzige Urin über meine Haare und Augen plätscherte, meinen Mund füllte und über meinen bebenden Leib rann.

»Gar nicht gut, Kleiner«, sagte er. »Du siehst verboten aus.«

Aber so verboten, daß es ihn anturnte, das sah ich; er leckte sich die Lippen und kicherte in sich hinein, nur von meinem Anblick. Außerdem hatte er den Pimmel nicht weggesteckt, und ich sah, wie er anschwoll.

Er ging mit einer Hand nach unten und wichste sich gemächlich, dann ging er nach draußen und kam mit einer langen, schweren Kette in der Hand zurück. Noch immer wachsam, schlang er ein Ende davon um meinen Hals und befestigte es mit einem Vorhängeschloß, bevor er die Hundeleine aushakte. Dann trat er wieder hinaus und zog mit einer Hand an der Kette; die andere spielte immer noch an seinem steifen Schwanz.

Ich konnte nicht aufstehen, er wollte das auch nicht. Ich rutschte auf meinen schmerzenden, wackligen Knien hinter ihm her in den anderen Raum.

Malcolm holte noch ein weiteres Vorhängeschloß, mit dem er die Kette an einen Heizkörper an der anderen Wand schloß. Dann fischte er in der Tasche nach einem kleinen Schlüssel, trat hinter mich und öffnete die Handschellen um meine Handgelenke.

Er ließ sie auf Luigis Bett fallen, streifte sein Jackett ab und zog ein Handy aus der Tasche. Mit einem erschöpften Seufzer ließ er sich in den Sessel fallen und ließ den Schwanz los, um eine Nummer einzutippen.

»Laß dir Zeit, Junge«, sagte er munter. »Bring deine Hände wieder zum Funktionieren.«

Dann fing er an, in das Handy zu sprechen. Ich versuchte gar nicht erst, mitzuhören. Meine Arme waren nach vorn gefallen und fühlten sich an wie zwei Klumpen totes Fleisch; meine Hände waren weiß und angeschwollen, die Finger wie Würste; ich konnte überhaupt nichts spüren.

Ich starrte sie an und sah, wie sie langsam rosa wurden, als das Blut in sie zurückströmte. Zuerst kribbelten sie, was toll war; dann brannte es wie Nadelstiche, wie ich es noch nie gespürt hatte. Ich krümmte mich vor Schmerz schluchzend; es war qualvoll, ließ aber ganz allmählich nach. Ich beugte die Arme, hob die Hände an die Brust und preßte sie daran, bis ich feststellte, daß ich die Finger bewegen konnte.

Vor Erleichterung schluchzte ich auf und hob den Kopf. Malcolm beendete sein Gespräch und spielte weiter mit seinem Schwanz; dann schaltete er das Handy ab, steckte es in die Tasche zurück und warf das Jackett aufs Bett.

»Gut so. Auf die Füße, Junge, und amüsier mich. Du weißt schon wie.«

Klar wußte ich es. Ich war mir nur nicht sicher, ob ich es tun konnte. Mühsam stemmte ich mich auf meine zitternden Beine, strauchelte und konnte mich gerade noch fangen, bevor ich wieder hinfiel; dann holte ich tief Atem, wandte mich ihm zu und griff nach unten, um mir an den Schwanz zu fassen.

Körper sind schon erstaunlich. Sogar nach all dem, was ich durchgemacht hatte, sogar trotz Schmerzen, Angst und Erschöpfung reagierte mein Schwanz auf das ungeschickte Fummeln meiner Finger. Er füllte und streckte sich und preßte sich geradezu gierig an meine von Pisse nasse Handfläche. Ich rieb ihn dankbar, dann griff ich tiefer, um meine Eier in ihrem klebrigen Nest aus Haaren zu streicheln.

Es war keine große Show, die ich ihm lieferte, nicht wie beim ersten Mal, das kriegte ich nicht hin; aber er brauchte nicht viel. Mein Zustand genügte ihm schon, glaube ich, seine wohlige Gewißheit, daß er mit mir tun konnte, was er wollte. Ich brauchte nicht mal zu kommen; das erledigte er ziemlich rasch und schoß seine Ladung auf den verschlissenen Teppich. Er zog ein Papiertuch aus der Tasche, wischte sich ab und setzte sich zufrieden zurück, immer noch mit der Hand an seinem herunterhängenden Schwanz.

»Nicht aufhören, Kleiner«, murmelte er. »Mach einfach weiter.«

Ich gehorchte und rieb mir zärtlich den Pimmel, während ich beobachtete, wie seine Lider sich schlossen, aufklappten, sich wieder schlossen und geschlossen blieben. Die Nacht holte ihn ein, schätzte ich, und nach fünf Minuten schnarchte er.

Ich ließ die Hand sinken und meinen Schwanz langsam schlaff werden. Eine Weile stand ich nur da und sah ihm beim Schlafen zu; allmählich entstand in meinem Kopf ein Plan. Wenn ich mich traute, wenn ich mich nur traute …

Ich mußte mich trauen. Ich hatte keine andere Wahl. Auf Zehenspitzen schlich ich durchs Zimmer, erstarrte, wenn die Kette klirrte, und beschwor Malcolm, nicht aufzuwachen. Er regte sich nicht; endlich erreichte ich das Bett, streckte mich, angelte nach seinem Jackett und zog es zu mir. Ich fummelte in der einen Tasche, dann in der nächsten, bis ich die harte Plastikhülle seines Handys gefunden hatte.

Ich zog es heraus, warf das Jackett mehr oder weniger genau so hin, wie es gelegen hatte, und schob das Handy so weit unter Luigis Matratze wie ich konnte. Nackt wie ich war, konnte ich es nirgends sonst verbergen; wenn er mich wieder in die Toilette steckte, war ich verloren. Aber andererseits, wenn ich überhaupt nichts tat, war ich sowieso verloren …

Ich schlich über den Teppich zurück und kniete neben dem Heizkörper nieder, das Abbild eines verprügelten, verängstigten Jungen.

Malcolm mußte etwa zwanzig Minuten lang geschnarcht haben; ich hätte jeden Atemzug zählen können. Irgendwann jedoch regte er sich, schnaubte und setzte sich abrupt auf.

Blinzelte mich an und runzelte die Stirn. »Also. Das nächste Mal machst du's besser, oder du wirst's büßen.«

Er stand auf und bückte sich, um sein Jackett zu nehmen. Ich hielt den Atem an. Er zog es an und klopfte geistesabwesend automatisch auf die Taschen; dann fiel sein Blick auf die Handschellen auf dem Bett. Ich atmete immer noch nicht; wenn er mich wieder fesselte ...

Aber er schüttelte den Kopf. »Nein«, sagte er. »Noch nicht. Du wirst deine Hände noch gebrauchen. Bleib, wo du bist. Wehe, du rührst nur ein Glied.«

Inständig betend, senkte ich unterwürfig den Kopf. Seine Schritte durchquerten das Zimmer, die Tür öffnete und schloß sich, und ich hörte ein Klicken, als er von außen abschloß.

Gehorsam rührte ich mich nicht, bis ich sein Auto abfahren hörte. Dann krabbelte ich auf allen Vieren zum Bett, wühlte unter der Matratze und fand das Handy.

Eine Minute lang preßte ich meinen Retter einfach nur an mich. Dann schaute ich es an, hob versuchsweise einen Finger, drückte einen Knopf und sah, daß das Display aufleuchtete.

Ich hätte jeden anrufen können, wahrscheinlich hätte ich die Polizei rufen sollen; aber das tat ich nicht. Ich atmete langsam und tief ein; leckte mir die salzigen, wunden Lippen; und wählte die Nummer, die sich in mein Gedächtnis eingebrannt hatte, die Nummer der Mühle.

ACHTZEHNTES KAPITEL

Alan Farrant«

Ich schnappte fast schluchzend nach Luft; ich hatte so gehofft, mit Skip reden zu können. Aber, »M-Mister Farrant?« Es war nur ein Krächzen, ich konnte mich selbst kaum hören. »Was? Ja. Wer ist da?«, sagte er.

»Ich bin's, Danny, Mr. Farrant. Bitte legen Sie nicht auf ...«

Eine Sekunde Stille, dann war seine Stimme wieder da, kalt und ärgerlich. »Was willst du; Danny?«

»Sir, ich – ich hab die Bilder da. Die, die gestohlen wurden, beide ...«

»Was?« Seine Stimme war voller Mißtrauen, da er schließlich zu dem Schluß gekommen sein mußte, ich hätte etwas mit dem Raub zu tun. »Wo bist du?«

»Ich weiß nicht, Sir«, sagte ich verzweifelt, »und ich kann nicht lange reden, ich trau mich nicht, er kann jede Minute zurückkommen, wenn er merkt, daß ich sein Handy habe ...«

»Das ergibt doch keinen Sinn. Wer kann zurückkommen?«

»Malcolm. Der war's die ganze Zeit, der hat sie geklaut ...«

Wieder Stille; dann: »Danny. Sag mir deutlich, was passiert ist, und wo du bist. Dann kann ich dir vielleicht helfen. Fang von vorne an, verstehst du? Wilde Beschuldigungen nützen niemandem.«

Ich tat mein Bestes, obwohl meine Nerven bibberten, voller Entsetzen, Malcolm könne meinen Diebstahl entdeckt haben, und ich könne jederzeit sein Auto zurückkommen hören.

Ich berichtete ihm von dem Club, von Malcolms Verdacht, ich sei ein Spion; wie er mich mit verbundenen Augen hierhergebracht hatte, daß ich keine Ahnung hatte, wo ich war, daß aber die Bilder hier waren. Daß ich nicht rauskonnte, daß ich gefesselt in der Falle saß …

»Also gut. Beruhig dich, Kleiner.« Plötzlich hörte Mr. Farrant sich viel freundlicher an; ich merkte vor Erleichterung schluchzend, daß er mir glaubte, daß er mir wirklich helfen wollte. »Beschreib das Gebäude. Gibt es ein Fenster?«

»N-nein, Sir, nur ein Ventilator an der Wand …«

»Kannst du durchsehen?«

Das wußte ich nicht, ich hatte es nicht versucht. Jetzt versuchte ich es, stellte mich auf die Zehenspitzen und lugte durch die Flügel; und ich konnte, ich konnte nach draußen sehen. Und noch besser. »Sir, ich kann den Fluß sehen …« Nur ein Stück mit dem Boot von der Mühle entfernt, vielleicht nur ein kurzes Stück, flußauf- oder abwärts.

»Kannst du irgendwelche Brücken sehen?«

»Nein, Sir. Keine Brücken. Aber Mr. Farrant, da ist ein Gebäude, ein großes Gebäude auf der anderen Seite, da steht ein Name drauf. ›Ellesmere Exports‹ steht da …«

»Sehr gut, das finden wir. Gut gemacht, Kleiner. Du setzt dich jetzt still hin, wir sind da, so schnell wir können …«

Mit einem Mal mußte ich ein hysterisches Gackern unterdrücken; ich würde bestimmt nichts anderes tun. Es sagte etwas, was ich nicht verstand, und ich mußte ihn bitten, es zu wiederholen.

»Ich sagte, schaff dir das Handy vom Hals, Danny. Egal wie. Laß dich nicht damit erwischen. Es kann sein, daß wir eine Weile brauchen, sei also vorsichtig.«

Das war ein guter Rat. Ich schaute mich gehetzt um; das alte Versteck unter der Matratze war auf keinen Fall gut genug, wenn Malcolm das Handy vermißte und zurückkam ...

Da war allerdings noch der Ventilator, und die Zwischenräume waren gerade breit genug. Ich zwängte das Handy durch die Lücke, drückte mit den Fingerspitzen nach und spürte, wie es fiel; ich lauschte auf ein Platschen, hörte aber keins und konnte nur hoffen, daß es in den Fluß oder irgendeinen Busch gefallen war, irgendwohin, wo man es nicht gleich fand ...

Dann setzte ich mich neben die Heizung, zog die Kette durch meine pulsierenden, schmerzenden Finger, legte den Kopf an die Wand, schloß die Augen und betete wieder. Betete um Rettung, darum, daß Mr. Farrant, oder vielleicht sogar Skip, herkam, bevor Malcolm es tat.

Diesmal verlor ich. Gott erhörte mich nicht.

Plötzlich war draußen ein Geräusch zu hören, ein laufender Motor; das Quietschen einer Bremse, das Knallen der Tür und dann ein Schlüssel, der ungeduldig im Loch klirrte. Mein Herz setzte aus; ich krabbelte auf die Knie, senkte den Kopf und hielt den Atem an.

Rasend vor Wut kam Malcolm ins Zimmer gestürmt, packte mich an den Haaren und knallte meinen Kopf gegen die Wand.

»Wo ist es, du kleiner Scheißer?«

Mein Schädel klopfte, und ich blinzelte ihn an. »Sir …?«

»Das Handy, Junge. Was hast du mit meinem Handy gemacht?«

Ich versuchte, den Kopf zu schütteln, aber er hielt mich zu fest. »Ich, ich hab Ihr Handy nicht, Sir …«, stammelte ich.

Er brüllte und trat mir in den Bauch; ich krümmte mich ächzend. Ich hörte, wie er um mich herum das Zimmer auseinandernahm; selbst über den Schmerz und meinen eigenen rasselnden Atem hinweg hörte ich ihn vor Anstrengung grunzen, als er die Matratze umdrehte.

Dann hörte ich noch etwas und konnte nur hoffen, er nicht: das Geräusch von Autos, die draußen vorfuhren. Ich zog die Knie an die Brust, legte die Arme um meinen dröhnenden Kopf, schloß die Augen und wartete ab.

Schritte draußen, die Tür flog auf, Schritte drinnen.

Stimmen, fremde Stimmen:

»Mr. Malcolm Archer …? Aufpassen, schnappt ihn! Paßt auf den Jungen auf …«

Sie waren nicht schnell genug; Malcolm konnte mir vor Wut brüllend, laut genug, um alles Geschrei zu übertönen, noch einen saftigen Tritt in die Rippen verpassen. Dann war eine Minute lang nichts als Chaos und das Ringen schwerer Leiber.

Ich blieb, wie ich war, eingerollt in einen schützenden Ball, bis warme, starke Hände mich an den Schultern packten und mich sanft aber bestimmt auf die Knie zogen. Dann schlug ich die Augen auf.

Es war nicht der, den ich wollte, es war nicht Skip; es war Mr. Farrant, der auf dem Teppich kauerte und mich fest an sich drückte.

Er war gut genug. Ich vergrub mein Gesicht an seiner Schulter und brach in Tränen aus, während er mein verklebtes, ekliges Haar streichelte und tröstend auf mich einredete.

Er hatte natürlich die Polizei mitgebracht, die waren als erste hereingestürmt; jetzt trug, mit rotem Kopf und keuchend, Malcolm Handschellen. Sie mußten ihn nach dem Schlüssel für meine Kette durchsuchen, er sagte ihnen nicht einmal, in welcher Tasche er war.

Es war Mr. Farrant, der die Kette um meinen Hals löste; Mr. Farrant, der ein Laken vom Bett zog, um es mir umzulegen; Mr. Farrant, der mich hochhob und zu seinem Auto trug. Die Polizei versuchte, ihn aufzuhalten, weil man mich auf dem Revier brauchte: »Später, um Himmels willen«, sagte er. »Schauen Sie ihn doch an, das ist das letzte, was er braucht.«

»Na gut, wo bringen Sie ihn hin, Sir?«

»Nach Hause«, sagte Mr. Farrant gelassen.

Und das tat er, er legte mich auf den Rücksitz seines Autos und fuhr mich zur Mühle. Keiner von uns sprach auf dem ganzen Weg ein Wort.

Als wir ankamen, versuchte ich, kaum hatte er geparkt, von alleine nach draußen zu krabbeln. Aber meine verräterischen Füße ließen mich im Stich. Ich stolperte über das Laken und wäre beinahe gestürzt. Er fing mich auf und hob mich trotz meiner erstickten Proteste wieder auf die Arme.

An der Tür erwarteten uns die Jamies, die besorgte Blicke auf mich warfen.

»Ist er okay?«

»Nein, nicht wirklich«, sagte Mr. Farrant, obwohl da plötzlich in seiner Stimme ein Lächeln zu hören war. »Aber er wird's bald sein. Einer von euch läßt ihm ein Bad ein, ja? Er stinkt.«

Sie stürmten die Treppe hinauf; Mr. Farrant folgte ihnen langsam, und als wir beim Bad angekommen waren, atmete er schwer.

»Ein Leichtgewicht bist du nicht grade, Dannyboy.«

Jetzt lächelte ich; er lachte, stellte mich kurz auf die Füße, um die Decke abzunehmen, dann wuchtete er mich wieder hoch und senkte mich langsam in das dampfend heiße Wasser. Ich hielt den Atem an, um ihn dann mit einem langen, seligen Seufzer wieder auszustoßen.

Die Jamies hatten etwas ins Wasser getan, etwas Aromatisches, Schäumendes. Zu dritt standen sie über mir, bis der Schaum meine Ohren erreicht hatte; dann drehte Mr. Farrant das Wasser ab, scheuchte die beiden anderen hinaus und schloß die Tür hinter ihnen.

Lange Zeit lag ich mit geschlossenen Augen da, ließ mich einweichen und rührte keinen Finger. Zu meiner vollkommenen Zufriedenheit fehlte nur noch eines, noch war da eine unbeantwortete Frage, ein Zweifel, der mir am Herzen nagte; aber die Antwort würde zu richtigen Zeit kommen. Ich war hier, und fürs erste genügte das.

Als die Tür aufging, war ich mir sicher, es müsse wieder Mr. Farrant sein, der nach mir schauen wollte. Ich drehte nicht den Kopf, schlug die Augen nicht auf.

Ich hörte ihn herüberkommen und spürte ihn über mir; dann hörte ich ihn meinen Namen sagen.

»Danny. Oh, Dannyboy ...«

Meine Augen klappten auf wie von selbst. Durch den Dampf blinzelnd erkannte ich Skips Gesicht.

»Alan wollte nicht, daß ich mitkomme«, sagte er. »Tut mir leid, Kleiner. Was du alles durchgemacht haben mußt ...«

Ich schüttelte den Kopf. »Macht nichts...«, flüsterte ich.

Es machte jetzt wirklich nichts mehr. Ich war hier und er auch.

Er setzte sich auf den Rand der Wanne und streckte die Hand aus, um mit zärtlichen Fingern meine Haare zu berühren.

»Nicht«, japste ich, »nicht anfassen ...«

Er erstarrte. »Was, bist du verletzt? Alan sagte, du seist in Ordnung ...«

Ich war überall verletzt, ich war unendlich mehr als in Ordnung; aber, »Nein, aber meine Haare, ich hab sie nicht gewaschen, und Malcolm, Malcolm hat mich von oben bis unten vollgepißt ...« Skip gab einen komischen, erstaunten Laut von sich und streckte wieder die Hand aus. Er breitete die Finger auf meinem Schädel aus – und es tat tatsächlich weh. Dort, wo Malcolm meinen Kopf an die Wand gefeuert hatte, wuchs eine Beule. Ich konnte sie spüren, scherte mich aber nicht darum. Denn plötzlich drückte er meinen Kopf direkt in den Schaum und unter Wasser.

Ich kämpfte mich frei und schoß wild spritzend heraus; bevor er reagieren konnte, packte ich seine Hand und küßte sie.

»Gib acht auf meinen Anzug«, sagte er sanft; dann beugte er sich unter großer Gefahr für seinen Anzug herüber und küßte mich Mund auf Mund und Zunge auf Zunge, tief, ernst und mit großer Intensität.

»Wenn du wüßtest«, sagte er, als er schließlich abbrach, als wir beide nach Atem rangen, »wie lange ich das schon tun wollte ...«

Wenn du nur wüßtest, wie lange ich das schon tun wollte ... Aber das sagte ich nicht, sondern nur, »Wieso hast du's dann nicht getan?« *Wieso hast du mich so lange warten, sehnen, gieren lassen ...?*

»Ach, Danny, ich hatte mir geschworen, von Jungs wie dir die Finger zu lassen. Ich dachte, du seist genau wie die andern, so'n Schwachkopf, der's nur mit so vielen Männer wie möglich treiben will. Ich hab schon zu viele kommen und gehen sehen; auf ein paar hab ich mich zu tief eingelassen, und ich war entschlossen, mich nie mehr verarschen zu lassen.

Aber dann bist du aufgetaucht, schüchtern und süß und toll; und in der ersten Nacht, als du so gescheit über meine Bilder gesprochen hast, dachte ich, ich hätte jemanden gefunden, der anders ist. Aber am nächsten Morgen warst du mit den Jamies unter der Dusche, und ich kam zu dem Schluß, ich hätte mich geirrt, du wärst nur wieder so 'ne kleine Schwuchtel. Es hat mich zerrissen, die ganze Zeit, wo du hier warst; jedesmal, wenn ich dachte, ich sei aus dir schlau geworden, hast du mir plötzlich ein anderes Gesicht gezeigt, einen anderen Danny ...«

Nein, dachte ich, *es war immer nur ich, und du hast mich so unglücklich gemacht ...*

Aber jetzt war ich so glücklich, daß ich das für mich behielt, jetzt und für immer. Ich griff nach dem Shampoo und schäumte mir trotz meines wunden Schädels die Haare ein; beugte mich vor, spülte aus und schäumte wieder, um Malcolm für immer herauszuwaschen. Dann stand ich ein bißchen benommen in der schlüpfrigen Wanne auf; Skip hüllte mich in ein riesiges weiches Handtuch, als ich herausstieg, und ich mußte nur dastehen, während er mich von Kopf bis Fuß vorsichtig abtrocknete. Dann warf er das Handtuch beiseite und fuhr mit den Händen über meine abkühlende Haut, wieder von Kopf bis Fuß aber langsam, wobei er die Finger zwischen meine Arschbacken und die Beine steckte und sanft mit meinen Eiern spielte.

»Du brauchst Schlaf«, sagte er nicht sehr überzeugend, als mein Schwanz gegen seine Handfläche federte.

»Nein«, sagte ich schläfrig, lehnte mich an seinen Körper und legte den Kopf an seine Schulter, wobei der Anzug noch mehr Schaden nahm. »Ich brauch dich. Jetzt. Bitte ...«

»Du bist ganz wund, Kleiner. Ich will dir nicht weh tun ...«

»Du tust mir nicht weh. Das kannst du gar nicht. Skip, *bitte ...?*«

Er nahm mich an der Hand und führt mich hinaus; und wieder einmal trottete ich nackt hinter einem voll bekleideten Mann her, aber diesmal weinte ich beinahe vor Ungeduld, bevor wir sein Zimmer erreichten.

Skip wohnte ganz oben in der Mühle, in einem Zimmer von der Größe eines olympischen Schwimmbeckens. Gut, nicht wirklich, aber so kam es mir vor; vor allem, glaube ich, weil es fast leer war oder es zu sein schien. Die gegenüberliegende Wand bestand nur aus Garderoben und Schränken, aber man mußte genau hinschauen, um es zu sehen; und wenn man sich umdrehte, war da nichts als das Bett.

Lang und niedrig und breit, selber so groß wie ein kleines Schwimmbecken, stand es auf dem polierten Eichenholzparkett wie ein Schiff in dunkel glitzerndem Wasser; es zog, zerrte magnetisch die Augen auf sich. Neckte und peinigte die Augen, wenigstens bei mir früher, wenn ich hier gewesen war und Skip nicht sein Bett mit mir teilte; als die einzige Ausrede, ihm nahezukommen, nur das Bettenmachen war.

Heute, als wir die Tür erreichten, schob ich Skip förmlich vor mir her. Zu oft hatte ich diese Laken gewaschen; jetzt wollte ich, sehnte mich danach, sie zum erstenmal dreckig zu machen. Auch ihm war es todernst. Ich hatte ihn außer bei der Arbeit noch nie so konzentriert gesehen.

Es klingelte in seiner Tasche, als wir gerade die Kante des breiten Betts erreicht hatten. Skip fluchte laut und schubste mich mit einer Hand auf die Decke, während er mit der anderen in die Tasche griff und ein Handy herausholte.

»Ja, hallo? … Oh. Ja, Inspektor, das stimmt, er ist hier … Nein, tut mir leid, das geht nicht. Er hat 'ne Menge durchgemacht, und ich bringe ihn gerade ins Bett.« Dies sagte er mit einem ganz kleinen Lächeln zu mir, der Andeutung eines

Zwinkerns, um seine Verwirrung zu überwinden. »Anordnung vom Doktor ... Nun ja, genaugenommen meine ... Ja, ich bin tatsächlich Doktor. Das war ich vorher.« (Ich prüfte es später nach; er hatte einen Doktor phil. Was der Inspektor vermutlich gleich geahnt hatte.) »Wenn er sich erholt hat, Inspektor, können Sie ihn haben. So eilig kann das ja nicht sein; Sie haben Malcolm doch mit den Bildern erwischt, oder? Das ist Besitz von geraubtem Gut, halten Sie hin dafür fest, und sparen Sie sich den Einbruch für später auf ...«

Er sprach noch eine Weile so weiter, aber etwa ab da hörte ich nicht mehr zu. Zum Teil, weil ich nicht an Polizei und Protokolle denken wollte, daran, vor Gericht auszusagen und in allen Zeitungen zu stehen; vor allem aber, weil Skips Finger mich ablenkten, die zärtliche Muster um die Blutergüsse auf meinen Rippen zeichneten, meine Rückenwirbel abzählten und neugierig zwischen meinen Backen stocherten, wo sie kitzelnde Kreise um mein Loch beschrieben.

Schließlich legte er auf, steckte das Handy weg und holte aus einer anderen Tasche eine Tube KY. Wenn er den Jungs auf Dauer abgeschworen hatte, fragte ich mich, wie die da hineinkam; aber ich fragte nicht nach. »Das brauchst du nicht, Skip. Vergiß, was ich gesagt hab, ich will, daß du mich so hart fickst, daß es wirklich wehtut ...«, sagte ich nur.

»Danny«, antwortete er, »benimm dich.«

Er klang ernst; ich gab nach.

Er gab ein bißchen Gel auf die Fingerspitzen und massierte es sanft in mein Loch, arbeitete sich langsam nach innen vor und drückte leicht gegen den geschlossenen Schließmuskel, wie ein Besucher, der an eine Tür klopft. Nach all den verschiedenen Arten, auf die ich in den letzten Tagen gefickt worden war, hätte sich das nach gar nichts anfühlen sollen, nach einer Berührung, die fast nicht zu spüren war; aber es war die Berührung, bei der mir die Knochen unter der Haut schmolzen, die mich aus keinem erkennbaren Grund fast wieder zum Weinen gebracht hätte.

Er nahm noch etwas Gel und massierte es noch ein bißchen tiefer ein; und dann noch etwas und so weiter. Und noch mehr Gel und dann zwei Finger, die sich wie blinde Würmer mit einem fernen Ziel anfühlten; wo sie zwar nie ankommen sollten aber mich stöhnen und zappeln und mich gegen den Widerstand seiner Hand aufbäumen ließen.

Er zog die Hand heraus, und ich stöhnte vor Qual; so lange hatte ich darauf gewartet, und wo ging er jetzt hin …?

Er zog sich aus, das war alles. Rasch, zielbewußt, fast ungeduldig, aber Skip ist der geduldigste Mann der Welt; ich war es, der nicht einen Moment länger warten konnte.

Er streckte sich neben mir aus und schloß den Arm in einem freundschaftlichen Halbnelson um meinen Hals. *Bleib einfach liegen Kleiner, und laß mich machen.*

Nichts dagegen. Ich war so müde, daß ich dachte, ich könnte einschlafen, während er mich fickte, und so geil auf ihn, daß ich kommen könnte, ohne aufzuwachen …

Eine Minute lang nahmen seine Finger die gemächliche Erforschung meines Arschs wieder auf, dehnend und fühlend und schmierend; dann führten zwei Finger einen dritten ein, nur daß es diesmal ein anderer Finger war, nämlich sein Pimmel.

Ich stieß vor schierer Lust halb ein Japsen, halb einen Seufzer aus. Fingerfick war okay, alles, was Skip machte, was okay, aber das – oh, das war das Wahre. Da gehörte er hin, in mich rein, so wie ich zu ihm gehörte. Ich war von Männern mit größeren, längeren und dickeren Schwänzen genommen worden; aber Skip paßte genau hinein, ich hätte es mir nicht besser erträumen können. Sein Schwanz war wunderschön, dachte ich, und füllte mich vollkommen aus, ich wollte ihn nie wieder loslassen.

Selbst jetzt war er sachte und geduldig und nahm sich Zeit. Vielleicht nahm er sie sich meinetwegen, weil er spürte, wie müde ich war und wie sehr ich mir das hier wünschte. Wir bewegten uns ganz langsam, Seite an Seite, bis seine Hand, die meinen Schwanz streichelte, den Andrang spürte, den ich nicht länger zurückhalten konnte. Dann drehte er mich auf den Bauch und ritt mich, stieß bis in mein Innerstes vor und fickte mir die Seele aus dem Leib; meine Füße trommelten an seinen Arsch, als wir mit einem Schrei gemeinsam kamen, und selbst ich konnte seine Stimme nicht von meiner unterscheiden.

Als er danach versuchte, den erschlaffenden Schwanz herauszuziehen, krampfte ich meinen Schließmuskel zusammen, so fest ich konnte; ich wollte ihn in mir haben, solange ich konnte.

Er kicherte in mein Ohr. »Na schön, Kleiner. Aber roll dich jetzt rum, du mußt nicht die ganze Zeit mein Gewicht auf dir haben. Langsam, jetzt …«

Eigentlich gefiel es mir, sein Gewicht auf dem Rücken zu spüren. Aber das andere mochte ich auch, von seinen Armen eng umschlungen an ihn geschmiegt zu liegen, während seine Lippen an meinem Nacken kitzelten …

So fanden uns die Jamies, als sie leise an die Tür klopften und mit einer Woge wundervollen Geruchs, die vor ihnen herwehte und den wunderbaren Geruch von Skip übertönte, direkt eintraten.

Ich glaube, ich wurde dummerweise rot; sie lachten nur.

»Wir dachten uns«, sagten sie, während sie Tabletts mit heißem Essen und Kaffee auf dem Boden abstellten, »daß Danny wahrscheinlich seit 'ner Weile nichts gegessen hat; und daß du's nicht hast, Skip, wußten wir, obwohl du's besser getan hättest. Ihr werdet eure Kraft noch brauchen, dieser nette Inspektor wartet unten.«

»Tatsächlich?« knurrte Skip. »Na, dann soll er warten.«

»Er will mit euch beiden sprechen. Wir sagten, ihr kommt runter, wenn ihr damit fertig seid.«

»Ach, sagtet ihr?«

»Hmhm. Ach, und er sagte, daß du deine Gemälde erst nach dem Prozeß zurückkriegen kannst, sie sind Beweismittel …«

»*Was*?« Skip setzte sich urplötzlich auf. »Einen Scheiß kann ich! Gebt mir meine Klamotten …«

Einer der Jamies raffte seine Kleider auf und wich vom Bett zurück; ich warf die Arme um Skip, um ihn festzuhalten.

»Skip«, sagte ich, »ich bin am Verhungern …«

»Dann bleib und iß. JJ, gib her. Sofort.«

»Wenn du gehst«, sagte ich, »komm ich mit.«

»Danny–«

»Ich mein's ernst«, sagte ich heftig. Es war schlicht und einfach Erpressung, aber ich gab den Jamies recht; er brauchte ebenso dringend wie ich etwas zu essen. »Du kannst besser mit ihm streiten, wenn du etwas Warmes im Magen hast …«

Er leistete noch etwas Widerstand, dann gab er urplötzlich nach, drehte sich in meinen Armen um, und als Zeichen der Ergebung streiften seine Lippen meinen Mund. Mein Herz schmolz dahin.

Zwanzig Minuten später machten wir uns, den Bauch voll Speck und Bohnen, auf den Weg nach unten. Skip hatte sich wieder angezogen; ich war in seinen Bademantel gehüllt, einen weichen grünen Stoff, der doppelt um mich geschlungen war und mir bis auf die Knöchel hing.

Inspektor Pascoe wartete in der Höhle, begleitet von einem uniformierten Beamten. Sie standen auf, als wir eintraten; Skip machte ihnen Zeichen, sich wieder zu setzen, und ließ sich auf eins der Sofas fallen. Ich setzte mich neben ihn und schmiegte mich zum Schutz an seinen Leib.

Er legte den Arm um meine Schultern. »Ich will meine Gemälde zurück. Und zwar noch heute.«

»Ich werde dafür sorgen, Sir. Ich nehme an, da läßt sich etwas arrangieren. Ich brauche die Aussagen von Ihnen …«

Schließlich bekamen sie, was sie wollten. Wieder war es Erpressung, Inspektor Pascoe hielt die Gemälde zurück, bis er von Skip eine knappe Aussage und von mir eine lange, umständliche Beichte über alles, was seit meinem Verschwinden aus der Mühle passiert war, erhalten hatte.

Als er mich fragte, wo der Club war, sagte ich ihm wahrheitsgemäß, daß ich es nicht wüßte; ich war hingefahren worden, hatte nie die Adresse erfahren, und London war so verwirrend für mich, daß ich nicht mal wußte, ob er auf der Nord- oder der Südseite des Flusses lag. Als er mich fragte, wer den Club führte, log ich und sagte wieder, ich wüßte es nicht, der Name des Besitzers wäre mir nie genannt worden. Mr. Capel war nett zu mir gewesen, auf seine eigene Art, wie zu allen seinen Jungs; sie brauchten die Sicherheit, die der Club ihnen bot, und ich hatte nicht die Absicht, sie zu verraten, nachdem ich nun eine andere, bessere Sicherheit gewonnen hatte.

Ich glaube, er durchschaute mich glatt, aber er bohrte nicht nach. Er sagte, er brauche uns auf dem Revier, damit wir die Aussagen prüften und unterschrieben, sobald sie abgetippt seien; aber das würde auch morgen noch gehen, sagte er. Und Skip könne dann gleich seine Gemälde mitnehmen, obwohl da noch einiger Papierkrieg zu erledigen sein würde.

Luigi war verschwunden, berichtete er mir; hatte Unrat gerochen und sich in ein anderes Versteck verkrochen. Das freute mich. Um Malcolm scherte ich mich einen Dreck, aber Luigi war auf seine Art nett zu mir gewesen, als es zu seinem Vorteil war; und er war nicht grausam gewesen, selbst als er es hätte sein können, also laß ihn laufen …

Endlich gingen die Polizisten. Ich kuschelte mich noch dichter an Skip; er fuhr mit der Hand durch meine Haare. »Na«, sagte er, »endlich hab ich meine Ausstellung wieder. Und dich auch. Und was mach ich jetzt mit dir, Dannyboy?«

»Behalt mich«, brummelte ich schläfrig in seine Brust.

»Da kannst du sicher sein; aber du lernst besser noch kochen. Einer muß es tun hier. Ein Mann kann nicht nur von Dosenfutter leben. Jetzt gleich, hab ich gemeint. Du bist gewaschen und hast gegessen und geschlafen, und es ist noch früh …«

»Dann bring mich ins Bett«, sagte ich und schlang die Arme um seinen Hals.

»Genau mein Gedanke«, sagte er heiser. »Nichts wie rauf …«

Wieder in seinem Zimmer, wieder in seinem Bett; ich jedenfalls, ausgebreitet lag ich nackt auf dem Rücken und betrachtete mir die Muster des Lichts an der Decke. Er wühlte in einer Kommode am anderen Ende des Zimmers.

»Skip, was machst du da?«

»Ich hol was zum Spielen.« Plötzlich ragte er über mir auf und ließ ein paar Sachen auf meinen Bauch fallen.

Eine seidenweiche schwarze Maske und die glitzernden Kugeln des *tenjuku* …

Ich sah sie, hob den Kopf und starrte ihn an.

»Du warst das …?«

»Ja, Danny, ich war das. Ich konnte nicht ganz die Finger von dir lassen. Wieso, was hast du denn gedacht?«

»Ich dachte – Ach nein. Egal …«

»Na schön, macht nichts. Ist mir gleich, was für dreckige kleine Gedanken in deinem Schwuchtelkopf stecken, mein Dannyboy.« Das war das, was seine Stimme sagte; sein Grinsen, seine Hand, die meinen Oberschenkel streichelte, sagten, er würde es später aus mir rauskriegen. »Also. Hast du Lust, zu spielen …?«

NACHWORT

Danny – ich gestehe, ich habe das hier in den letzten Tagen gelesen, wenn du drunten herumgewuselt oder mit den Jamies draußen rumgezogen bist. Wenn du's geheim halten wolltest, hättest du meinen Computer nicht benutzen dürfen.

Aber du bist gar nicht so doof, wie du tust, stimmt's? Mein dämlicher kleiner Blonder ist untendrunter ziemlich helle. Ich glaube, ich schick dich besser wieder aufs College, falls wir den richtigen Kurs für dich finden, etwas, was du wirklich machen willst.

Ich meine, um Himmels Willen, Kleiner, willst du ewig mein Hausboy bleiben?

Ja, danke, Skip. Ja *bitte* …